ノーラ・ロバーツ/著
香山 栞/訳

リッツォ家の愛の遺産（下）
Legacy

扶桑社ロマンス
1577

リッツォ家の愛の遺産（下）

登場人物

エイドリアン・リッツォ――フィットネスインストラクター
レイラン・ウェルズ――グラフィック・ノベル作家
ブラッドリー――レイランの息子
マライア――レイランの娘
リナ・テレサ・リッツォ――エイドリアンの母。〈ヨガ・ベイビー〉経営者
ジャン・マリー・ウェルズ――レイランの母
マヤ――レイランの妹。エイドリアンの幼馴染み
ジョー――マヤの夫
コリン――マヤとジョーの息子
クイン・マリー・アボット――マヤとジョーの娘
ティーシャ・カーク――エイドリアンの友人。ビジネス・マネージャー
モンロー――ティーシャの夫
フィニアス――ティーシャとモンローの長男
サディアス――ティーシャとモンローの次男
ヘクター・サング――エイドリアンの友人。映像作家
ローレン・ムーアヘッド――エイドリアンの友人。弁護士

16

誕生日パーティーの代わりに、エイドリアンはお別れの会を計画した。悲しみを乗り越えようと苦しむ代わりにそれを受け入れ、決定をくだすときには、実用性や理屈ではなく純粋な感情に根ざすようにした。

何かを決めるときには、祖父なら何を望むだろうか、何を大切にするだろうかと自問した。

その答えは彼女の心が知っていた。

結局、祖父の九十五歳の誕生日となるはずだった日に、町の公園を会場として、誰でも立ち寄れるような形でお別れの会を開いた。アーチを描く石橋の下を流れる川は雪解け水で勢いが増し、裸の枝の隙間からさしこむ日光が、日陰に隠れるようにして残っている雪に反射した。

モンローが音楽仲間ふたりとトリオを組み、公園の野外ステージで甘く優しい調べを奏でると、人々が集まってきた。

三月の身が引きしまるような風にもかかわらず数百人が訪れ、演壇にあがってドムとの思い出や逸話を分かちあってくれた人たちは数十人にものぼった。

最後はエイドリアンが登壇し、こちらに顔を向けている人の海を見渡した。

「本日は、本当にすばらしい人生を送ったわたしの祖父にお別れを告げるためにお集まりいただき、ありがとうございました。はるばる遠いところから足を運んでいただいた方もたくさんいらっしゃいます。祖父ドム・リッツォがそれだけ多くの方々の心に触れた証でしょう。

祖父にとって〈リッツォ〉がただのお店ではなかったのと同じように、トラベラーズ・クリークはただの町ではありませんでした。どちらも祖父にとっては自分の居場所であり、わが家であり、愛する場所でした。祖父と、祖父の愛する妻ソフィアは、町のため、店のため、家族のために一生を捧げてきました。今日はふたりの人生の成果を見る思いです」

ジャンがレイランへ向き直り、その肩に顔を埋めるのを見て、エイドリアンはしばし言葉に詰まった。

「祖父はわたしの心、わたしの支え、わたしの翼でした」彼女は続けた。「祖父がいないのは寂しいですが、たくさんの方々に愛されていたのをこうして目の当たりにできて、慰められる思いです。それに、今ごろ祖父は最愛の妻と一緒にいるはずですから、わたしも悲しむべきではないのでしょう。祖父が祖母とともに歩み築きあげた道は、わたしがこれから進んでいく道でもあります。祖父はそう期待し、それにこたえることがわたしの励みになるのですから。祖父母が受け渡してくれたものに、わたしは日々感謝することでしょう。

祖父は満ち足りたよい人生をこの町で送りました。祖父が始めたことはこの町に息づき続けるでしょう。ご清聴ありがとうございました」

降壇すると、そこではヘクターが待っていて、彼女の手を取って支えてくれた。

何十人もの友人たちが家まで来てくれた。室内はお悔やみの花であふれ、料理が並ぶテーブルは、エイドリアンの手を煩わせないようにとジャンが用意させたもので、〈リッツォ〉の従業員が給仕した。

たくさんの人に囲まれて、涙と今や少しだけ笑い声があがるなかにいると、心が慰められた。モンローがBGMをかけてくれた。祖父が好きだった古いスタンダードナンバーだ。

なんらかの形で祖父がその心に触れたさまざまな世代の人々が集うさまに、エイドリアンの胸はいっぱいになった。

母がやってきて、娘の肩に手を置いた。「すばらしかったわ、エイドリアン。何もかも、すばらしかった」

「お母さんも手伝ってくれたじゃない」

リナは首を振った。「父なら何を望むか、あなたには見えていた。いつだってわたしにはわからなかったわ。わたしから見たら、父はあまりにオープンで、あまりに寛容すぎた。だけど、あなたが正しかった。ピザ生地を放りあげる父のアップを遺影に選んだこともね」

「お店でピザ生地をまわしているときが一番幸せそうだったでしょう？」

「どんな場所でも幸せそうだったけれど、たしかにそうね」

レイランが子供たちを連れて近づいてきたので、ふたりは話を中断した。子供たちはつぼみの白薔薇(ばら)を一輪ずつ持っている。

「お悔やみを申しあげます。おじいちゃんだったんだよね。おじいちゃん(ポピ)はいつも優しくしてくれたよ」ブラッドリーがエイドリアンに花をさしだした。「ぼくが大きくなったら、お店で雇ってピザを作らせてくれるって言ってた」

「ありがとう」エイドリアンはかがんで少年を抱きしめた。「ええ、大きくなったらお店で働いてちょうだい」

「パパがね、ポピはおばあちゃん(ノンナ)とうちのママと一緒に、今は天国にいるって」マライアはリナを見あげて花を突きだした。「ポピはあなたのパパだったんでしょう、だからこれはあなたにあげる」

リナは花を受け取り、つかの間、言葉に詰まった。「ありがとう。優しいのね。失礼して花瓶を取りに行ってくるわ」

「調子はどうだい？」レイランがエイドリアンに尋ねた。

「よくなったわ。今日は本当に……」大勢の人々や話し声、たくさんの絆に満ちた部屋を見まわす。「ええ、もう元気よ。ところで、あなたに話があるの――また別の機会に、もっと静かな場所で話せるかしら」

「オーケー。それまで、ぼくにできることがあればなんでも――」

「あなたを頼りにできるのはわかってる。それはもう証明済みだもの」エイドリアンは体を寄せて彼の頬にキスをした。もっと話をしようとしたところで、ほかの人に呼びかけられた。

弔問客はしだいに減っていき、静けさがふたたび戻ってきた。モンローはフィニアスと赤ん坊を連れて家に帰り、ヘクターの婚約者のシルヴィーがそれを手伝いに行った。おなかの大きなマヤはすっかり疲れ、最後にエイドリアンをきつく抱きしめてから家族とともに引きあげた。

短いあいだ、エイドリアンは居間でティーシャとヘクター、そしてローレンとともに座った。

「こんなにすばらしい形で送りだされた人を、ぼくは知らない」ヘクターは身を乗りだし、エイドリアンの手を強く握った。「ポピも喜んでるよ」

「これほど大勢の人たちがお別れを言いに来た人は、一般人ではぼくも知らないよ」ローレンが言い足す。「だけど……こんな大きな家に、これからきみひとりで大丈夫かい？」

「ええ。ただの大きな家じゃなく、わが家だもの」

「それはそうだけど……ハリーとマーシャルはもう二、三日はいるんだと思っていたのに」

「お子さんの学校があるのよ」エイドリアンは彼に思いださせた。「それに、今は母がいるわ」

「お母さんはしばらくいるの？」

エイドリアンはティーシャに顔を向けて肩をすくめた。「正直、わたしも知らないの。母は何も言わないから」

「五月の頭から次のプロジェクトに取りかかる予定はそのままでいいのか？」ヘクターが尋ねた。

「そうしたいわ。まだ……母と話をして、最終的なことを決める必要があるけど。この数週間はプロジェクトのことはほったらかしだったから。ほかにもたくさんのことをね」

「ちょっとは休まないと」

「休んでいるわよ、ティーシャ。休みはしっかり取ってる。だけど休んだら仕事に戻るのがリッツォ流なの。それに、仕事をしているほうが落ち着くわ。あなたたちみんながここへ来てくれたおかげで、気持ちが落ち着いたようにね」

「みんなポピを愛していたからね。それに、きみのことも」ローレンは腰をあげてエイドリアンにキスした。「ぼくら四人組のうちふたりは片づいたし、お互いにいい相手が見つからなかったら、残ったぼくたちで結婚するっていうのはどうだい？　そうだな、期限は四十までだ」

「いいわね、乗ったわ」

「そんな話に応じるなんて、エイドリアンはもうくたくたで、脳みそはおねむってことね」ティーシャは立ちあがった。「ふたりを連れてうちへ帰るわ。あなたはちゃんと休むのよ」

エイドリアンはセディーの頭を撫でた。「ええ。その前に少し犬の散歩に行ってからね」

心の一部はみんなに残ってほしがっていた。かつてこの大きな家でみんなで一緒に眠ったように、このままでいたかった。ひとりになるときを、静けさを、祖父の死後からずっとかかりきりだったあれこれの準備やたくさんの細々したことなしに目覚める朝を、先延ばしにしたかった。

けれども誰にだって戻るべき生活があり、想像するのがどんなにつらくても、彼女ももとの暮らしに戻らなければならないのだ。

キッチンを通って、ジャンと手伝いに来てくれた人たちにお礼を言い、靴脱ぎ場でジャケットをつかんだ。

セディーと一緒に家の裏手へまわると、キャンドルの明かりが揺れるパティオで、母がワイングラスを片手に腰かけていた。

エイドリアンはたちまち罪悪感に駆られた。母がいたことをすっかり忘れていた。

「こんなところに座っていたら寒いでしょう」

「外の空気と静けさを求めていたの。でも、あなたの言うとおりね。さっき車の音がしたけど、お友達が帰ったの？」

「ええ」

「わたしがいるから泊まっていくのを遠慮したんじゃないといいけれど」

「まさか、そうじゃないわ。ここはいろんな人が出入りしてばたばたしてるし、ティーシャとモンローのところに泊まったほうがいいと考えただけよ」

「ハリーもできることならもう少し残りたがっていたわ。ミミもね」

「わかってる。永遠に先延ばしにはできないもの、みんな……自分の暮らしへ戻らなきゃ」エイドリアンは言葉を結んだ。

「そうね。あなたも疲れているでしょうけど、話がしたいの。なかへ入りましょう。たしかにここは寒いわ」

「オーケー。先にセディーと最後にもう一周してくる」

「キッチンへ行っているわね」

「なんの話だと思う？」エイドリアンはキャンドルを吹き消し、セディーとともに歩きだした。「この家とお店をわたしが相続したことが不服でなければいいけど。不満をぶちまけられても、今夜は対処する気力がないわ」

それでも一周まわると、靴脱ぎ場を通って母がいるキッチンへ向かった。

母は朝食用のコーナーにいた。ワインの入ったグラスがふたつ、それとチーズとフルーツを盛りあわせた皿が用意されている。

母の疲れた様子にエイドリアンは気づいた。キッチンの明るい照明のもとだと、疲労がはっきり見て取れる。

「お母さんも長い一日だったでしょう。話は明日の朝にしない？」

「いいえ。ずっと先送りにしていたから。お別れの会が終わるまでは、この話を持ちだしたくなかったの。ひと段落つくまではね」

そう言われて、エイドリアンは腰をおろした。「この家とお店のことだったら――」

「お店？　いやだ、そういう話じゃないわ」リナが笑いだしそうになる。「わたしがこの家もお店もほしがっていないのは、父だって承知していたわ。わたしの手にはどちらも持て余すだろうとね。トラベラーズ・クリークはわたしが住む場所ではないのよ、エイドリアン。生まれ故郷ではあるけれど、それとこれとは別。父は、昔からわたしのお気に入りだった、わたしの祖母が描いたひまわり畑の絵を遺してくれた。立派な絵ではないけど、わたしの心に訴えかけるものがあるの。それに、子供のときに祖母がいじらせてくれた、祖父の懐中時計もわたしにくれたわ。父はそういうものを遺したの、わたしにとって何か意味があるとわかっているものを。わたしも父を愛していたのよ、エイドリアン」

「そんなこと、もちろんわかっているわ」

「わたしが言いたいのはそういうことじゃないの」母は首を振り、ワインを手に取った。「父のことも母のことも愛していたわ。でも、わたしとは住む世界が違っていたの。別の世界を選んだわたしを、両親は決して引きとめようとはしなかった」

リナは深く息を吸いこんだ。「母が亡くなったときは、あまりに突然で、あまりにあっけなくて、激しい怒りに駆られたわ。あんな死に方をするべき人じゃなかった、暗い夜道でスリップ事故だなんて。だけど父の死は、なんて言うか、違っていたの。クリスマス前にここへ来たとき、死期が近いのを感じたわ。前より老けて、動きが緩慢になっていた。もうじき父がいなくなるときが来るんだとわかり、それが怖かった。父はいつでも、いつまでも、ここにいるものだと思っていたから。わたしがめったに来なくても、その分の埋めあわせはいつでもできると思っていた」

声が割れ、母は言葉を切ってワインを飲んだ。「父の誕生日にはここへ戻ってきて、一週間ほど滞在するつもりでいたわ。そのあとは二カ月おきに一日か二日は戻るようにしようと考えていた。これまでの埋めあわせを始めなきゃって。そうしたら……あなたから電話がかかってきて、そのチャンスは永遠に失われてしまった」

「お母さんはポピの自慢の娘だったわ。お母さんがやり遂げたことを、ポピもノンナも誇りにしていた」

「それもわかっているの。だけど、ここの暮らしはわたしには息苦しくて」リナはあたりを見まわした。「丘の上の大きな家、その下に広がる小さな町。ここはわたしの住む場所じゃなかった。わたしには都会の人波と活気が必要なの。ここじゃそんなものは望めない」

リナは手で両目を押さえた。

「いやね、自己を正当化するなんて」両手をテーブルにぱたりと落とす。「それに、いつまでもまわり道をして本題に入るのを避けている。あなたに話したかったのは、わたしは母親失格ってことよ」

「えっ？」

「自分が母親業に向いていないことに、気づいていなかったとでも思うの？　わたしは自分がやりたいことをして、突き進んできた——どんな犠牲を払おうと、何を置き去りにしようと。たくさんのことを置き去りにしてきたわ。ありていに言うと、わたしは子供が苦手なの」

「だけど」エイドリアンはあっけに取られ、降参の印に両手をあげた。「わたしは食べるものにも住むところにも、困ったことはないわよ」

リナは短く笑った。「それは親が満たすべき最低限の条件でしょう。しかも、ミミとハリーがわたしのいたらないところを補ってくれたからでもあるわ。何より、あなたの祖父母があなたに居場所を与えてくれたから。わたしは両親を失った」リナはゆっくり言った。「ふたりを失ったと同時に、自分自身が親としてどれだけいたらなかったか、その事実を突きつけられたの」

「お母さんは自制心と活力をわたしに与えてくれた。自分の情熱のおもむくままに努力する価値をわからせてくれたでしょう。お母さんが道を拓いてくれなければ、〈ニユー・ジェネレーション〉が生まれることはなかったわ」

「それはあなたが自分で切り拓いた道よ、さっき帰っていったお友達と一緒にね。あなたはわたしには頼らなかった。当然よね、頼れるような親ではなかったんですもの。

当時、あなたが何かをやりたがっているのは感じていたし、わかっていたけど、わたしは自分の仕事が忙しいからとかまわなかった。悪いことをしたわ」

意外な思いが胸にわき、エイドリアンはそれを口に出した。「お母さんは自分に厳しすぎるわ」

「いいえ、そんなことはない。それはあなたも知ってるでしょう、今はただわたしを少し気の毒に思っているだけよ。でも、その優しさにつけこませてもらうわ。もっといい親になるチャンスをわたしにちょうだい。あなたはもう大人だし、過ぎた時間を取り戻せないのはわかってる。だけど、よりよい親に、よりよい母親になれるよう努力をさせて。

あなたを愛しているわ。わたしは感情を表すのが下手よ。それでも、あなたへの愛情がないわけじゃない」

生まれてこの方、母に何かを求められた覚えがなかった。しつけられ、指導され、反論されてはきたが、何かを求められたことは一度もない。

「わたしの質問にひとつ答えてくれる?」エイドリアンは唐突に言った。

母は作り笑いと本物の笑みがないまぜになったような表情を浮かべ、グラスをゆらゆらと傾けた。「今夜は普段なら一週間でも飲まないくらいたくさん飲んだから、質問するなら今ね」

エイドリアンはすぐには尋ねず、自分もワインを口へ運んだ。「なぜわたしを産んだの？　産まない選択肢もあったのに」

「ああ、そのこと」リナは息を吸いこんでから長々と吐いた。「あなたに嘘はつかないわ。その選択肢を考えなかったとは言わない。わたしは若く、まだ大学も卒業していなかったし。愛し愛されてると思っていた男性がほかの女性と寝ているだけでなく、妻がいて、離婚するつもりもないと知ったばかりだった」

「傷ついて、途方に暮れたでしょうね」

つかの間ためらってから、リナは身を乗りだした。「そういうところがあなたとわたしの大きな違いよ。あなたは相手の立場からものを見て、理解することができる。人の話を聞くだけで共感できる。わたしの共感力ははるかに劣るわ。あなたのは隔世遺伝ね」

椅子の背に寄りかかる。「そうよ、傷ついたし、途方に暮れた。ミミが本当に力になってくれたわ。彼女はいつでもそう。わたしがどんな選択をしようと、彼女が味方でいてくれるのはわかっていたから、つらさは半減した。ジョンには打ち明けておくべきだと感じたの。もちろん、彼とはもう会っていなかったわ。そのことは話したわよね、でも彼には知る権利があると思った。だから、大学にある彼の研究室へ話しに行ったんだけど……うまくはいかなかった」

リナは眉間にじわを刻み、ぎらぎらとした目でテーブルを凝視した。「ジョンは自分のデスクにアルコールのボトルを隠していたのよ。わたしが行く前に飲んでいたのは明白だった。そう気づいたときに引き返すべきだったけれど、彼との話を早く終わらせたかったの」

母は視線をあげた。「彼はわたしのことを嘘つきだとか、売女だとか罵り、自分を破滅させる気か、罠にはめる気なのだろうと騒いだわ。わたしは彼に何も求めていないし、誰にも話すつもりはないと言っているのに、彼は聞く耳を持たなかった。子供を堕ろせ、始末しろ、さもないと後悔させるぞとわたしを脅す始末よ。頭にきて、自分の体をどうするか決めるのはわたしで、彼には口出しする権利なんてないと言ってやったわ。

すると、ジョンが襲いかかってきて。あっという間に壁に押しつけられたわ。その衝撃で棚からどさどさと物が落ちてきたのを覚えてる。彼はわたしを殴ったの、拳で二度も」

リナは自分の腹部を片手で押さえた。

「あなたがいるおなかを殴ったのよ、決めるのは自分だって怒鳴りながら。今すぐ処理してやるって。別れたときに彼の本性は見ていたのよ、エイドリアン。だけどそのとき見たものを、何年もあとにジョージタウンの家でまた目の当たりにすることになった。殺意をはらんだ凶暴性。そのまま殴られたらどうなっていたかわからないところだったけど、そこでドアが開いたの。女子学生が立っていたわ。当時、彼が寝ていた相手だった。ジョンがさっさと失せろと彼女に嚙みついた隙に、わたしはどうにか彼の手を振りほどいて逃げだした」

リナはふたたびグラスを持ちあげた。「それで心が決まったわ。たまたまかもしれないし、ジョンに対する憎しみからかもしれないけど、わたしたちが襲われたんだと思った。わたしたちふたりが。だから、ふたりでいることを選択したの。警察へ行くべきだったし、それは悔やまれるけれど、ジョンとは金輪際関わりたくなかった。そのあとここへ戻ってきて母と父と一緒にこのキッチンに座り、すべてを話したら、ふたりはわたしの力になってくれた。わたしたちの力にね」

「不安だったでしょう」

「家に戻ったあとはそんなことはなかったわ。仕事を始めてからは。それどころか妊娠を楽しんだものよ。挑戦があり、ゴールがある。とどのつまり、それがわたしのやり方なの」

「リッツォのやり方でしょ」エイドリアンは訂正した。

「そうとも言えるわね」母はふたたび頭をぶるりと振った。「とにかく、〈ヨガ・ベイビー〉はそこから、わたしたちから誕生した。だけどあなたが生まれたあとは、自分が母親に向いていないうえ、赤ん坊や子供の扱いが下手だと気づくのにそう時間はかからなかったわ。あなたが健康で、安全で、なんの心配もないようにするぐらいなら、わたしにもできそうだけれど、そのためには自分のキャリアとビジネスを築く必要がある。それがわたしの考え方だった。ミミがいるから残りのことは彼女にまかせればいい。そしてあなたの祖父母、あとになってからはハリーがいた。彼らにまかせて、わたしは自分のやりたいことをやろうと決めた」

ふたたびテーブルを見おろす。「そうして、自分のやりたいことをやった」リナはささやき声になっていた。「あなたは健康的にすくすく育ち、身ぎれいでしつけも行き届いていた。ちゃんと教育を施され、あちこち旅行し、才能があった――本当に、あなたはすばらしい才能の持ち主だったわ。それにわたしがいない分の埋めあわせは、ほかの人たちがしてくれたでしょう？　この先、時間なんていくらでもある。ただ、今は子供の相手をしている暇はないし、そんな気になれないだけ」

リナは両手をあげてみせた。「そんなふうに考えて、わたしはあなたとの時間をすべて失った」

母がふたたび手を落とす前に、エイドリアンは手をのばして片方の手をつかんだ。「わたしが覚えているお母さんとの思い出のなかで、一番鮮明で、一番深いところにあって、一番強く脳裏に焼きついているものが何かわかる？」

「あの人がミミに暴力をふるったときよ。わたしはひどいショックを受けて震えあがり、お母さんのところへ行こうと叫びながら走ったわ。そうしたら彼につかまって髪の毛を引っ張られた。燃えるように痛かったのを覚えてる。そこへお母さんが寝室から出てきたの。冷静で堂々としていた」

「聞くのが怖いわ」

「そんなことはないわ。わたしも気が動転していたもの」

「お母さんは冷静だったわ。わたしを放すようあの人に言ったでしょう。ずっとそう言い続けて、彼にわたしを放させようとした。お母さんはそのことだけを考えていた。わたしのことだけを考えていた。

するとあの人はわたしを放りだし、階段から投げ落とそうとした。わたしは階段に叩(たた)きつけられて、体がばらばらになったかと思った。でも、お母さんが見えた。怒りを爆発させるお母さんの顔が。お母さんがあの人に飛びかかるのが見えた。わたしのために。わたしを救うために。彼はお母さんを殴り、傷つけたけれど、お母さんはとまらなかった。血を流しているのに、とまらなかった。あの人はお母さんを殺そうとしていた、わたしたち全員を殺す気だった。だけど、お母さんがそんなことはさせなかった。あの人が手すりを越えて落下すると、お母さんはわたしに駆け寄ってきた。わたしのもとへ来て、わたしを抱きしめてくれた。あのとき、お母さんの顔は血と涙で汚れていたわ」

エイドリアンはふたたび手をのばすと、母のもう一方の手も取り、母と娘はテーブルをはさんで手をつなぎあった。「お母さんがずっとわたしを愛してくれているのは知ってる。普段の生活のなかでそれを示すのは下手くそだけど」

不意をつかれたリナの笑い声は、半分すすり泣きになって終わった。「本当に、そのとおりね」

「でも、強さや勇気ではお母さんの右に出る人はいない。それは小さなころからわかっていたの。当時は知らなかったし、理解できなかったけれど、あの夏、わたしをここに預けることで、お母さんはあの事件の余波や醜さ、苛烈な報道すべてを一身に受けとめたんでしょう。だから、わたしはわたしのままでいられた」

「それが一番の理由だったわ。つらかったけど、おおむねうまくいった。でも、計算もあったのよ。あの事件を利用して知名度をあげなければならなかった、わたしが始めた事業をあの事件につぶさせるのではなくね」

「今夜はずいぶんたくさんワインを飲んだみたいね」

「本当にごめんなさい、エイドリアン。もっとよくなると、もっといい母親になると言えればいいんだけど。努力はしたいの、まずはそこが目標よ。わたしが達成できなかった最初の目標にならないよう願ってる。おじいちゃん、おばあちゃん似のあなただもの、人にチャンスを与えるのを渋ることはないと踏んでいるわ」

エイドリアンは母の手を放して彼女のグラスを持ちあげた。「もっと飲んで」そう言って、ふたたび母を笑わせる。

「オーケー、じゃあ話すわよ。わたしは自分の人生を楽しんでいる。自分が築きあげたものに誇りを持ち、自分の仕事によって人生がよりよくなった人がいると思っている――いいえ、いると知っているわ。わたしはスポットライトが好き。お金を稼ぐこととか、旅行とか、そういうものすべてが好き。自由が好き、これは一度も結婚しない理由のひとつね。けど、わたしが努力さえすれば、あなたや両親と過ごす時間をもっと作れたはずだったこともわかってる。彼らと過ごせたはずの時間はもう二度と取り返せない。一方で……」今度はリナがエイドリアンのグラスを持ちあげた。「あなたは、わたしが若かったころよりもずっと優れているわ。親しみやすく、人に好かれ、バランスを取るのがうまい。さらにはビジネスセンスがあり――そこだけはわたしのほうが上だけど、あなたにセンスがあるのはたしかよ――才能豊かな人たちに、あなたが好きな人たち、あなたを好きな人たちに囲まれている。ここでもバランスが取れているわね。そして、わたし以上に生まれつきの才能に恵まれている。土台を与えたのはたしかにわたしよ、でもあなたはその上に自分自身で築きあげた。それは尊敬しているわ」

リナはワインを口へ運び、自分の娘をじっと見つめた。「あなたがここへ戻るのは才能の浪費だと思っていた。でも、わたしの思い違いだったわ。ここへ戻ることで、あなたの才能と魅力はますます発揮されるばかりだった。わたしなら窒息してしまっただろうけど、あなたはここでさらに開花した」

もうひと口ワインを飲み、部屋を見まわす。「この大きくて古い家で、どうするつもり？」

「ここはわたしのわが家であり、仕事場よ。どうするかは暮らしながら考えるわ」

「あなたさえよければ、あと二、三日滞在しようと思うのだけど」

「もちろんよ。青少年センターの改築がどれだけ進んだか、案内してあげる。お母さんも何かアイデアを提案してくれてもいいのよ」

「提案したら採用してもらえるの？」

「それは内容しだいね」エイドリアンはにこりとした。「わたしのプランにマッチすれば。それから、お母さんには五月にまた来てほしいの――五月の第一週」頭のなかで計算する。「それか二週目に。合同プロジェクトの撮影よ。手はずはだいたい整っているから」

「まだ打ちあわせもしてないのに……手はずですって？　撮影はニューヨークでやるんだと思っていたけど」

「新たな切り口を考えているのよ」母が打ち解けているこのときを利用しない手はない。「トラベラーズ・クリーク高校体育館で、生徒と先生に登場してもらうの——彼らの許可はすでに得ているわ。DVD二枚組セット」

「高校の体育館——それも小さな町の高校の体育館で？　教師と生徒たちを参加させるの？」

「卒業を控えた三年生で、親の承認と医師の許可も取ってあるわ。生徒六人、先生も六人。三十分から三十五分のエクササイズを課し、有酸素運動、筋トレ、マット運動、ヨガ、それに全部の組みあわせをやってもらう。トレーニングウェアはこちらが提供するわ——先生には〈ヨガ・ベイビー〉、生徒には〈ニュー・ジェネレーション〉ってところかしら」

「生徒対先生の競争？」

「うーん、もっとフレンドリーな感じね」

「タイトルは『フィットネス入門101』かしら」

エイドリアンは顔をしかめた。「それ、わたしが考えているやつよりいいわ」

「どんなタイトルにするつもりだったの？」

「気にしないで。現在わたしが住んでいて、お母さんが育った町を活かすの。お母さんの母校で撮影することで、甘酸っぱい懐かしさも出るでしょう」

「わたしが何年度の卒業生かには触れないで」

母と娘は女同士の笑みを交わした。「そこは気をつけるわ」

「わたしなしでもやるつもりだったんでしょう？」

「ええ。でも気が進まないなら、どこかのタイミングでお母さんのやりたいプロジェクトをやるわ。ただ、これは注目されるはずだし、売れるわよ」

「エクササイズのルーティーンを見てみたいわ」

「どれもまだ完全にはできあがっていないの」

「かまわないわ。わたしも少しアイデアがあるから。お互い納得したなら交渉は成立ね」

リナは手を差しのべて握手し、それから娘の手をぎゅっと握った。「わたしはこれからもっとよくなってみせる」

「もうよくなってるわ」

エイドリアンは山のようなお悔やみの手紙を受け取った。できるだけ早く、できるだけたくさんに返信したい。自宅宛に届いたものもあれば、店に送られてきたものもあった。

母がジムを使えるよう、朝のうちにセディーと走ってきた。朝食代わりのスムージーを用意してキッチンカウンターに座り、手紙の仕分けに取りかかる。その多くは差出人とすでに直接話しているので、祖父の写真などと一緒にそのまま箱にしまえばよかった。残りは祖父になんらかの形で世話になった人たちが、あちこちから送ってきたものだ。

すべて開封して分類してから、返事の文面を考えよう。

シカゴからお悔やみの言葉を送ってきた男性は、初めて仕事をくれたのがドムだったと記していた。メンフィスに住む女性は、〈リッツォ〉で婚約し、ドムが自らお祝いとして、スパークリングワインのボトルをテーブルまで持ってきてくれた話を書いていた。

ほかの手紙にも〈リッツォ〉で誕生日パーティーを開いたとか、試合に勝ったり負けたりしたあとにチームの仲間と食事をしに来たとか、そんなエピソードが付記されている。

ドムのちょっとした逸話は尽きることがなく、どの話もエイドリアンの心に触れた。

そして見慣れたブロック体の文字を目にしたとき、彼女の心は凍りついた。

いつもの封筒ではない。だから手に取るまで気づかなかった。いつもよりサイズの大きな白い封筒は厚みがあり、フィラデルフィアの消印が押されている。

注意しながら封を切ると、なかには毛がくしゃくしゃで目を大きく見開いた猫のモノクロ写真付きグリーティングカードが入っていた。

今日はついてないって？

下には下がいるよ！

カードを開いて詩に目を通す。

ポピがあの世へ行ったのはご愁傷さま。
おまえはおいおい泣いてご苦労さま。
喜ぶがいい、どうせまた会う。
わたしがポピの待つ地獄へおまえを送ってやる。

「いいかげんにして」エイドリアンは激昂し、カードをびりびりに破ろうとした。手をとめて目をつぶり、わずかばかりの自制心を引っ張りだす。「こんなふうにポピを利用させるものですか。ポピを利用させはしない」

体が震えているのがわかり、立ちあがってうろうろと歩きだした。血がのぼって頭が働かない。だけど、考えなくては。

冷蔵庫を乱暴に開け、コーラを取りだす。ごくりとひと口飲んだところで母が入ってきた。

「あらあら。遅ればせながら親子の絆を取り戻そうとしたら、さっそくこんな……何があったの？」

エイドリアンは無言でカードを指さした。

リナは目を通し、腰をおろした。「飲まないなら、スムージーをもらうわよ」

「どうぞ」

「くだらないいやがらせだと言いたいところだけど、わたしもそうは感じないわ。あなたのブログのフォロワーや、インタビュー記事を読んだことがある人なら、あなたとポピがどれほど仲がよかったか知っているはずだから、これは計算ずくの残酷な行為だわ」

「わかってる。これは、まさに今わたしが味わっている気分にさせるために送りつけられたものよ」

「いいえ、それは違うわよ、エイドリアン。これはあなたを悲しませ、怖がらせ、苦しみを増幅させることを目的としている。だけど、これがなしえたのはあなたを怒らせることだわ。彼は――彼女かもしれないけど――あなたという人を知らない」

エイドリアンは立ちどまって母を振り返った。「レイランからも同じことを言われたわ」

「レイラン・ウェルズに話したの？」

「なりゆきでね。私書箱から手紙を取りだしたときに彼もその場にいて、わたしの様子がおかしいと気づいたの。それで事情を説明したわ」

「そう。あなたを見守ってくれる人は何人でも歓迎するわ。それで、あなたはどうしたいの？」

　エイドリアンは面食らっていた。プライベートなことは内輪で解決する主義の母が、他人に打ち明けたことに賛成してくれるなんて。

「わからないわ」

「探偵を雇いましょう。警察や連邦捜査局（FBI）では埒（らち）があかない。彼らにはこういう問題を調べる時間がないのよ」

「私立探偵に何かできるのかしら」

「調べてみればわかるわ。何もできないかもしれないけど、とにかく調べましょう。わたしにまかせてもらえるかしら。有能な人を見つけて、調査させるわ。何年も前にやっておくべきだったのに、この手のことは人前に顔を出す代償でしかないとずっと思っていたわ」

「ほかのみんなもそう思っているわ」

「じゃあ、わたしもみんなも間違っていたってことね。やってみましょう」

「わかった」エイドリアンはうなずいた。「何もしないで次のいやがらせの手紙が来るのを待つよりいいわね」

それか、詩人がやってくるのを待つよりは。エイドリアンはふと思った。詩を書くだけでいつまで満足していられるものだろうか？

17

レイランは車内からブルックリンの家を見つめた。同じに見える――同じ家なのだからそれは当たり前だ――けれど、同じではない。

ここでの暮らしに背を向けて車で走り去ってから、一年近くが経過した。本当の意味では、何ひとつ同じではない。

彼の友人とそのパートナーが、新たな命をこの家にもたらしたのだ。そろそろなかへ入らないと、と彼は自分に言い聞かせた。そろそろ現実と向きあわなければ。

花とレインボーカラーの巨大なドラゴンのぬいぐるみを抱え、玄関へ向かった。

変な気分だ。かつては自宅だった家の玄関をノックするのはやはり違和感を覚えたが、次の瞬間には笑顔になり、ドアを開けたパッツに心からの笑みを向けた。

玄関先に立つ彼女は長身で、力強い肩をしており、ブラウンヘアはくしゃくしゃ、ブルーの瞳は生き生きしていた。すぐさま両腕を突きだし、彼を引き寄せて元気よく抱擁する。

「ようこそ！　ああ、よく来てくれたわね、レイラン」

「おめでとう、新米ママさん」

「もうかわいくて仕方ないの。一日じゅうでも見ていられるわ。信じられないくらいかわいいんだから。入って、入って。カーリー・ローズに会ってちょうだい。まあ、ドラゴン！　それもレインボー・ドラゴンね！　うれしい！」

「きみにもこっちのほうがよかったかな？　新米ママさんたちにはお花を用意して、ドラゴンは赤ちゃんへのプレゼントだったんだけど。見守り役にいいだろう」

「守護（ガーディアン）ドラゴン。あなたらしいわね」

　パッツは花を受け取り、彼の手を取った。そしてレイランが室内の変わりようを見まわすあいだ、彼女はその手を強く握っていた。

　壁は塗り直され、残していった家具に新しい家具が交ざっている。ベビーモニター、フリルのついたベビースウィング、ベビーサークル、おむつの箱、おむつ用ゴミ箱。

　室内は花と――花を持ってきたのはレイランだけではなかったらしい――新生児のにおいがした。やわらかで甘い、命のにおい。新しい命。ここはもう自分の家ではないのだと改めて感じた。そして、そのことに満足している自分がいた。

「大丈夫？」

「ああ」レイランは彼女を振り向き、その頬にキスをした。「大丈夫だ」

「奥へどうぞ。コーラはいかが？」

「ああ、いただこう。いい住まいになったね、パッツ。本当にそう思うよ。ハッピーな雰囲気にあふれていて、それがすごくいい感じだ」

「わたしたちもこの家が大好きよ。ここは建物がすばらしいだけじゃなく、すばらしい気が宿っている。ビックはカーリーを着替えさせるために二階へ連れていったわ。そうよ、案の定、わたしたちもすっかり親ばかよ。あなたへの初お披露目だもの、目一杯かわいい格好をさせないと。子供たちは元気？　お母さまや妹さんはどうしているの？」

「元気も元気さ。子供たちは、おばあちゃんの家に泊まることになって大興奮だ。〝パパはいつになったら出かけるの？〟なんてきかれる始末だよ。マヤはもうすぐ出産だな。きみたちは本当に自宅で出産したのかい？」

「本当よ、わたしなんてすっかり怖じ気づいちゃって」パッツは氷の上からコーラを注いだ。「だけど、本当にスムーズなお産だったの。ビックは戦士よ。ごめんなさい、また泣けてきちゃったわ」

「謝ることじゃないよ」

「ビックは勇敢に陣痛を乗りきったわ。それにシェリーは――うちの助産師のことだけど、本当に頼りになって。ついには世界一美しい生命が生まれて、〝なんなのこれ？〟とばかりに拳をぶんぶん振って大きな泣き声をあげたの」

ふたつ目のグラスにも注ぎ、ふたりで乾杯する。「噂をすれば、主役の登場よ」

ひらひらのピンクのドレスにおそろいのヘアバンドをつけた赤ん坊を抱えて、ビックが階段をおりてきた。

「スポットライトが必要ね」ビックが言った。「音楽とマーチングバンドも。それでは紹介しましょう、この世に舞いおりた新たな奇跡、カーリー・ローズです」

神秘の世界から泳いできたばかりのような、いかにも新生児らしい顔つきだ。アーモンド型の目が、チョコレートに金粉を振りまいたみたいな色の顔を占めている。妖精を思わせる唇は完璧な弧を描き、ちょこんと鼻がついていた。

「かわいいなあ。頑張ったね、ビック」

「わたしの最高傑作よ。だっこする？」

「ぜひとも」

コーラを脇に置いて赤ん坊を受け取る。抱くなり、胸がとろけた。「ママたちがなんと言おうと、いつでもキャンディを用意しておくからね。覚えておくんだよ」

カーリーは興味がありそうな目でじっとレイランを見つめ、それから出し抜けにもどして彼のシャツを汚した。

「やっぱり前言撤回だ」

「あらら、ごめんなさい」ビックが笑いながら肩にかけていたタオルをさっと取った。

「いや、大丈夫だよ。よくあることだ」

「シャツを洗うわ」パッツが申しでた。「この子が生まれてからは一日じゅう、洗濯機をまわしているようなものだし」

「大丈夫だよ」レイランは繰り返し、それからビックに向かって言った。「きみは元気そうだね。一週間前に出産したばかりには見えないよ」

「睡眠時間は切れ切れだし、乳首はまだショック状態だし、三キロしかない人間が一日に半トンものうんちをするのを発見したところよ。そんな今が、わたしたちの人生で最高のときなの。ドラゴンを持ってきてくれたのね！」

「カーリーに持ってきたんだからな、それを忘れないでくれ」

レイランは赤ん坊を抱えたまま座り、ビックはそろそろと腰をおろして足を上にあげた。

ビックは髪をハル・ベリー風のベリーショートにしていた。そんな彼女が、レイランの目には赤ん坊と同じくらい愛らしく見える。

「お母さんはどうしているの？」ビックが尋ねた。

「なんとかやっているよ。簡単ではないけどね。母にとってドムは父親も同然だったから。うちの子供たちが今夜お泊まりに行ったのは、母にとってもいい気分転換になるだろう」

「ひと晩だけ？」

「ああ、ぼくは明日には帰る。今週は春の発表会で娘がバレエを踊るし、マヤの出産も間近だから。あとでオフィスにも寄るよ」しゃべりながら赤ん坊の頬に指を滑らせる。「原稿を持っていって、みんなと情報交換する予定だ」

「『コバルト・フレイム：デーモンの変転』は最高よ。ありがとう」ビックはオレンジジュースを持ってきたパッツに礼を言った。

「エンジェルとの関係の進展がストーリーにひねりと情感を添えているだろう。それに、なんと言っても戦闘シーンだ。前にみんなで話したようなチームの結成をますます考えるようになったよ」

「うちのレーベルでも、スーパーヒーロー・クラブを作るってわけね」

「ああ、以前やったような単なる共演（クロスオーバー）じゃない。チーム名は、前衛（ザ・フロント・ガード）だ」

「ザ・フロント・ガード」ビックはその名をじっくり思案しながら足首をまわした。

「戦争っぽいし、戦略的でもある。気に入ったわ。筋立てとなるストーリーラインが必要ね。メインのキャラクターたちが団結する理由が。それに背景も考えないと。基地はどこにするか、どんな基地にするか。しかも、彼らがチームを組んで戦い続けるくらいだから、よっぽどの強敵でなければならないわ」

「ああ、それも構想を練っている最中だよ。いくつかの案とキャラクターのラフスケッチを持ってきた。ジョナに見てもらって、あとでみんなでウェブ会議を開こう」

「ビック、あなたもレイランと一緒にオフィスへ行ってらっしゃいよ」ビックが反論する前に、パッツは手をあげて制した。「行きたいんでしょう。母乳ならたっぷり冷凍してあるし、あなたも一時間前に授乳したばかりだから、胸が張ることもないはずよ。二時間くらい行ってきたら」

「本当？　本当にいいの？」

「娘を独り占めできる機会がほしくないかって？　ほしいに決まってるじゃない。レイランの車で行って、帰りも送ってもらって。まだ徒歩で往復すべき距離じゃないから。でも戻ってきたら、ちょっとお散歩に出かけましょう。カーリーを外の空気に触れさせてやりたいから。ほらほら、行ってきなさい」

「二時間。それくらいなら心配ないわよね。二時間だけなら」ビックはわが子へ目をやった。「まだ片時もそばを離れたことがないのに？　やっぱりよしたほうが……だめよ、子供にべったりの母親になる気？　違うでしょう？」

ビックは息を吐いた。「オーケー。オフィスまで行って、ザ・フロント・ガードの案を練ってくるわ」

結局、レイランは二泊することになり、子供たちとその祖母を大喜びさせた。ミーティングでは、みんなのアイデアがあとからあとからわきあがった。ふた晩目には亡き妻と暮らした家のダイニングルームで、仕事仲間とテーブルを囲み、彼女とよく利用していたテイクアウト専門店のピザを食べながら、アイデアを発展させたり、却下したりした。

「洞窟基地のビジュアルはイカしてる」ミートたっぷりのピザをさらにひと口かじってジョナが言った。「鍾乳石(しょうにゅうせき)に石筍(せきじゅん)、洞窟内の通路もイケてる。だけど、半悪魔側のイメージに寄りすぎてるんだよな」

「たしかに一理あるけど」ビックはテーブルに散らばったラフスケッチを一枚手に取った。「この自然発光する石造りの巨大テーブルはお気に入りなのよね」

「隔離された場所っていう点は譲れないな。ノー・ワンはまだ軍に狙われているんだから」

「洞窟案はそのままでいいとして」ジョナが思案する。「地下深くってところを変えたらどうだ。山のなかとか。アンデス山脈は？」

みんなでその案を議論し、ジョナが片手で食べながら反対の手で絵にしていく。赤ん坊が目覚めて泣き声をあげた。

「あの泣き方は、おなかが減っているみたいね」パッツが立ちあがるよりも先にビックが言った。「わたしがやるわ。ヒマラヤなんかどう？　神秘的じゃない」

　ビックはカーリーを簡易ベッドから抱きあげてふたたび座り、シャツをはだけて授乳した。

「よくわからないんだけど、どうしてヒーローたちを洞穴や洞窟に押しこむの？」パッツが肩をすくめた。「だって真っ暗でしょう。始終、闇の力と戦っているのに。太陽が降りそそぐビーチのある南国の孤島なんてすてきじゃない？」

　丸々十秒間、誰も口を開かなかった。

「ごめんなさい。素人が意見してしまって」

「いや、そうじゃないんだ」レイランは首を振った。「どうして思いつかなかったのかって、みんな呆然（ぼうぜん）としているんだよ。ザ・フロント・ガード・アイランドか」

「海上交通路（シーレーン）のはるか先」ジョナが続ける。「自然豊かな手つかずの島。ノー・ワンのパワーで島を見えなくすることはできないか？　衛星画像には映らないし、上空からも見えないんだ」

「できると思う」

「時の彼方（かなた）から海上に浮かびあがる孤島」ビックは自分のパートナーへ満面の笑みを向けた。「わたし、今こそあなたに本当に首ったけだわ、パッツ。滝は必須よ」

「火山もだ」レイランは言った。「火山がなきゃ始まらない。基地はガラスで作られてる。透明で、まるでそこにないかのようなんだ」

「いいぞ、最高だよ。きみも最高だ、パッツ」ジョナは言いながら新たなラフスケッチを描きだした。

実りの多い、いい旅行だった。屋根付き橋を通り抜けてトラベラーズ・クリークへと車を走らせながら、レイランは思った。フレイムのデビュー作は印刷にまわされ、ザ・フロント・ガードの骨子はかたまり、ノー・ワンの次の冒険は進行中で、仕事は着々と進んでいる。

個人的には、ブルックリンの家が今や友人たちのものであることを、自分はようやく完全に受け入れ、彼らがそこで築いた暮らしを祝福することさえできるようになったのがわかった。

これから母のところで夕食をとりながら——用意してあるとすでに母から連絡をもらっている——母と子供たちがどんなふうに過ごしていたのかたっぷり聞かせてもらおう。そして子供たちを連れて帰り、風呂に入れて寝かしつけたら、すぐに仕事に取りかかるのだ。

頭のなかではアイデアが次々に浮かび、ぱちぱちと音をたてている。

そのとき、エイドリアンがあの大きな犬を連れて道路の反対側をリズミカルな足取りで走っているのが目にとまった。ミッドカーフ丈のぴったりとしたパンツは野のスミレを思わせる色で、脚の筋肉がはっきりと見える。ゆったりしたタンクトップは背中が開いていて、カールした豊かな髪と一緒に風になびいていた。

レイランは胸のなかがまた締めつけられるのを感じた。またしても彼女に惹かれている。今回はさほど後ろめたさを覚えなかったものの、母の家を危うく通り過ぎかけ、ばつの悪さに顔をしかめた。

急ハンドルを切って私道に入り、車からおりると、エイドリアンと犬が彼女の家のほうへと角を曲がるのが見えた。

そのまま家を目指すつもりでいたエイドリアンだったが、気がつくとまわり道をしていた。まだ静かな家へ戻る気になれない。ティーシャのところに寄り道していこう。レイランの車はまだ戻っていなかった。町の噂によると、ニューヨークまで出かけているらしい。祖父のお別れ会以来、彼とは会っていない。

ずっと忙しかったもの。

ティーシャ宅の玄関へ向かいかけたところで、裏手の庭から叫び声と笑い声が聞こえてきたので、そちらへまわった。

フィニアスとコリンは庭に設置された遊具を大いに楽しんでいる様子で、ふたりとも色鮮やかなパーカーを着て頬を真っ赤にし、滑り台の階段をのぼっていた。

エイドリアンは門を開けてセディーのリードを放した。

犬は子供たちへ向かってまっすぐ飛んでいき、子供たちも犬に駆け寄ってきた。

「ハイ、セディー。ハイ！」

ふたりは犬にのっかるようにして抱きついた。

「ハイ、エイドリアン。ハイ！」

「ハイ。いい日曜日ね。ちょっとのあいだ、セディーと遊んでてくれる？」

「セディーはぼくの代理の犬なんだって。ママがそう言ってた。代理っていうのは、代わりのものって意味だよ。少なくともサディアスが一歳になるまでは、セディーがぼくの代理の犬なんだ。一歳になったら、子犬を飼うかもしれないって。つまり、あと二百十八日ってことだ」

さすがはフィニアスね、とエイドリアンは思った。

「セディーは喜んで代理の犬になるわよ。お母さんは元気、コリン？」

「もうじき女の子が生まれるんだ。女の子には、おちんちんがついてないんだよ」

「それは聞いたことがあるわ。あなたもフィンのように、いいお兄ちゃんになるんでしょう？」

「うん。でもフィンの赤ちゃんは男の子で、おちんちんがついてるんだ」

「わたしもおちんちんはついていないし、妹も弟もいないから、あなたたちはラッキーね。お母さんに挨拶してくるわね、フィニアス」

「赤ちゃんにミルクを飲ませてお昼寝させるから、ぼくたちはお外で遊んでなさいって、ママに言われてる。ママはおっぱいからミルクを出すんだ。男の子にはできないんだよ」

「勉強になったわ」

勝手口へ行ってなかをのぞくと、カウンターの前に座っていたティーシャが手を振って招き入れてくれた。

「腰をおろすのは何時間ぶりかしら。赤ん坊は眠っていて、子供たちは外で遊んでいて、モンローは作曲中なの」

「そのようね」

「今夜の夕食はテイクアウトよ。なぜなら、わたしがそう決めたから。飲み物でもなんでも、好きに出してね」

「携帯してるから大丈夫」エイドリアンは水の入ったボトルをとんとんと叩いた。

「疲れているみたいね」

「サディアスの歯が生えてきたの。そのせいで夜泣きがひどくなるのをすっかり忘れていたわ。お母さんは無事に出発した？」

「ええ、つい数時間前にね。とても……興味深かったわ」

「休戦——と言っていいのかしら——は続いているの？　何日かワシントンＤＣへ行っていたのは知ってるけど、お母さんがこんなに長くあの家にいるのを見たのは、わたしは初めてよ」

「新記録ね。わたしは休戦とは呼ばないけれど」エイドリアンは腰をおろした。「新たな方向性というところかしら。そして、ちゃんと続いているわ。母は本気だし、努力をしてる。それに、プロジェクトにも同意してくれた。そのことをあなたに報告しに来たの。まだ手を加えているところだけど、母の許可がおりたわ。さっそく取りかかりたいなら、メールで全部送るわよ」

「そうしないと間に合わないわよ、五月の二週目までにやる気ならね」

「どうしても卒業前にやりたいの」

「じゃあ、すぐに取りかかるわ。あなたも疲れた顔ね」

「ちょっとね。午前中に改築現場の責任者と監督に会ってきたの。内装はケーラに頼むから、メールでアイデアのやりとりをしているわ。〈リッツォ〉のほうはあなたとジャンがしっかりやってくれているのはわかってる、でもわたしも関わっていかないと。ポピはそう期待するはずよ」

「まだほかにもあるでしょう。私立探偵と会ったそうだけど？」

エイドリアンはボトルをフックから外して水を飲んだ。「ええ。しっかりした女性で頭が切れる印象だった。最後に届いたカードはどこで購入されたものか追跡できるかもしれないそうよ。製造元が印刷されていたの。それまでの手紙と違ってね」

「それも心配の種ね。相手はまたもやそれまでのパターンを破ってる」

「わたしが滅入っているところに蹴りを入れたかったから、そうしたのよ。でも私立探偵のレイチェル・マクニーは、相手がミスを犯したんだと言っているわ。これまでは追跡しようにも手がかりはまったくなかった。それが今はある。彼女の言うとおりかもしれない。とにかく、母が調査を望んでいるし、わたしも母の好きなようにさせてあげたい」

エイドリアンはガラス張りの大きなドアの外へ目をやり、微笑んだ。「セディーは大喜びね」

「子供たちもね。フィンにいいお友達ができてよかった。頭でっかちな子には仲間が必要なの。みんなといれば、あの子もただのわんぱくなちびっ子よ」

「コリンは生まれてくる子におちんちんがないとわかってがっかりしていたわ」

「おちんちんがない、おちんちんがないって、口癖になっているみたい」

「おちんちんのあるこちらの赤ちゃんの顔を見ずに帰るのは残念だけど、そろそろ行くわね」

「まだいいじゃない。夕食を食べていきなさいよ」

「そうしたいのはやまやまだけど、動きを見直したい箇所がいくつかあるの」

「家にひとりで大丈夫？」

「ええ、わが家だもの。それにセディーがいるわ」

「気が変わったらいつでも引き返してきていいのよ。それから、あとのことは心配しないで。段取りに取りかかって日にちを決めるわ」

エイドリアンは腰をあげた。「レイランはまだ戻っていないのね」

「今夜、みんなで夕食をとるからそれまでには戻ってくるはずだって、マヤが言っていたわ」ティーシャはスツールに腰かけたまま体を引いた。「あなたはどうして行動を起こさないの？」

「えっ？」エイドリアンはぎょっとしてのけぞった。「レイラン相手に？　まさか。そんなの……おかしいわよ」

「なぜ？　彼は本当にすてきだし、頭のどうかしたヤク中の猟奇的レイプ犯でないのはたしかでしょう。それに独身だわ」

「わたしは彼の妹の友達で、今や彼のお母さんの雇い主なのよ。奥さんとも面識があったし。ロリリーのことは大好きだったわ。彼、まだ結婚指輪をつけているでしょう。何より、わたしはそっち方面はすっかりご無沙汰なの。どうすればいいのか忘れてしまったわ」

「去年の秋には何回かデートしていたじゃない」

「ウェインのこと？　二回だけね。それに、あれはあっちが行動を起こして、わたしはそれに合わせただけ。ときめきひとつなかった。ときめきは必須よ」

言葉を切ってため息をつく。それからふうっと息を吐いた。「正直、セックスは恋しい。だけど友人に迫ったり、ときめきもしないデートへ行くほど切羽詰まってはいないの」

ボトルをカラビナに引っかけ直す。「二、三時間、あなたからモンローを拝借しようかしら」

「彼はそっちも上手だけど、お断りよ。自分の相手を見つけなさい」

「そのうちね。わたしの代わりに赤ちゃんにキスしておいて。フィニアスの代理の犬を連れて帰るわ」

ティーシャは笑い声をあげた。「フィンから聞いたの？　とっさの言い訳だったのよ。あの子ったら、犬を飼っている子供の割合を引きあいに出してくるんだから。五歳にもならない子供と歯が生えかけた乳児がいるのに、子犬の面倒まで見るなんて無理だわ」

「まあね。プロジェクトのプランと日程表の最終版を送るわ」

ティーシャは立ちあがって戸口へと向かい、歩み去る親友に声をかけた。「ねえ、モンローとわたしも始めは友達だったのよ」

「せいぜい五分くらいでしょう?」エイドリアンが遠くから言い返す。

「八分よ。八分間は我慢したわ。あなたも考えてみて」

エイドリアンはただ手を振り、セディーにリードをつけて走りだした。

翌週の終わり、冷たい雨と寒い夜の短い合間に四月が花をほころばせようともがくなか、レイチェル・マクニーはリビングルームでエイドリアンとともに腰かけた。

レイチェルはがっしりとした体格の四十代の女性で、コーヒーはブラックで飲み、紺色のタートルネックに鈍色(にびいろ)のスーツというでたちだった。

元警察官だが、まっすぐな短い髪はスーツと同じ色で、自分の事務所をかまえる私立探偵というより、優しげな図書館員に見える。

彼女を前にしても緊張しないのはそのためかもしれない。

「こんなに早く報告がいただけるとは思っていなかったわ」

「報告書も作成してありますが、調査の進展状況を直接お聞きになりたいだろうと思いまして」

「こんなに早く進展があるとも思ってなかった」

「長いことおひとりで抱えていらっしゃいましたからね」レイチェルの声には同情心がにじんでいる。「それに、これまではストーカー側も安物の白い糊に安物の白い封筒、どこででも手に入る星条旗の切手を使用していました。封筒の封をなめないだけの知恵があり、ブロック体の手書き文字だったため、そこからパソコンのソフトウェアやタイプライターを特定することもできませんでした」

「しかもわざわざ手書きにしているのは、それだけ憎しみがこめられているから」

レイチェルは片眉をあげてうなずいた。「そうです。インクも毎回同じ――安いボールペンのインクでした。おそらく同じメーカーのものでしょう。相手は習慣にのっとって行動していました。ところが今回は、それを破った」

「カードの製造元をたどることはできたの？」

「ええ。本件を担当しているＦＢＩの捜査官も時間があればそうできたでしょう。わたしの場合、目下のクライアントはあなたひとりです。その点はお母さまが条件として明示されました」

「母はそういうところがあるの」

「ええ。さて、わたしが申しあげたいのは、この新たなメッセージは即座に元をたどれたということです。ストーカーはミスを犯し、わたしはそこを突いた。犯人は大手のグリーティングカード製造業者が販売し、広く流通しているカードを選ぶこともできた。それなのに、安物の流通経路が限られたものにしたのです」

「限られた？」

「製造元は〈キャット・クラブ・カード〉。メリーランド州シルバースプリングにある、女性がひとりでやっている会社です。起業したてで、今年の二月十八日に販売を始めたばかりでした。細々とした会社ですよ、ミズ・リッツォ」

「エイドリアンでいいわ」

「では、エイドリアン。彼女は自宅に会社をかまえていて、そこで飼っている六匹の猫たちの写真を撮影しています。時折ご主人の手を借りることもあるそうです」

「その女性がストーカーにカードを売ったの？」

「いいえ。直接は売っていません——ウェブサイトを立ちあげて、オンライン販売するまでは。ただ、そちらは先週開始したばかりです。彼女の妹がジョージタウンで文具店を営んでおり、そこにカードを置いてもらって売るようになったのが二月十八日。それから二週間のあいだにミセス・リニー——猫カードの製造者です——は売りこみをかけ、さらに三店舗でカードを置いてもらえることになりました。ひとつはシルバースプリングのダウンタウンにある、彼女の馴染みの店で、二十三日からカードを店頭に並べています。それからポップアップ・ストアが二店——ひとつはメリーランド州ベセスダ、もうひとつはDC北西地区にあります。それぞれ三月二日から販売を開始しています」

「つまり、送られてきたカードはそれらのどこかで購入されたのね」

「そうです。それで範囲がかなりせばまります。カードはばら売りとアソートの八枚セットで売られていました。ミセス・リニーの妹さんはセットを六つ、送られてきたのと同種類のカードを含むばら売りを二十四枚仕入れています。消印の日付までに売れたのは、セットがふた組、ばら売りが十枚です。送られてきたカードと同種類のものも含まれます。ほかの三店舗では合わせてセットが八組、問題のものと同じカードが六枚売れています」

「ストーカーはそのエリアに住んでいるのかしら」

「あるいは、そこを通ったか。どこの監視カメラにも必要な期間の映像は残っていませんでした。代金の支払いはクレジットカード払いもあれば、現金払いもある。店主や従業員と話しましたが、気になったり、印象に残ったりしている客はいないそうです」

レイチェルはコーヒーを脇へやると、赤い眼鏡をかけて自分の手帳に目を落とした。

「時系列を見ていきましょう。いつもどおりに送られてきた最後の詩は、カンザス州トピカで投函(とうかん)され、消印の日付は二月十日。あなたのお話では、二月十三日に私書箱に封筒が入っているのを見つけたものの、そのときは開封しなかった」

顔をあげ、同情のこもった目を向ける。「これはおじいさまが亡くなられた日ですね」

「ええ」

「おじいさまの訃報と追悼記事、先立たれた奥さまとご家族のお話が二月十七日付けの地元新聞に掲載され、同日、トラベラーズ・クリークのウェブページにリンクが貼られた」

「そう」エイドリアンは椅子に寄りかかった。「その翌日からジョージタウンでカードが販売開始。一週間もせずにシルバースプリングでも売られ、三月の頭にはポップアップ・ストアにも並んだ」

「そうですね。カードの消印は三月十六日、お別れの会の十日前です。開催する日付は新聞と町のウェブサイトに載っていました。このカードはあなたの私書箱ではなく、お店宛に送られ、あなたはお別れの会の翌日に開封した」

エイドリアンが立ちあがると、セディーは頭をあげ、自分が必要とされているか確かめるようにじっと観察した。そして、飼い主が行きつ戻りつするのを見守り続けた。

「キティホークの新聞にも追悼記事が載ったわ。わたしの曾祖父母はそこへ移り、もう一店舗〈リッツォ〉をかまえたの――わたしが生まれる前の話よ。曾祖父母が死去したあと、祖父母はそっちのお店は売却した。二店舗を経営するのは無理だったから。

ストーカーはさまざまな場所で祖父の死亡記事を目にすることができたはずよ」

「たしかにそうです。わたしの考えでは、犯人は地元新聞に目を通し、あなたやご家族の話題がないかチェックしているのでしょう。事実上、遠方からでもあなたを監視できるわけです。あなたのブログにアクセスしたり、配信されたワークアウト動画を視聴したり、DVDを購入したりすることは誰にでもできます。犯人はすべてやっているでしょう、エイドリアン。犯人は頻繁にあなたを観（み）ているんです」

エイドリアンは身震いしそうになるのをこらえた。「警察は、相手は性的な執着を抱いているわけではないと見ているわ」

「わたしも同感です。性的要求（アセクシャル）のない人かもしれません。それどころか独身女性の可能性もありますが、とにかく詩には性的執着を示唆するものは皆無です。犯人は別の手段で力を行使し、あなたを抑圧している。短い詩を送り続け、あなたへの危害をほのめかすことで。犯人はあなたの人生をかき乱すのが楽しくてやめられないのでしょう」

「今まではそうだった。だけど、これからは？」

レイチェルはただ両手を開いてみせた。「これまでのパターンを逸脱しているのは悪い兆候です。手紙に記されている遠まわしの脅しが実行に移されたことはありませんし、今後もないかもしれませんが、ボディガードをつけることをお考えになってはどうでしょうか。わたしから何名か推薦することもできますよ」

「セディーがいるし、ここのセキュリティも万全よ。わたしもオンラインで護身術とマーシャル・アーツのコースを取っているの。ボディガードは考える気になれない。だって、いつまで続くの？　これから十年、十二年と続くこともありうるでしょう。これもいやがらせの一部ね。終わりがあるのかどうかわからないことも。もし終わったらどうするべきか、それが何を意味するのか、頭を悩ませることも」

エイドリアンはふたたび腰かけた。「あなたの働きに感謝するわ。この問題が始まってから、しっかりした詳細を知らされるのはこれが初めてよ」

「まだまだ調査終了ではありませんよ。いくつか糸口が残っています。お母さまは徹底的に調査することをお求めです、エイドリアン。そして、わたしも徹底的な調査を旨としています」

レイチェルはブリーフケースから大きなマニラ封筒を取りだした。「お母さまへお送りした報告書のコピーです。何かご質問がありましたら、それからもし次の詩が届きましたら、どうぞご連絡を」

「わかったわ。ところで、なぜ警察をやめたのかうかがっても？」

「子供がふたりできたあと、主人と話しあったんです。警察の仕事は危険と隣りあわせです。私立探偵のほうは、テレビや映画で観るのとは違って、調査や聞きこみ、報告が主な仕事です。それに——」立ちあがりながらつけ加える。「仕事を自分で選びたかったから。自分の思いどおりに働きたかったんです」

「その気持ちはわかるわ」

レイチェルは片手をさしだした。「自分の身を守るよう分別のある行動をお取りください。またご連絡します」

エイドリアンはカップとソーサーをキッチンへ運んで洗った。やっておきたい仕事はある——やりたい仕事はいつだってある。

けれど、家のなかにいたら報告書に目を通し、すでに知っている内容を再度見直してしまうだろう。虫歯のようにいつまでもつつきまわして。

「久しぶりにお日さまが出ているわよ、セディー。気分転換に外へ出て、ちょっと走らない？」

セディーは〝外〟という言葉を理解し、靴脱ぎ場へ急ぐと、壁にかかっているリードの前でイエスの印にワンとひと吠えした。

「五分待って。ランニングウェアに着替えたら出発しましょう」

18

翌週、改築現場を訪れたエイドリアンは、今や石膏(せっこう)ボードを貼られてパテで塗装され、表面をきれいに処理された壁に感嘆した。

彼女は春休みで帰省しているケーラを振り返った。

「見違えたわね」

「すっかり生まれ変わりました」ダメージジーンズに大学のパーカーを着たケーラは、くるりとまわってみせた。「ここ、お化けが出るって言われていたんですよ」

「実際に出るとしても、お化けもこのほうが住み心地がいいんじゃないかしら。本当にありがとう。春休みのあいだ、こっちに戻ってきてくれてうれしいわ」

「新しい青少年センターのデザインを手伝わせてもらえるなんて、信じられませんでした。高校生のときにこんな場所があったらよかったのに。おじいさまのことはお気の毒でした、エイドリアン。みんなに愛されていた方でしたね。この仕事に関わることができて本当に光栄です」

「よかった。助けが必要だったの」エイドリアンはケーラの腰に腕をまわした。「わたしは決断力があるし、審美眼とセンスもそれなりのものだと自負はしてる。だけどこの場所を見まわすと、どこから手をつければいいのかもわからないの」

「ハッピーな雰囲気で、快適でありながら維持管理は楽にしたいんですよね。ごてごてはしていないけど、退屈でもない。そして、この建物の歴史を尊重したい」

「その条件をすべて満たせる?」

「サンプルと内装のプランボードを持ってきています。車にあるので、持ってきましょうか?」

「プランボードがあるの? ええ、見たいわ。一緒に取りに行きましょう」

行こうとしたところでマークが新しい階段の上から声をかけてきた。

「エイドリアン、あがってきてここを見てくれないか? やあ、ケーラ。カレッジ・ガールは元気にしてるかい?」

「はい、ミスター・ウィッカー。チャーリーとリッチはどうしてますか?」

「雑草みたいにすくすく育っているよ。ケーラは昔、うちの子供たちのベビーシッターをしていたんだ」

トラベラーズ・クリークの住人はみんなどこかでつながっているのだ、とエイドリアンは思った。「すぐに行くわ。持ってきたいものがあるからケーラの車へ取りに行くところなの」

「わたしひとりで持ってこられますよ」

「おい、デリック、階下(した)へ行ってケーラの荷物を運ぶのを手伝ってくれ」

「了解」ひょろりとして骨張った体つきのデリックが、ワークブーツで軽やかに階段をおりてきた。「調子はどうだい、ケーラ？」

　エイドリアンは階段をあがり、物置の変更案――懸命な案だった――を吟味した。階下へ戻ると、ケーラは木挽(こび)き台にベニヤ板をのせ、そこにサンプルと場所ごとのプランボードを三枚広げていた。

「まあ、すごい」

「選択肢があったほうがいいでしょう。たくさん送ってもらった写真と動画がすごく役に立ちました。あなたが求めているのは流れるような色とトーンだと思ったんです。色相はひとつに絞るとしても、エリアごとの区切りははっきりさせ、それでいて各エリアへ自然と誘導される流れがあるといいわけですよね。歴史を感じさせるために、昔風のものを交ぜてみてはどうかと思い、化粧室と食堂の床にはこちらを考えてみました」

「レンガみたいね」

「簡単に掃除ができて、滑り止め加工の施されたタイルです。それか、床は普通のビニール製にして、壁をレンガ模様にすることもできます。戸棚の色にはハッピーを取り入れましょう。だけど扉の前面は平らで掃除をしやすくします。取っ手はカントリー風です」

「キャビネットに使われているこのダークグリーン、とってもいいわ。わたし、グリーンに目がなくて」

「覚えておきます。それに合わせるならカウンターは白ですね。こちらは人工のものなので目張りの必要がないし、染みにもなりません。角は丸くするのがいいでしょう。見た目がかわいいですし、子供には安全です。アンティーク風のブロンズの取っ手がいいかも」

ケーラがサンプルをグループ別に分け直すのをエイドリアンは眺めた。

「続けて」

話を聞き終える前に、エイドリアンは床材などはほとんど決定し、自宅に持ち帰って再検討するいくつかのサンプルをより分けていた。

マークがおりてきて、選んだいくつかのものに目を注いだ。「いいねえ」ケーラの腕をつつく。「さすがはプロだ」

マークの弟で、昔は〈リッツォ〉で乱暴な客として知られていた男性がやってきて、プランボードを眺めた。「グリーンのキャビネットか。明るくていいね」ケーラにウインクしたあと、エイドリアンへ向き直って一千ワットの笑みを浴びせる。「今日来るとは知らなかったよ。上等なキャップをかぶってくるんだったな」

たしか、ポールという名前だったはずだ。エイドリアンは思いだし、笑みを返した。

「それは上等なやつじゃないの？」

「こいつは古いやつだ」

「ポール、レディたちがこれを車へ運ぶのに手を貸してやれ」

「喜んで。この古い建物を生き返らせるのに手を貸すことができてうれしいよ」ボードを抱えて歩きながら胸をそらす。「春が来るなら、さっさと来てほしいもんだ。犬と一緒に走っているのをよく見かけるよ。絵になる光景だ」

「セディーは走るのが好きなの。わたしもね」エイドリアンが車のドアを開けてやると、セディーはなかへジャンプした。「一番上のボードだけでいいわ、ポール、ありがとう」

「天気がもてば、来週には外壁の洗浄と塗り直しが始まる」ポールはしばし彼女の車に寄りかかった。「それが終わったら、建物の外観はがらりと一変するだろう。それと二階部分の羽目板ができあがったら」

彼は顎をこすった。「二週間後にはここはぴかぴかに輝いてるぞ」

「楽しみにしているわ。手伝ってくれてありがとう」

「いつでもお安いご用だ。今夜は〈リッツォ〉に寄ってビールとピザにするつもりなんだが、おれがおごるから、店で仕事の話の続きでもしないか？」

「ありがとう。二、三日後にまた来るから、話はそのときにしましょう」

ポールはキャップのつばを叩いた。「じゃあ、運転に気をつけて」またも胸を張って建物へ戻っていく。

「口説いてるのがみえみえでしたね」

「ええ、そうね」

「彼、すてきじゃないですか。筋肉もすごいし。兄は彼の妹と一時期つきあっていたんですよ。いいと思いますけど、ポール。バリーの話だと昔はちょっとワルだったらしいけど、今はまじめなようだし」

「ええ、まあ……」エイドリアンは口を濁した。

「惹かれません？」

「惹かれないわね。彼の筋肉は魅力的ではあるけど。今晩か明日には残りを決めるわ。あなたの春休みが終わる前に、テーブルや椅子も考えなきゃいけないんですものね」

「いくつかアイデアは考えています」

「あてにしているわ。じゃあ、またね」

ポールには惹かれない。エイドリアンは車を走らせながら思った。ときめきもなし。

もっとも、これから発展する可能性はゼロではない。〈リッツォ〉に寄って一緒に食事をして、なりゆきを見てみてもいいけれど……。

「ただね、そういう気分になれないの、セディー。まずは母とのプロジェクトと青少年センターね。そのあとまた考えましょう」

持ち帰ったサンプルを見せようと、ティーシャの家に寄った。

しかし家の前に車がない。どうやらみんなでどこかへ出かけているようだ。

けれどレイランの車が停まっているのに気づき、エイドリアンは彼の車の後ろに停車した。

お別れの会のあと、レイランと話をする時間も機会もないままだった。お仕事の邪魔かしらと思いながら、セディーを車からおろしてやった。だけど、すぐに帰るつもりだからいいだろう。

セディーははずむような足取りで先に行き、うれしそうに体全体を振っている。

「しばらくボーイフレンドに会わせてあげていなかったわね。ごめんなさい」

エイドリアンはノックして、セディーの頭を撫でた。「落ち着いてね。向こうが近づいてきてから――」

携帯電話を耳に当てたレイランがドアを開けた。ドアのこちら側と向こう側にいた二匹の犬たちはお互いへ向かって突進し、大喜びで一緒くたになり、居間の床を転げまわっていった。

「余計な忠告だったみたいね」エイドリアンはつぶやいた。

レイランが彼女を手招きする。

彼はグレーのスウェットパンツに、ノト・ワンのトレーナー、ひげは数日剃っていないらしい。そんな姿なのに、なぜか魅力的に見える。

「ああ、うちの犬のガールフレンドが来たんだ。そう、うちの犬にはガールフレンドがいるんだよ」レイランは犬たちを踏まないよう脇にどいた。「笑ってくれ。いや、それだと大いに助かる、ああ、本当に。子供たちは母が見てくれるから、夜は丸々使える。そうだな、まだ結構ある。じゃあ二週間後に」

彼が通話を切って携帯電話をポケットに入れる。「どうも」

「こんにちは。お邪魔してごめんなさい」

「いや、いいんだ」レイランは顔をなめあう犬たちにちらりと目をやった。「恋人たちをずっと引き離してしまったね」

「そうみたい。どうにかしてあげないと」

「庭へ出してプライバシーを与えてやるのはどうかな?」

「かまわないわ。でも、長居するつもりはないの。お仕事中でしょう?」

「ああ、続きはあとでやるさ。ほら、おふたりさん、行くぞ」

彼が先に立っていき、裏口を開けてやると、二匹は弾丸のように芝生へ飛びだしていった。

「飲み物は？　コーラと水、紙パックに入ったジュースならある」

「結構よ、ありがとう」

家庭的なキッチンだとエイドリアンは思った。冷蔵庫にはカレンダーが貼られていて今月の予定が書きこまれ、コルクボードには子供たちの描いた絵や、誰かの名刺がピンでとめてある。カウンターにあるフルーツ用のボウルはほとんど空だ。

「祖父のお別れの会以来、会っていなかったでしょう」彼女は切りだした。「あなたに話したいことがあったの」

「きみはどうしているんだい？」

「元気よ。元気にしているわ。ノンナが亡くなったときは、ここにはしばらく滞在しただけだった。長期休暇のたびに来てはいたけど、あくまで滞在しただけ。祖母がいないのは悲しかったけれど、それよりも祖父のことが気がかりだった。その後ここに住むようになって、二年以上経つわ。朝、目を覚ましたときに、今日はわたしがポピをお店まで車で送る番だったかしらと考えることや、キッチンへ向かいながらポピがいれたコーヒーの香りが漂ってくるのを期待していることがあって。そのあと、ああそうだったって思いだすの」

「ぼくも〈リッツォ〉で、カウンターの奥に彼がいるんじゃないかと思うことがしょっちゅうだよ。大勢の人たちにとって、彼は暮らしの一部になっていた」

「そうね。あなたに伝えたかったの……あのときあの場にいて、何から何まで助けてくれたことには前もお礼を言ったけど、あなたの言葉がどれほど支えになったか伝えておきたくて。あなたは言ってくれたでしょう、祖父は長く美しく、人々への愛情に満ちた人生を送り、運命は祖父に安らかな最期を与えてくれたって。祖父を失ったとき、あの言葉を聞いて救われたわ。そしてつらいときにはあの言葉を繰り返して乗り越えたの。ほかのすべてのことも、わたしの代わりに電話をかけてくれたことも、わたしが母と電話で話すあいだ手を握っていてくれたことも、全部わたしにとっては救いだった。だけど、あの言葉は特別なの。永遠に忘れないわ」

「そんなふうに言ってもらえると、今は逆に言葉がないよ」

「それと、あのときは頭がまわらなかったけど、あとから気になったの。あの日、どうしてうちへ来たの？　わたしがあなたを必要としたあの瞬間に？」

「フレイムのコミックの見本版を見てもらおうと思って、立ち寄ったんだ」

「完成したの？」

「ああ。大まかにはね。きみをモデルにさせてもらったから、見本を作って持っていった」

「まだある？」

「もちろん」

「見せてもらってもいい？」

「もちろん」彼は繰り返した。「ぼくの仕事部屋にある」

エイドリアンはレイランについていき、彼がデスクをまわりこんでファイル用の引き出しを開けるあいだ、壁やボードに貼られたスケッチを見まわした。

「ノー・ワン・シリーズの次の作品を描いている最中なのね。それに！」近づいて見る。「戦う相手は魔術師ディヴァイナ。最高だわ。このふたりって、互いに相手を打ち破ろうとしながらも、肉体的には強烈に惹かれあっていて、火花をばちばち散らしているでしょう。こっちはまた違う作品ね」

別のスケッチに向き直り、指先でとんと叩いた。

「ガラスの要塞かしら？　ううん、ガラスじゃないわ」自分で訂正する。「なんらかの透明で頑丈な素材、そうでしょう？　すごく、すごくかっこいい。これは島？　島に見えるわ。ええ、やっぱり島よ。火山もある！　火山にわくわくしない人なんている？」

エイドリアンは振り返った。レイランが彼女をじっと見つめて立ち尽くしている。

「ここは基地なんでしょう？　ヒーロー側の基地よね、だって透明だもの。これって、ついにヒーロー・チーム結成なの？　アベンジャーズやジャスティス・リーグみたいに？」

「フロント・ガード。彼らは、ザ・フロント・ガードだ」

「ザ・フロント・ガード」彼女はかすかな畏敬の念をこめて静かに口にした。「完璧なネーミングだわ。力を合わせ、使命を分かちあい、能力を絆として、悪と戦うために手を結ぶ」

「いいキャッチフレーズだ。使わせてもらうかもしれない」

「ヒーロー同士の仲違いもあるんでしょう。きっとそうよ。ヴァイオレット・クイーンとスノー・レイヴンは『クイーンズ・ギャンビット』でも衝突していたわ」

「驚いたな」レイランは目を丸くして見つめることしかできなかった。

「でも、スノー・レイヴンとノー・ワンは『ノー・クォーター』と続編の『オール・イン』ではタッグを組んで活躍しているわね。コバルト・フレイムも仲間に加わるの？　彼女はヒーローたちの信頼を勝ち得るかしら？」

「トゥルー・エンジェルが彼女を後押しし、話しあいの末、暫定的に仲間に加えることになるって筋書きだ。きみは本当にシリーズをすべて読んでくれているんだね」

「ヒーローたちの心の葛藤が好きなの、それにバトルシーンもね。善と悪の戦いに、二重生活を送る孤独、すべてを危険にさらす苦悩。それに、『スパイダーマン』でべンおじさんがピーターに言った言葉は胸に染みたわ。〝大いなる力には大いなる責任がともなう〟」

エイドリアンは彼が手にした冊子に目をとめた。「それがわたしに見せたかったフレイムの見本？」

レイランは彼女に手渡した。爪先立ちになって飛び跳ねる彼女を見ていると、思わず顔がほころぶ。

「ああ、すごい、最高よ」

「まだ見本で、紙質は悪いし、ちゃんとした製本じゃない」

「でも発表前のコミックなんてすごいわ」エイドリアンはそろそろとページを繰った。「彼女、ひとりのときはすごく寂しげで、悩み苦しんでいる様子ね。それがドラゴンにまたがったとたん、まさにエネルギーの塊と化しているわ。わっ、ここのエンジェルとの対比は強烈ね。見た目の違いだけじゃなくて」

彼女は顔をあげた。「わたし、オタク丸出しね、レイラン。でも、あなたのアートワークはすばらしいのひと言よ」

「ぼくの仕事部屋に常駐して、毎時間そう言ってくれないか？」

「わたしたちみたいに得意なことを仕事にしている人は、誰かに言われなくてもいい仕事をしたとわかるものよ。だから、仕事をし続けられるの」ほうっと息を吐き、彼に冊子をさしだす。「見せてくれてありがとう」

「あげるよ」

「いいの?」エイドリアンは彼の腕にパンチした。「本当に?」

「ああ」レイランは腕をさすった。「すごいパンチ力だな」

「やった! サイン、サイン、サインがほしいわ」

「するけど、もうパンチはなしだよ」

「ありがとう、うれしい」赤いペンを選んだ彼に向かってエイドリアンは続けた。

「それからもうひとつ、あなたに相談があるの。青少年センターの工事は日程どおりに進んでいて、九月にはオープンできると見込んでいるわ。センターではさまざまな実演を行ったり、プロを招いて教室を開いたりしたいと考えているの。ハンドメイド教室にスポーツ、音楽――これはモンローにお願いするつもり――ダンスにアート。あなたにも時間を取ってもらって、アートとイラストレーションの実演と教室をお願いできないかと思って」

「引き受けるよ」

「ずいぶんあっさりとオーケーしてくれるのね」

「地域の学校や催し、職業体験で仕事仲間と同じようなことをたまにやっていたんだ。楽しいものだよ。それに去年の夏のインターン生はそれを通じて見つけた」

「では、ぜひともお願いするわ。報酬はあふれるほどの感謝と心からの握手だけになるけど、それでもいい？」

「いつもの報酬と同じだ」

「ありがとう、レイラン」エイドリアンは冊子を受け取り、胸にぎゅっと抱きしめた。

「それにこのコミックもありがとう。最後にもうひとつ、これだけ話したら失礼するわ。リッツォ家ディナーのゆうべを再開しようと思うの。家にはにぎわいが必要でしょう。金曜日に子供たちを連れてわたしの料理の腕を試しに来ない？」

「それはうれしい……ああ、だめだ。金曜は母と子供たちが約束してるんだ。お泊まりして映画三昧するらしい。ぼくはのけ者だ」

「それなら、あなただけでもどう？　ひとりきりで静けさに浸りたいなら別だけど。ティーシャはそっちのほうがシャンパンとキャビアを超える贅沢だと言っているわ」

「ぼくは、キャビアは苦手だ。『ビッグ』のトム・ハンクスみたいに、うえっとなる。それは置いておいて、自分で料理をしなくてよくて、ただで食べさせてもらえるんだろう？　もちろん行くよ」

「よかった。あなたが最初の犠牲者よ。もとい、最初のお客さまね。キャビアは出さないわ。七時でいい？」

「ああ」

「じゃあ金曜日に。庭に出てセディーを回収して、おもてにまわって帰るわ。ジャスパーはなかへ入れる？」

「機嫌が直るまでは外に出しておくよ。セディーと別れたあとはしばらく機嫌が悪いから」

「金曜日は一緒に連れてきてね」

レイランは友人としてふるまうよう自分に命じ、彼女が出ていくあいだ、その場からじっと動かずにいた。

エイドリアンは友人だ。

デートに誘われたわけではない。子供と、犬も一緒に夕食に招かれた。たまたま子供が行けなかっただけで、デートと同じにはならない。

それに情けないが、デートの仕方なんて今では記憶の彼方だ。

だから、デートでなくて幸いだった。

だから、デートでもないのにと、金曜の夜に大きな家の前に車を停めながら、レイランは自分のばかっぷりに呆れていた。何を着ていこうかと散々悩んだなんて、恥ずかしい。

結局はジーンズをはき――無難なチョイスだ――シャツはタック入りにしようか、なしにしようかと選びあぐねている自分にはっと気がつき、薄手の春物のセーターに変えた。

ワインは上質のものを選んできた。お招きにあずかるときはそうするものだ。だが、花を買おうと花屋に立ち寄りかけたところで自分を引きとめた。

それはやりすぎだ。

そして今、後部座席でジャスパーがドアにどんどんとぶつかるなか、レイランは運転席に座ったまま自分に言い聞かせた。

「エイドリアンはそういう意味でおまえに興味があるわけじゃない。昔からそうだっただろう、だから忘れろ。たとえ彼女がおまえに興味を持っていたとしても、おまえはどうすればいいかわからない。だから、とにかく忘れろ」

車からおりて後部座席のドアを開け、飛びだしていったジャスパーを玄関まで追いかける。ポケットのなかで携帯電話が鳴りだし、足をゆるめた。ジョナからのフェイスタイムだ。

「やあ、ジョナ」

「どうも。少し時間はあるか？　このアイデアをどう思うか、意見を聞かせてほしいんだ」

「ええと、あとでかけ直させてくれないか。これから夕食なんだ」

「ああ、わかった。でも、子供たちの声が聞こえないな。夕食前はいつも騒がしいのに」

「子供たちは母のところだ」

「そりゃ、ひと息つけるな。だったら、食べながらでいいから話を聞いてくれ。新たにひとひねり加えるところなんだが、そうするとほかにも手を加えなきゃいけないところが出てくるんだ」

「自宅じゃなくて、友人と夕食なんだ」

「友人？　誰だ？　ちょっと待て。ひげを剃ってるな。さてはデートか」

「違う。デートじゃない」

「おい、今のジャスパーだろう？　なんで哀れっぽい声を出してるんだ？　わかったぞ！　フレイムとデートだろ！　ジャスパーがめろめろになってる犬の飼い主だよな。マジかよ！」

「これはデートじゃない。うるさいぞ」

「あの超ホットなワークアウト・クイーンだろう？　もう家に来てるのか？　おまえが料理するのか？　いや、自宅じゃないって言ったな。なのに犬がいる。彼女のうちか！　彼女の手料理を食べさせてもらうんだな。ヒュー、ヒュー」

「次に会ったとき、タマを蹴飛ばしてやるからな」

「はい、はい。なあ、あとでメールしろよ。首尾よくいったか全部聞かせ――」

レイランは通話を切った。今の会話はまるでホルモン過多のティーンエイジャーの男子みたいだったな。

そう考えるとなぜか気分が落ち着いた。

大きなノッカーをドアに打ちつける。

エイドリアンはジーンズに——正しい選択だった——ペールイエローのシャツ、その下はぴったりした白いタンクトップだ。豊かな髪は頭の上にまとめてある。

「時間どおりね」彼女が言うなり、ジャスパーは一目散にセディーのもとへ向かった。

「完璧なチョイスよ」ワインを受け取った彼女が言った。「今夜のメニューにぴったり。なかへ入って。さっそく開けましょう」

音楽が流れている。ドムもいつも、ＢＧＭ程度にごく低く音楽をかけていたものだ。

そして、もうひとつ変わらないものに気づいた。それはこのにおいだ。

「メニューは何かわからないけど、すごくいいにおいがするな」

「でしょう？ きっと味もいいはずだと期待しているの。ポピは遺言として、秘伝のレッドソースのレシピを遺してくれたのよ。封をした封筒に入れて」ワインの栓を抜きながら、レイランに笑みを向ける。「封蠟で閉じてあったんだから。レシピを完璧に覚えたら、ふたたび封をして安全な場所に保管すること、ですって。わたしの子供が一人前になったら、それを渡すことになっているの」

エイドリアンはワイングラスを取りだした。「あなたのお母さまも教えてもらっているはずよ。それくらい彼女を信頼していたのね」

「母はしっかりそれにこたえているよ。決して明かしたことはないし、家では絶対に作らない」

「わたしは作らせてもらったわ。今夜はラザニアよ。ひとりで作るのは初めてなの。味がにおいに劣ったら？ 嘘々、そんなことないはずよ」

ワインを注ぐ。「来てくれてありがとう。わたしにとって大事な試運転なの。誰かのためにひとりで料理をし、社交生活のこういう部分を再開するための」

レイランはさしだされたワインを受け取り、彼女のグラスと触れあわせた。「試運転の成功を祈願して」

「乾杯。どうぞかけて。イタリア風の前菜（アンティパスト）はここで食べましょう。そのあと、ダイニングルームでメインディッシュよ」

「本格的だね」

「イタリア料理ですもの」エイドリアンは細長い大皿を取りだすと、パプリカにチェリートマト、ひよこ豆、オリーヴ、その他を祖父直伝のビネグレットソースであえた前菜を小皿に取り分けた。

「前菜とデザートには自信があるの。ノンナにきっちり仕込まれたから。お子さんたちがいるんだから、あなたも料理はするんでしょう？」

「〈リッツォ〉のテイクアウトばかりでは生きていけないからね、子供たちはそれでよくても。グリルと中華鍋が活躍しているよ。それにローストチキンはなかなかの腕前だ。あの母親に育てられたら、自然と料理を覚えるものだよ」

「そうでしょうね」

「時間がないときは……非難しないでほしいが、きみはいい顔をしないだろうな、冷凍のチキンフィンガーと揚げポテト（テイタートッツ）に頼っている」

「母が家にいないとき、たまにミミが出してくれたわ。内緒でね。それに、わたしは非難はしないわ」エイドリアンはプロヴォローネを少し食べた。「わたしは教育するの。非難するのは母よ。だけど、母も変わろうとしてる」

「そうなのか？」

「わたしたち親子も……試運転中と言えるわ。ポピの死は母にとってもショックだった。だから人生を見直したみたい。ポピが亡くなる前からすでに変化があったのよ。年が明けた直後に新年のお祝いのメールを送ってきたりして。そんなこと、母はしたことなかったのに。それに、高校をテーマにした新しいＤＶＤも、わりとすんなり一緒にやってくれることになったの」

「あちこちでその話を耳にするよ。街じゅうが浮きたっている」

「それはわたしもよ。二世代でやるってアイデアがいいでしょう。いいえ、二世代プラス半世代ね」彼女は言い直した。「わたしは高校生たちと同世代とはさすがに言えないから」

「出演するのは運動をしている人たちなのか？　それはそうと、これ、おいしいよ」

「ありがとう。出演者はチアリーダーにフットボールのラインバッカー、体育教師、フットボールの監督、彼らは運動が得意な人たちの代表ね。一方で、サイエンスマニアに数学オタク、役者志望、学費全額免除の特待生でバージニア工科大学へ進学する生徒もいるわ」

エイドリアンはワイングラス越しに微笑んだ。「あらゆる面で多様にしたの。性別、年齢、人種、形――形はそう違わないわね。全員が行えるエクササイズを考えるのは骨が折れたわ」

「だけど、きみはそれを楽しんだ」

「もちろん。数週間後には母が戻ってくるから、リハーサルをして、ルーティーンをすべて確認し、全員通しでやってみるつもりよ。そのあとは撮影スタッフの到着を待って、場所のセッティングをし、週末の二日間、朝から夜まで使って撮影する予定。念のため、三日目の放課後も押さえてあるけど。さて、わたしの料理を試す覚悟はできている？」

「においばかりで、おあずけされるのはもう限界だ」

「おいしくできていますように。犬たちを庭へ出して、テーブルのキャンドルに火をつけてもらえるかしら。わたしは料理を並べるわ」

思っていたより気楽にやれているな。犬を外へ出しながらレイランは認めた。エイドリアンは昔から話しやすく、一緒にいても肩が凝らない。それに、この家にいてくつろげないとしたら、問題は自分のほうにある。

彼女はラザニアと、やわらかくてふっくらしたブレッドスティック――〈リッツォ〉の定番だ――、それにオイルとハーブを振りかけてローストしたチェリートマトを運んできた。

「お皿に取り分けていいかしら」

「たっぷり頼むよ」

「あなたが後悔しませんように」

彼女はラザニアを大きく切り分けて皿にのせ、レイランはワインを注ぎ足した。

エイドリアンは腰をおろし、フォークでひと口目をすくった。「いくわよ」

ふたりは同時に口へ運んだ。エイドリアンがゆっくりと笑みを広げたあと、眉をひくひく動かしてみせた。

「〈リッツォ〉の伝統は生き続けたね」レイランはもうひと口食べながら言った。

「ふうっ。祖父母みたいに料理に情熱と人生を捧げるのは無理だけど、彼らを失望させなかったとわかって安心したわ。さて、料理の心配が消えたところで、あなたからもらったコミックを読んだことを報告するわね。それも二回」

「ぼくは食べるのに忙しくて自分の作品を心配するどころじゃないよ」

「よかった。心配し損になるから。一回目は話に集中できなかったと認めるわ。紙面には自分がいて、物語のなかで動いているんですもの。変な感じだったけど、わくわくもした。二回目は、もうそこにいるのはわたしじゃなくフレイムだった。でも、彼女の葛藤を感じたわ。フレイムの心はふたつに引き裂かれているでしょう。グリーヴァスに惹きつけられながらも反発し、トゥルー・エンジェルに感嘆しながらもねたんでいる」

グラスを持ちあげ、持ったまま身ぶりを交えながら口へ運ぶ。

「一度読んで内容を知っているのに、ナイトクラブの地下にある黄泉の川（ステイックス）の底で、傷を負ったエンジェルが身を守るすべをなくすシーンは心臓がどきどきしたわ。グリーヴァスはフレイムに命令し、エンジェルにとどめを刺させ、街を破壊させようとするでしょう。エンジェルを殺して、彼女の魂をグリーヴァスへ届ければ、フレイムは彼から解放される。エンジェルの魂は闇に閉ざされることになるけれど、フレイムは闇がどんなものかを理解しているのよね。

だから自分を恐れ、憎んでいる人々とエンジェルを助けるため、フレイムが自分のパワーをグリーヴァスめがけて放つところは感動的だったわ」

「これまでぼくの自尊心はきみなしでよくやってこられたものだ」

「お世辞じゃないわよ。バッドエンドになることだってありえたのよね、フレイムはちょっとクレイジーだもの。彼女は感情のままに行動し、自分には手の届かないものをすべて持ちあわせているようなエンジェルを深くねたんでいる」

エイドリアンがフォークでトマトをぶすりと刺す。「トゥルー・エンジェルさえいなくなれば、自分が求めているはずのもの、自分にこそふさわしいはずのものがすべて手に入るのよ」

「人間の部分を完全に切り離せばね」

「けれどそうはせず、フレイムは人間らしくあることを選んだ。お子さんたちもお父さんの作品のファンなの？」

「特に関心はないようだ。ブラッドリーなんて、相変わらず『バットマン』ひと筋だよ」

おかしなものねと思いながら、エイドリアンはさらにワインを飲んだ。「きっと今だけよ」

「イースターエッグを染めたとき、ブラッドリーはそのうちの一個にバットマンのマスクを描いた。これがいい出来でね。ぼくはかまわないし、可能なときは仕事仲間のジョナから息子をかばっているよ。ジョナは裏切りと見なしているから」

「仕事仲間のいるオフィスが恋しい？」エイドリアンは尋ねた。

「恋しい部分もあるな。仲間といることで生まれるエネルギーがあるが、ウェブ会議だとそういうものはいくぶん失われてしまう。おそらく今のほうが仕事の邪魔は入らないが、なんてことない会話を仲間と毎日交わせたのはやっぱり楽しかった。きみは？ ニューヨークが恋しいかい？」

「恋しくなると思っていたけど、実は平気なの。もともと仕事の大部分はひとりでやっていたし。今はティーシャとモンローもご近所で、それはわたしにとってすごく大きなことだわ。でも仕事に関しては、わたしの場合、あなたみたいにチームでやるわけじゃないから。少なくとも最終段階に入るまではね」

「モンローといえば――」レイランは最後のブレッドスティックを小皿のオイルに浸した。「彼の家の隣に引っ越したときには、自分のプレイリストに入っている曲のおよそ一割を彼が作曲していたなんて思いもよらなかったよ」

「彼って、少しもひけらかしたりしないわよね」

「本当にそうだよ。たまに庭でギターやキーボードを弾いているくらいで。サックスのときもあるな。だから、どうして自分で楽曲を発表しないのか、一度尋ねたんだ」

「静かなのが好きなんだ、って答えたでしょう」

「そのとおり。エイドリアン、すばらしい食事だったよ。本当においしかった」

「まだ終わりじゃないわ。ザバイオーネがあるの。ずっと前にノンナから秘訣を教わったやつだから、自信ありよ。先に片づけるわね。飲み物はカプチーノでいい？」

「もちろん。手伝うよ」

ともに立ちあがり、皿を重ねた。

「そうそう、今日マヤとばったり会ったの」エイドリアンは皿をキッチンへ運んでいった。「週に一度の健診から帰ってきたところで、すべて順調だと言っていたわ」

「ぼくも聞いた。孫娘の誕生に母はちょっと有頂天になっているよ。ジョーも喜んでる。コリンはそれほどじゃない。女の子はおばかなのに、みんな少しもわかってないってぼくに耳打ちしてきた」

「あなたはなんて返したの？」

「信頼の礎を築くために少しばかり同情を示してから、いろいろな作品に登場する、おばかではない女の子を引きあいに出した。『パワーレンジャー』のピンク、ワンダーウーマン、レイア姫、『X-MEN』のストーム、ヴァイオレット・クイーン、彼の母親、おばあちゃん。ただし、コリンのいとこには触れなかった。目下、マライアは彼が考えるおばかの典型だからね」

「賢明ね」

エイドリアンがカプチーノ・マシンへ向き直ったとき、レイランが皿を置こうと前へ出たため、彼女は真正面から彼にぶつかった。

顔をあげると、そこにはグリーンの瞳があった。なぜよりによってグリーンなの？

エイドリアンは吸いこまれるように彼に身を寄せた。

そして、はっとわれに返って体を引いた。

「いやだ、ごめんなさい！　レイラン、本当にごめんなさい。今のはただ――」

彼はエイドリアンの腕をそっとつかみ、彼女をその場へ引きとめた。「謝る必要があるのかい？」

19

エイドリアンは頭のなかがひっくり返った。意味をなす言葉が見つからない。

「わたし、その、そんなつもりじゃなくて……あなたを誘ったのは別に——誘ったっていっても、そういう意味じゃ……」

「お互いに謝る必要があるかどうか、確かめてみようか」

これでふたりの関係は変わる。関係が変わる決定的な瞬間だ。だから、レイランは時間をかけてエイドリアンを引き寄せ、さらに時間をかけて彼女を少しだけ引きあげてから残りの距離を詰め、彼女の唇に唇を重ねた。

ゆっくりと優しく甘いキスをする。少し味わうだけ。長く続いた大切な友情を壊すことなく、どちらからでも体を引くことのできる試運転。

ゆっくりとした優しく甘いキスに引き寄せられ、エイドリアンはふたたび彼に身を寄せていた。

鍵がまわるみたいに彼女のなかで何かがかちりと音をたて、ずっと欠けていたときめきがあふれだす。彼女はキスに、この瞬間に溺れた。

もはや、ふたりの関係はこれまでと同じではない。エイドリアンはレイランの頬に手を置いて、指を彼の髪へ滑りこませ、友人以上の関係へと進んでいった。

キスを深めたのは彼？　それとも自分？　わからない。わかるのは体じゅうがもっと求めていることだけだ。

レイランがわずかに体を引いた。瞳は彼女を見つめたままだ。「やっぱり謝るべきかな？」

「いいえ、謝る理由が見つからないわ」

「ぼくもだ」

今度はレイランの首に両腕を巻きつけた。彼にヒップをつかまれると、エイドリアンの全身にさざ波が走り、喉の奥から声がもれた。

「二、三日、時間を空けるのが賢い行動だわ」やっとのことで言葉を押しだしてから、彼の唇にふたたび唇を押し当てる。

「そうかな？」レイランは彼女の腰をつかむ手を上に滑らせ、また下へとおろした。

「本当に？」

「もしくは、今すぐ二階へあがって時間を節約することもできるわね」

「時間管理の大切さは過小評価されがちだ。ぼくはそっちの案に一票」

エイドリアンは彼の手を取り、息をついた。ふたりで一緒にキッチンを出る。

「今夜こうなるなんて思ってもいなかった」

「ぼくも驚いている。だけど、ちらりとは想像したよ」

階段ののぼり口で彼女は足をとめた。「そうなの?」

「足をとめないで。きみに気を変えてほしくない」

おなかの下のほうでうずくものが、喉へとせりあがってきた。「そんなことは起きないわ」

「先に言っておくよ。ロリリーがいなくなったあと、ぼくは誰ともつきあっていない。だから、そっち方面の腕はかなりなまっていると思う」

「わたしもずいぶん久しぶりだけど、そのうち勘を取り戻せるわ」

エイドリアンは寝室へ入った。窓辺ではいつものように薄暗いきれいなランプがついたままだ。

彼女はレイランに向き直った。

こういうぬくもりや、ぞくぞくするほどの興奮を求めていたのだ。

「この部分は覚えている」彼は唇を重ねたままささやいて、両手を滑らせ始めた。

彼の手がヘアピンを抜き始めると、エイドリアンは反射的に髪へ手をやった。「待って、わたしの髪は――」

「ゴージャスだよ。本当に豊かな髪だ」レイランは指で彼女の髪を梳き、ベッドへと導いた。「だんだん思いだしてきた」

彼がなめらかな動作でエイドリアンの体をすくいあげた。彼女の心臓はどきりと跳ね、次の瞬間には彼とともにベッドの上にいた。

「今のはスムーズだったわ。高得点よ」

「ありがとう」つかの間、レイランは彼女の顔を見つめ、その上で光と影が戯れるさまに見入った。何度も描いた顔だ、その造作は知り尽くしている。それでも……。

「ぼくたちがこうなると、誰が予想しただろうね」

彼女の唇へと唇を押し当て、思案する時間はそこで終了した。

長いこと心から欲望を閉めだしてきた。情炎が広がって体を燃やす興奮を、今再発見している。ふたたび誰かを求め、誰かに求められることは奇跡のようにも、ものすごく自然な流れにも感じられる。エイドリアンが彼へと手をのばす。いつか説明できるだろうか。誰かにもう一度手をのばしてもらえる感動を。

欲望をかきたててくれる女性が、その欲望にこたえようとしてくれる喜びを。

レイランはエイドリアンのシャツを肩から引きおろし、彼女の力強い筋肉に両手を這わせ、バレリーナのように長い腕となめらかな肌との対比を堪能した。

タンクトップをめくりあげると、彼女は脱がせやすいよう、両腕をあげて背中をそらした。彼女の胸にそっと手を滑らせたあと、ただそこへ頭をのせた。彼女の心臓が早鐘を打つ音が聞こえる。

まるで……貴重な宝物になった気分だとエイドリアンは思った。肌に触れるレイランの手は彼女を崇(あが)めるかのようで、その唇は彼女の肌から離れたなら、窒息しかねないとばかりに彼女の上にとどまっている。どうして彼とはこんなにしっくりくるのだろう。子供のころからお互いに知っていて、別々の道を歩んだふたりが、その道を引き返し、ごく自然にこうして結ばれた。

レイランの唇が新たな快感をもたらすと、忘れかけていた興奮が彼女の体をほてらせ、心臓を高鳴らせた。彼の両手が情熱をかきたて、彼女の血潮に小さな炎を次々と送りこむ。

もっとほしい。エイドリアンにわかるのはそれだけだった。もっと彼がほしい。

レイランのセーターを引っ張りあげて脱がせ、うっとりとした声をもらしながらその胸板と肩のまわりに両手を走らせる。薄闇のなかで目が合ったとき、彼女は微笑んだ。

「得意げな顔はやめてくれ」

「ワークアウトをやっているのね。大まかなルーティーンを教えただけなのに」

「きみのことが忌々しくて、悪口を並べたてる日もあるよ。独創的なやつをね」

「つまり、お互いによくやったってことね」

彼の瞳が好きだ。レイランの頰を指でかすめながらエイドリアンは思った。昔からずっと、この瞳に半分恋をしていた。

「レイラン」ささやき、彼の唇を引き寄せる。

レイランは変化を、エイドリアンの様子が切迫するのを感じ取った。彼の下でわななく体が、彼を握りしめ、さすり、つかむ手が、切実さを訴えかけてくる。それでもレイランはこのひとときを引きのばし、ゆっくりしたペースを保った。

魔法はひと息でのみ干すものではない。

互いの服を脱がせながら、長く濃密な口づけで焦りを静める。エイドリアンが体を押し当て、自分をさしだし、開いて求めると、レイランは手でそれにこたえ——とても熱く、しっとり濡れていて、やわらかい——彼女をあえがせて一度目の絶頂を与えた。

エイドリアンの体から、女性的な強さの神秘から、ぐったりと力が抜けると、レイランは神になった心地がした。

だから自分への供物を受け取る神のように、彼女の肌を味わった。激しく脈打つ箇所にそっと歯を立て、体の隅々へと両手をさまよわせ、高まる欲情に息ができなくなるまで彼女を自分のものにする。

ゆっくりと、慎重にエイドリアンのなかへ滑りこんだ。まるで最後の鍵をさし入れるかのごとく。頭をさげてふたりの額を触れあわせ、つかの間レイランは自分を取り戻そうとした。

するとエイドリアンが彼の顔を両手で包み、瞳をのぞきこんできた。レイランは彼女の瞳のなかで自分を見失った。

彼女のなかで。

自分を解き放ち、ときに奪い、ときに波に流されて、彼を包みこむエイドリアンとともにリズムを刻んだ。ついにのぼりつめて頂きを越えたとき、レイランはエイドリアンの髪に顔を埋めて彼女の香りを吸いこんだ。

エイドリアンは長いあいだ、静かに横たわっていた。息が切れて視界はぼやけている。まるで熱砂のなかでフルマラソンを完走し、ゴールを切って月明かりのオアシスへ倒れこんだみたい。そして今は、あたたかくて穏やかな湖に沈んでいる。体がうれし泣きしていそう、もしそのエネルギーが残っていたらだけれど。

吐息をつき、彼の背中に手を滑らせる。

「わたしたち、しっかり思いだしたわね」

「ありがとうと言うべきか、ワオと言うべきか、決めかねるよ。ここは、〝ワオ、ありがとう〟だな」

レイランが体を転がして彼女の上からおり、ふたりは仰向けに並んだ。彼の頭のなかで歯車がまわる音が聞こえるようで、エイドリアンはひとり微笑んだ。

「いくつか言っておきたいことがある」彼が切りだす。「まず、ぼくは一度きりでおしまいってタイプの男じゃない」

彼女の笑みが広がる。「本当に？」

「ああ……」別の意味にも取れることに気づいてレイランは短く笑った。「今すぐもう一度ってことじゃないよ。いや、そっちも本当ではあるけど……一夜限りの関係を結ぶタイプじゃないってことだ。またふたりで会いたい」

今度はエイドリアンが体を転がしてレイランを見おろした。「いいわよ。今すぐもう一度のほうもね」

「うれしいよ。今度は一緒にどこかへ出かけるのはどうかな。デートみたいに」

「デートは過大評価されがちね」

魅力的なグリーンの瞳が、いぶかしげに細められる。「今のはぼくのパクリ（バンプ）だな」

「パクリじゃないわ。でも誘惑（バンプ）なら……」

頭をさげて軽くキスをする。

「いいわ、そうしましょう。映画に食事、昔ながらのおつきあいならなんでもオーケーよ。過大評価されているのは、土曜の夜はどこかへ出かけなきゃならないって考えのほうだわ。忙しいふたりが夜遊びしたいなら、それはそれで結構よ。でも、忙しいふたりが家にこもってセックス三昧するのも、結構じゃない」

「きみは息をするようにぼくを誘惑するな。持って生まれた才能かな」

「その才能にこれからさらに磨きをかけるつもりよ。ところで、いくつか言っておきたいことがあるんじゃなかった？」

「ああ、そうだった。もうひとつは、お互いそれほどなまっていなかったのが証明されたあとに気づいたことだ。ぼくたちがこうなると誰が予想しただろう、と言ったよね。だけど自分に正直になってみると、昔きみのことを何度か意識したことがあるのを思いだしたんだ」

「わたしのことを？」エイドリアンは目から髪を払いのけ、彼の胸に肘をついた。「詳しく聞かせて、細かなところまでもらさずに」

「細かなところはたいしてないが……まずきみが町で過ごしてマヤと仲良くなった最初の夏のことだ。あのときはきみの存在にただ気づいただけで、意識はしていなかった。妹の友達なんて眼中になかったからね。きみがぼくのスケッチの話をするまでは。きみはアイアンマンとスパイダーマンを知っていた。それできみはいっきにおもしろい子になったんだ。ほんの一分くらいだけどね。そのあとはまたきみを無視するようになった。コリンが言っているように、女の子なんておばかだとね」

「今だから白状するけど、あなたのスケッチに触発されて、あのあとわたしも描いてみようとしたの」エイドリアンは眉根を寄せて記憶をたぐった。「なんだったかしら……そうそう、ブラック・ウィドウよ。わたし、ブラック・ウィドウになりたかったから、彼女を描こうとしたの。全然うまく描けなくて本当にがっかりしたわ」

レイランは彼女の髪をひと房指に巻きつけた。「ナターシャ？　それとも妹分のイエレナ？」

「ナターシャのほう」

「描き方を教えるよ」

「絶対に無理だと思うわ」もう一度彼にキスをする。「それで、いつわたしを意識したの？」

「大学で二年にあがる前の夏だ。〈リッツォ〉でアルバイトをしていたから覚えてる。きみはほかの女の子たちを連れてマヤと一緒に来た。たしかきみは十五歳くらいだったけど、すてきだった。本当に魅力的で、いいなって思った。でも、そんな気持ちはすぐに振り払ったよ。だってきみはミスター・リッツォの孫で妹の親友で、しかも実質的にはまだ子供だった。一方、こっちは大学生だからね」

「わたしはその前の夏だった」

「何がだい？」

「あなたを初めて意識したのが。あなたは自宅の庭の芝を刈っていて、シャツを脱いでいたわ。あなたは汗だくのがりがりで――」

「がりがりではなかったぞ」

「昔はがりがりだったわ。今は細身になったけど。とにかくあなたはがりがりで、髪も汗びっしょりでくるくる跳ねて、日焼けしてサーファーみたいに明るい筋が入ってて。どきっとしたわ。サングラスをかけていても、あなたの瞳の色がグリーンなのは知っていたから余計に。わたし、グリーンの瞳に弱いの」

「覚えておくよ」

「とにかく、それで自分に言い聞かせたわ。あなたは心も魂もひとりに捧げているでしょうって。ダニエル・ラドクリフに」

「ハリー・ポッター役の？」レイランは彼女の両肩をつかんで少し持ちあげた。「ハリー・ポッターとつきあっていたのかい？」

「いいえ、会ったこともないわ。でも、どうしても会いたかった。会うことさえできれば、彼はわたしに恋して、ふたりは末永く幸せになれると信じていたわ。わたし、オタクっぽい人に惹かれるみたいね」

「それも覚えておく」

「『スパイダーマン』の主人公のピーター・パーカーも好みよ。俳優のトム・ホラン

ド と熱いひとときを持てるなら愛の奴隷になってもいいわ」

「興味深いピロートークだ」

「そう?」エイドリアンは彼の二の腕をつまんだ。「じゃあ、ダンベルカールは何回やっているの?」

「今はやめてくれ」

「無理よ、習慣だもの。あなたのために新しいプログラムを考えましょう」

「きみときみのお母さんのオンラインコースに入会した。プログラムならいくらでもあるよ」

「頑張っているじゃない」

「毎日のように観ているうちに、ぴったりしたウェア姿のきみが潜在意識に焼きつけられたせいで、今ここでこうしているのかもな」

「自分でも知らないうちにあなたを誘惑していたわけね」彼女は眉をひょいとあげた。

「でも、毎日は観ていないの?」

「ほかのインストラクターのエクササイズと交代でやっているよ。ヒューゴ・ザ・ハンマーのウエイトリフティングを始めたところだ。彼には震えあがる」

「彼は世界一優しい男性よ」

「もうひとりも――名前はなんだっけ? 腹筋がむきむきのシックスパックで、髪を頭の上で束ねているインストラクターだ。彼も温和だとか言わないだろうね」

「ヴィンス・ハリスのことね。いいえ、彼は蛇のように意地悪で、しかもドラァグクイーンよ。だけど彼のエクササイズは効くわ。マンゴー・メイフィールドの『ギブミー・トゥエンティ』もたまにやってみて。いいマット運動が入っているから」

エイドリアンは彼の胸筋にキスした。「ワークアウトの話をしていたらおなかが減っちゃった。デザートはどう?」

「いただくよ」レイランが彼女の上にのしかかった。

「そっちのデザートのつもりじゃなかったけど」エイドリアンは笑いながら彼を抱き寄せた。「でも、いただきましょう」

レイランは彼女の家に泊まった。それはどちらにとっても思いがけないことだったが、犬たちにとっては僥倖となり、二匹はセディーのベッドで一緒に寝た。

エイドリアンがベッドから出ると、レイランも体を起こした。

「犬たちを外へ出してくるわ。あなたはまだ眠っていて」

「目が覚めた。習慣だな」彼はジーンズに手をのばした。「子供たちは週末でもかまわず早起きするから」

「何時に迎えに行くの?」

「十時くらいと言ってある」

「それならたっぷり時間があるわね。朝食の前にワークアウトよ」

「体を動かせるような服じゃないよ」

エイドリアンは彼のセーターを放ってやった。「用意するわ。おいで、セディー、ジャスパー」

「待った。断固拒否するぞ」レイランは本気でパニックに襲われた。「ピチピチのパンツなんて絶対にはかないからな」

「用意しておく」彼女はずんずん進みながら言った。「バスルームのクローゼットに予備の歯ブラシがあるわ」

「もう一回セックスをすればよくないか?」レイランはぼやいた。「あれだって立派なワークアウトだろう」

とりあえず彼はバスルームへ行って歯ブラシを見つけた。そして鏡に映った自分にぎくりとする。セックスしましたって男の顔だ。それも、最高のセックスを何度もして大満足って顔だ。

母に気づかれるぞ。初体験がすぐにばれたみたいに――相手はエラ・シンクレア、高校二年のときだ。

コンドームをちゃんと使ったかどうかきかれただけだが、あんなに恥ずかしいことはなかった。

この顔をなんとかしないと、また母に何か言われるだろう。そうなったらいたたまれない。

レイランがバスルームから出てきたときには、エイドリアンはフィットネスウェアに着替えていた——ぴったりした黒のショートパンツに、白と黒のチェック柄のスポーツブラっぽいものだ。

彼女には抜群に似合っていても、自分はぴったりした黒のショートパンツなんてはくものか。

絶対に。

「家に帰ったら必ず運動しますと血の署名をするから許してもらえないか？」

エイドリアンは何も言わずに、わりと普通のジム用パンツ——ゆったりとしてほぼ膝丈——と〈ニュー・ジェネレーション〉のTシャツをさしだした。

「ポピと同じくらいのサイズでしょう。まだ遺品の整理をしていないの。やろうとは思っているんだけど」

これはもう逃げられそうにない。

「じゃあ、借りるよ。遺品を片づけるなら手伝おうか。つらいのはわかるから」

「ええ、ありがとう。でも今週末に取りかかるつもりなの。主寝室へ移ろうと思っていて。明るいし、バルコニーがあって眺めもいいから。あの部屋から手をつけるわ」

レイランはパンツをはくと、ウエストの紐（ひも）を絞って結んだ。がりがりだからじゃないぞ、と自分に言い聞かせる。細身なんだ。細身ならよしだ。

彼は観念して、エイドリアンについていった。

「昨日はウエイトリフティングをした？　上半身のトレーニングは？」

「いいや」

「よかった、わたしもよ。今日はそれにしましょう」

スタジオに着いたところで、彼女は腰に両手を当てた。「プログラムとパーソナルトレーニング、どっちにする？」

「ぼくを殺すつもりだな。すでに殺気を感じるぞ」

「じゃあ、パーソナルトレーニングね」

エイドリアンはリモコンを取って音楽を流し、にっこりした。

「ウォーミングアップからいくわよ」

エイドリアンが優秀なトレーナーなのは知っているが――もう何カ月も彼女のワークアウト動画を観ているからだ――一対一の指導となると、また違った様相を呈した。

エイドリアンはレイランの姿勢を直し、快活ながらも真剣に、彼が自分でやるより――そこは認める――自分自身を追いこませた。

レイランがいつもどおり二十ポンドのウエイトへ手をのばすと、彼女は首を振り、二十五ポンドのウエイトを手渡した。

「自分自身に挑んで。フォームが崩れてきたら、軽いものに替えるの。さあ、スクワットから、ハンマーカール、もう一度スクワット、ショルダープレス」エイドリアンはデモンストレーションをしてみせた。「全身を意識して。いい？」

「はい、はい」

エクササイズのあいだじゅう、彼女の口も動き続け、そのエネルギーは減退することを知らないかのようだ。

強く押して、息を吸って、胸をそらし、お尻を後ろへ。

やがて汗が流れだしたが、レイランは彼女を悦に入らせるのが癪（しゃく）で、〝気分爽快だ〟とは言わなかった。

だいぶノリノリになっても、何も言わずにおいた。

有酸素運動と、それに続く十分間の容赦ない体幹（コア）トレーニングのあいだは特に。

「すごい、頑張ったわね！　さあ、次は体へのご褒美タイムよ。ヨガでストレッチしてクールダウンしましょう」

ヨガは苦手でいつもうまくできないが、ここでもエイドリアンに姿勢を――肩と腰の位置を――直され、ひとりでやるより長くポーズを保てた。

「体がやわらかいのね、レイラン」

たしかにやわらかいほうだと思うが、そう言う彼女は目下、百八十度に開脚し――人体構造的に不可能なはずだが――上半身はフロアにぺたりとついているのだから、立ったまま脚を広げて頭をフロアにつけている彼のピラミッドのポーズなど、取りたてて騒ぐほどのものではないだろう。

ふたりはヨガマットの上で脚を組んで向きあい、ルーティーンを終了した。「ナマステ。いいエクササイズだったわね。最後にちょっと肩をまわしましょう。今日は肩を使ったから、二分間のクールダウンよ」

レイランはすばやく動き、彼女をヨガマットに押し倒した。

「クールダウンなんてしたくない」

子供たちを迎えに行くのが少し遅れてしまった。母は眉をあげてにやにやしている。どうやら、セックスしましたって表情はぬぐいきれなかったらしい。

二週間後、マヤがクイン・マリー・アボットを出産した。コリンは母の腕に抱かれた赤ん坊を長いあいだじっと見つめていた。それから肩をすくめてうつむくと、顔に広がる笑みを隠したまま、〝まあまあかわいい〟と宣言した。

エイドリアンがピンクの花束を持っていったとき、レイランはうれし泣きするジャンからちょうど赤ん坊を受け取ったところだった。エイドリアンはのぞこうと近づいていき、彼がささやくのを耳にした。「伯父さんがキャンディをあげるよ。いつでも用意しておくからね」

そして長い指でやわらかな頰を撫でるのを見て、エイドリアンは胸が苦しくなった。少しだけ、恋に落ちてしまったかもしれない。

ケンタッキー州

春のドライブ旅行。これ以上のものがあるだろうか？　かぐわしいそよ風、咲きほころぶ花。牧場で緑の草を食(は)む馬たち。

見るものも、やることもたくさんある。

インディアナ州で――〝ゴー、インディアナ大学バスケットボールチーム(フージャース)！〟――ぼろいホンダのピックアップトラックを盗んでナンバープレートをつけ替え、ルイビルまで南へくだった。地元の田舎者はルー・ア・ビルと呼ぶ町だ。

ここではもうすぐケンタッキーダービーが開催され、その期間中、大気は狂気をはらむ。

いいにおいだ。いつだって狂気はいいにおいがする。

そして街路樹が並ぶ美しい郊外に、ターゲットは暮らしていた。子供ふたりを抱えた愛情豊かな母親、献身的な看護師、誠実な妻のふりをしたあばずれが。

嘘でかためた人生にこれからピリオドが打たれる。

数日間、彼女を観察した——気軽に楽しみながら。

そして彼女を終わらせた——シンプルな喜びとともに。

撲殺案は時間不足と、プライバシー不足のため急遽(きゅうきょ)変更した。

深く凶暴な興奮を味わえただろうに残念だ。

深夜一時に二十四時間営業のスーパーマーケットの駐車場に盗難車を停め、そこからおよそ一キロ離れた病院まで歩いて職員用駐車場に身を隠すのは、造作もないことだった。

そしてゴム底の靴を引きずりながら女がやってくるまでそう時間はかからなかった。

あとは〝ばあ!〟と飛びかかって、喉をかっ切るだけ。いやあ、血がよく飛んだ!

びゅーびゅー、ごぼごぼ。

鍵束とバッグを奪い、彼女を転がして隣の車の下に入れた。

彼女の車はかっこいい新型スバルだった。少なくとも数時間は誰も彼女を見つけないだろうし、ナンバープレートは簡単に替えられるから、春のドライブ旅行の次なる足にもってこいだ。

音楽のボリュームをあげて、ウィンドウをさげ、運転中は体と魂が分離しないよう薬を口へ放りこむ。誰かが彼女の不在に気づくころにはスバルは数百キロの彼方だ。

友人たちが泊まりにやってくるのはいつでも楽しみだ。ヘクターとローレン、そして母がこれから一週間滞在する——もっとも、厳密には母は滞在客とは言えないけれど。

ハリーとミミも加わるから、ニューヨークにいたころみたいだ。ヘクターの婚約者も週末に列車で来ることになっていて、ハリーのパートナーも子供たちの予定の調整がつきしだい、こちらへ向かう予定だった。残りの撮影スタッフは近くの宿泊施設に泊まるが、それでもこの大きな家がいっぱいになる。

そして、エイドリアンはそれを喜んでいた。料理の腕は人並み以上ではあるものの——やっぱり血は争えない——一日目の食事、それと撮影現場の軽食と飲み物は〈リッツォ〉に手配をお願いした。

彼らが到着する一週間前、祖父母の寝室の整理に着手した。予想していたほどつらくはなかった。祖父のお気に入りだったセーターや、祖父にいくら言っても捨てようとしなかったぼろぼろの古いスリッパを見つけても、笑みを浮かべている自分がいた。ポピのヘアブラシ。祖父は老いても髪がふさふさなのが自慢だった。それは形見に取っておき、祖父がよく着ていたグリーンのカーディガンもクローゼットに戻した。必要なときは、それで体をくるめるように。

祖父は妻の香水をひと瓶だけ残していた。これも取っておこう、祖父のアフターシェイブローションと一緒に。細々とした思い出の品は、ささやかな慰めを与えてくれる。

ほしがる人がいるかもしれないものはより分けて箱に入れ、ほかはすべて自分の車へ運び、そのあと掃除道具を出した。

ほかの場所はハウスクリーニング業者に頼むつもりだが、この部屋でいくつもの夜を過ごしたふたりに敬意を払い、ここだけは愛情と感謝をこめて自分でやりたかった。

ポーチのドアを開けて春風を入れた。セディーが日だまりを見つけて丸くなる。

エイドリアンは掃除機をかけ、汚れをこすり落とし、きれいに磨きながら思いをめぐらせた。この寝室はひとりで使うには大きすぎると、片づけを先延ばしにしていた。でも、本当はこの大きくて広々とした空間が幼いころから大好きだった。まぶしい白地にクリーム色の格間が組まれた格天井、つややかな堅木のフロア、気持ちが落ち着くやわらかなブルーグレーの壁まで大好きだ。

感傷をそそられて、祖母の香水と祖父のローションの瓶を炉棚にのせ、祖母が使っていた三つでひと組の銅製の燭台を添えた。

大きなベッドはろくろ加工の太い支柱付きで、シーツを替えて白い羽毛布団を広げ、枕をいくつも加えて足元にラグを敷いた。

ゆっくり時間をかけて、そこを自分の場所に変えていった。続きのバスルームには、きれいなボトルやバスケットを棚に並べてふわふわの新しいタオルをしまい、ここにもキャンドルを置いた。衣装部屋には自分の服とヨガマットを運び入れ、暖炉のそばのくつろぎの空間をセディーの寝場所にする。

いずれはケーラに頼んで寝室を見てもらい、壁紙やカーテンを変えるかもしれない。でも、とエイドリアンは室内を見まわした。今はこの思い出の場所に、彼女自身の持ち物がほどよく交ざっている。新しいものがほどよく加わって落ち着く場所になった。

だからこれでいいと、エイドリアンはバルコニーへ出た。ここからは丘陵や木立、庭、くねくねと曲がる小川、遠くの山々がよく見晴らせる。

祖父母は彼女にこれを遺してくれた。だから大切に世話をしていこう。

エイドリアンはバルコニーに座りこみ、愛犬を抱きしめた。「わたしたち、うまくやっているわ、そうでしょう、セディー。わたしたちはこれからも大丈夫」

午前中は清掃業者に家を明け渡し、エイドリアンはポーチとパティオのために選んでおいた花の苗を植えた。

祖父母がいつも手塩にかけて育てていた菜園の野菜とハーブはすでに――ひとりで

——世話をしていた。うまく育つといいけれど。

これでお客さまを迎える用意はできた——少なくとももうすぐできる——ものの、エネルギーがまだ残っている。

エイドリアンはなかへ入って顔を洗い、レギンスとブラ付きタンクトップに着替えてリードを持った。

「ランニングに出かけましょう」

軽いジョギングから始めて筋肉をあたため、運動しながら春がその翼を広げるさまを楽しんだ。ハナミズキは赤いつぼみをつけ、花壇の花は植え替えられ、芝生は刈ったばかりのにおいがする。

だけどこの日は——この日付は——胸に重くのしかかった。きっとレイランにとってもそうだろう。

彼の家へ続く道を曲がった。ティーシャの家の前を通りかかると、開け放たれた窓からモンローの音楽——アップテンポで明るい曲調のピアノ——が聞こえてきた。

続いてモーター音がし、レイランが家の前で芝刈り機を押しているのが見えた。

記憶にある少年と違って、がりがりではなかった。今では腕にしっかり筋肉がついているのは、エイドリアンもよく知っている。太陽を浴びた髪に帽子をかぶっていないのは相変わらずだ。

そして今回は、あのときと違い、彼はエイドリアンに気がついた。手をとめて芝刈り機のスイッチを切る。とたんに、家の裏手からジャスパーの哀れっぽい遠吠えがあがった。

「少しだけセディーを裏に放してもいい？」

「もちろん、ご近所に通報される前にどうぞ」

エイドリアンは恋仲の犬たちが再会できるよう、セディーを門の向こうへ送りだした。

戻ってくると、レイランはポーチのステップに腰かけ、喉を鳴らしてゲータレードをボトルから飲んでいた。彼女も隣に座り、水のボトルをカラビナから外す。

「月曜日に土曜の庭仕事？」

「仕事に集中できなくて、体を動かすことにしたんだ」

「わたしも。昨日と今日はお互いにつらい日ね」

「ああ」レイランは彼女の手に自分の手を重ねた。「きみは昨日、ぼくは今日で三年。木の苗を買ってきてあるんだ。アメリカシャクナゲだったかな？　子供たちが学校から帰ってきたら一緒に植えようと思って」

「ロリリーを偲ぶのにふさわしいわ。偶然ね、わたしも今日、ノンナが気に入っていたイタリア製の植木鉢にお花を植えたの。昨日……」長い息を吐いた。「主寝室へ移ったわ。それでいいんだと感じた」

「時間が助けてくれる」レイランの手の下でエイドリアンは手を裏返し、彼はてのひらを合わせて指を組んだ。「ロリリーはこの町を訪れるのが好きだった。だけど、ここは彼女の故郷ではなかった。ひどい子供時代だったんだよ。いくつもの里親のもとを転々として。わが家と呼べる場所が彼女にはなかった」

「少しだけ聞いているわ。手紙でね、彼女とやりとりしていたの」彼が顔をあげたので、エイドリアンは説明した。

「彼女は子供のころのことはめったに口にしなかった。たいていの人は知らないよ」

「手紙は、手書きの言葉は違うものだわ。手紙には昔ながらの親近感があるのよ。ブルックリンの家を購入するまで、自分の家だと感じられる場所はなかったとロリリーは書いていたわ」

「あの家は彼女がひと目惚(めぼ)れしたんだ。永遠のわが家と呼んでいたよ」

少しのあいだ、エイドリアンは沈黙が漂うままにした。「だけどあなたはこの町で、彼女のためにアメリカシャクナゲを植える。大切な一歩ね」

「そう感じるよ」レイランは彼女に顔を向けた。「そして、きみの家はお客でいっぱいになり、忙しい一週間になる」

「望むところよ。みんなだいたい三時には到着するから、高校で一度リハーサルをしたあと、うちへ戻って夕食、ミーティングね」

「うちは、今夜はモンローと子供たちと一緒に、グリルでパテを焼いてハンバーガーだ」

「みんなでうちへ来てもいいのよ」

「ありがとう。でも明日も学校があるからね」レイランはゲータレードをまたごくりと飲んだ。「大人として、そう言わなきゃならないし、まじめにそう思いさえするけど、こういうときは大人ってのはつまらないものさ。うまくいけばきみたちがメインディッシュを食べ終える前に、ちびたちはベッドだろう」

「翌日に学校のない日にみんなで夕食をとりましょう。それか日曜なら、次の日が学校でも時間を早くすれば平気よね？　日曜の食事なら特別さが増すわ」彼にじっと見られているのに気がつき、エイドリアンは肩をすくめた。「何？　わたし、あなたのお子さんたちが好きよ。子供は好きなの」

「知ってるよ。子供好きのふりや、特定の子供が好きなふりをすることはできると思われているけど、そんなことはない」

「都合がよければ日曜にしましょう。今週末は――」

「ジムのクラスだろう」レイランは言葉を引き取った。

「金曜の夜はいつものようにして、日曜は子供たちも一緒に夕食をとるということでどう？」

「わが家の予定は大丈夫だ」

金曜の夜、夕食とベッドをともにするのはふたりの習慣になっていた。

「今度の金曜は料理の用意はいらないよ。ぼくが何か持っていくから」

「じゃあ、お願い。そろそろ行くわね」

彼女が腰をあげると、レイランはその手を握ったままともに立ちあがった。反対の手も取り、顔を寄せてキスをする。

「立ち寄ってくれてありがとう。つらい数日が楽になった」

「わたしもよ」エイドリアンは彼の両手をぎゅっと握ったあと、裏の門へまわってセディーを呼んだ。

レイランは芝刈り機へと戻っていった。ジャスパーの情けない鳴き声と、すぐにまた連れてくるからとエイドリアンが笑う声が聞こえた。

髪を揺らし、地面を蹴りあげ、彼女が軽快に走りだすのを見送る。レイランは子供たちと植えるアメリカシャクナゲのことを、そこに根づく思い出のことを、そこから花咲く人生のことを思った。

モンローが奏でる明るい音楽が風に乗って躍るなか、彼はまだ見ぬ思い出と人生のことを思った。

20

タクシーが――トラベラーズ・クリークでは見かけるのも珍しい――家の前で停まった。見慣れない光景を警戒し、セディーがワンと一度吠えた。

「怪しい人じゃないから大丈夫」エイドリアンはセディーの頭に手をのせ、窓から外をのぞいた。「まあ、怪しいどころか！　ミミだわ！　ハッピーよ」彼女がつけ足すと、セディーは理解して尻尾を振った。

エイドリアンは玄関から飛びだし、ミミを抱きしめた。「いらっしゃい！　タクシーに乗ってきたのね！　ああ、来てくれて本当にうれしい。わたしのミミ」

「予定にちょっとした変更があったのよ」ミミはエイドリアンの両頰にキスをすると、運転手から小さなキャリーケースを受け取り、礼を言った。

「荷物はそれだけ？　一週間分よね。お願い、一週間泊まると言って」

「ええ、一週間よ。スーツケースはあなたのお母さんとハリーが車で持ってきてくれるわ。ふたりはＤＣに寄ってインタビューを受けることになったから、わたしは列車で来たの。ふたりもあと一時間もすれば着くはずよ。わたしは早めに出発するのも、寄り道するのもいやだったから」

「入って、入って。ワインを一杯持ってくるわ」

「まだ四時にもなっていないわよ！」

「旅行中は特別。荷物はステップに置いておいて。あとで運びこめばいいわ。ほらね、ハッピーでしょ」エイドリアンが言うと、セディーはミミの脚に寄りかかって尻尾を振った。

「また大きくなったんじゃない？」お手をするセディーの前足を取り、ミミは言った。

「絶対に大きくなったわよね」

「ちょっとは大きくなったかもしれない。ミミは元気そうね」エイドリアンは彼女をキッチンへ引っ張っていった。

「列車で眠ったから。仕事をしないで本を読んでいたんだけど、うとうとしちゃって。おかげですっきりしたわ」

本当に元気そうだとエイドリアンは思った。ゆったりしたジーンズに大胆な赤色のシャツ、カールした豊かな髪はボブに切りそろえられている。

「座って。楽にしていて」

「座りっ放しだったのよ。わたしのお尻にきいてみて」

「じゃあ、ワインを持って外を少し歩きましょう。アイザックはどうしてるの？　お子さんたちは？」

「みんな元気よ。このワイン、おいしいわね。ナタリーは夏のインターンの仕事をつかんだの。ローマで働くのよ」

「えっ？　いつ？　すごいわ！」

「つい昨日のことなの。ナタリーは狂喜乱舞よ。もちろん、あの子がいなくなるのは寂しいけど――」ミミは笑いをもらし、グラスを高くかかげた。「あの子にとってはすばらしい経験になると思うわ」

「ええ、すごいことよ。得るものがきっといっぱいある」

「息子は大学の医学部進学課程にいて、今度は娘がローマでひと夏、国際金融の仕事をするのよ。近ごろではふたりが話していることの半分も理解できないけど、どっちの子もわたしの誇りだわ」

「ミミもまだまだ現役よ」

ミミはエイドリアンの腰に片腕をまわし、引き寄せて抱きしめた。「わたしの子供は三人とも、どんどん成長していくわね。まあ、庭はあなたが世話をしているの？　きれいな花がたくさんあるわ。あれはトマト？」

「トマトにパプリカ、キュウリ、ニンジン、カボチャ、ズッキーニ、ハーブ。あっちにもハーブがあるわ」

ミミはサングラスを押しあげ、苗が並ぶ列へ目を走らせた。「これはもはや立派な畑ね」

「ミミったら、都会っ子なんだから。これは菜園よ」

「わたしから見ればおんなじよ。あなたがひとりで育てているの？」

「とりあえずは育っているみたい。前からやってみたかったの。ノンナとポピは毎年野菜を育てていたでしょう。その伝統を守りたいの。土をいじるとほっとするし、仕事をしていないときは時間がたっぷりあるし」

「仕事をしていないときなんてあるの？」

「プロジェクトの前後とその最中をのぞいたら、働いたとしてもたいてい半日よ」

エイドリアンは少なからぬ誇りをもって野菜の苗を眺めた。

「今の生活のリズムが気に入っているわ。ポピのためにここへ移ったとき、仕事であちこち行くのもすっぱりやめたけど、旅暮らしは性に合わなかったんだと気づくのに時間はかからなかった。モンローの言うことがしみじみ理解できるわ。楽曲を提供するばかりでどうして自分はおもてに出ないのかって、みんな彼にきくの。すると彼は、静かなのが好きだからって答えるのよ。わたしも同じ」

「本当は昔から旅が好きじゃなかったのね」

「本当はね」エイドリアンは認めた。

「リナにとっては旅が生き甲斐よ。彼女が来る前に、正直なところを聞かせて。彼女がどう考えているのかは知っているけど、あなたの意見を知りたいの。聞いたことは誰にも言わない。お母さんとはどんな調子なの？」

「うまくいっていると母が考えてくれていたらうれしいわ。実際にそうだもの。お互いに前よりも理解しあえていると思う。母は大人相手ならうまくつきあえるの。わたしの子供時代のお母さんはあなたよ」

「やめて、泣けてきちゃうわ。リナはずっとあなたを大切に思ってきたのよ、エイドリアン」

「母も今ではそれを示してくれるようになったわ」エイドリアンはセディーが足元に落としたボールを拾いあげ、遠くまで高々と投げてやった。「たいして口出しをすることもなくこのプロジェクトに、それから母校を使用することに賛同してくれたのは、母にとっては大きな譲歩だったはずよ。そのことには感謝してる」

「彼女、そわそわしているわ」

「まさか」エイドリアンはミミの顔を見て笑いを引っこめた。「本当に？　リナ・リッツォがそわそわ？」

「ええ、リナ・リッツォが母校再訪にそわそわしているのよ。出演する教師のうち、ふたりは高校時代から知っている人で、ひとりとは何度かデートまでしたことがあるんですって」

「それ、本当？　そんな話は聞いてないわよ」

「彼女が話さなかったんでしょう。つきあうまではいかなかったそうだし。結局、彼女はフットボールをやっている農家の子とくっついたから」

「フットボールをやっている農家の子と？　母が？」

「そう、フットボールをやっている農家の子。結構、真剣だったらしいわ」

エイドリアンは目を丸くした。母親代わりだった人からついに大人扱いされるようになると、思いがけない話を聞かせてもらえるものだ。

興味が尽きない。

「母は高校時代のことは、わたしにはなんにも言わないのよ」

「あなたはデートしたことのある男の子や男性の話をお母さんにする？」

「まさか」エイドリアンはふたたびボールを投げてやった。

「さっきセディーに〝ハッピー〟と言っていたけど、あなたは本当にハッピーに見えるわ、エイドリアン」

「ハッピーだもの。仕事があって、わが家がある。菜園では野菜が育ち、すばらしい友人たちと賢くて優しい愛犬がいる。まさにハッピーだわ」

「ハッピーな気分に水をさしたくないけど、私立探偵から何か連絡はあった？」

「彼女はピッツバーグの手がかりを追っているわ。少なくとも、数日前まではね。それに水をさされることもないの、彼女にまかせたことで肩の荷がおりた気分よ」

セディーが戻ってきて、ふたたびワンと吠えた。

「車が来たことを教えてくれたのね。きっとハリーと母よ。この時間なら誰であってもおかしくないけど。四時にもならないのにワインを飲み始めているのがばれてしまうわね」

ミミは笑い声をあげ、エイドリアンの腰に腕をまわした。「じゃあ、もっとグラスを持ってきましょう」


金曜の夜、エイドリアンは母と友人、撮影スタッフとともに高校の体育館に立った。ヘクターは固定カメラの位置、ポータブル二台のカメラワークをアシスタントと打ちあわせした。撮影監督は照明係や撮影アシスタントとライトスタンドを立て、ケーブルを引き、どの色の照明用フィルターを使うか決めた。

「いい場所よね」エイドリアンは母に向かって言った。

「悪くはないわ」

「思い出が詰まってる？」

リナは肩をすくめた。「バスケットボールはやっていなかったし、興味もなかったわ」

「でも、学校のダンスパーティーもここで開かれたと聞いたわよ」

「そうだったわね」リナの顔に笑みがよぎる。「生バンドの演奏付きで。古い時代のことだわ。ウェアの確認をしましょう」

「わたしたちは女子更衣室を使わせてもらうことになっているわ」

更衣室へ入ると、リナはきょろきょろと室内を見まわした。「この何十年かできれいになったみたいね。汗や湿気、ラブズ・ベビー・ソフトのにおいもしない。八〇年代に人気のあったコロンよ」ぽかんとするエイドリアンにリナは説明した。

「でも、お母さんは使わなかった」

「どうしてわかるの？」

「リナ・リッツォはみんなと同じことはしないからよ。いつだって人とは違う。簡単にわかるわ」

「大勢のなかのひとりになるのがいやなの」

「これがお母さんのよ」エイドリアンはすでにウェアが並んでいるラックを示した。

「こっちはわたし。話しあったとおり、パートごとにウェアの色を合わせるわ。ほかの出演者の衣装は、女子用はここに、男子用はもう一方のロッカーに用意する。女子はレギンスかカプリパンツを選べるの。全員のサイズが取りそろえてあるわ」

並んだウェアを調べる母に、エイドリアンは手を振りながら説明を続けた。

「男子はジム用ショートパンツかトレーニングパンツ——今回は先生も含めてみんな〝男子〟と〝女子〟よ。女子はスポーツブラにタンクトップかTシャツを着てもらって、男子はタンクトップかTシャツだけ。タンクトップもTシャツも〈ヨガ・ベイビー〉か〈ニュー・ジェネレーション〉のロゴ入りだけど、ブランドは交ぜてもいいと思っているわ。靴下、スポーツシューズ、スウェットバンド、ウォーターボトル、それからうちの〈エナジー・アップ〉ドリンクの試供品も用意した。すべてロゴ入りよ。出演者が使用したものはそのままプレゼントし、ほかにも名前入りパーカーをあげることになったの。これはハリーのアイデア」

「彼はいつも頭を働かせているわ。イントロと有酸素運動からスタートね」リナは思案した。「それなら赤はどう？　わたしは上は真っ赤なタンクトップ、下は横に炎の模様入りの黒いレギンスにするわ」

「じゃあ、わたしは赤いブラに黒のタンク、赤と黒のカプリね」それらをより分けて母をちらりと見る。「次は筋トレよ」

「あなたが選んで」

変化、ね。ウェアを選びながらエイドリアンは思った。変化は起きうるし、ほころびた関係を繕うことも可能だ。

よく晴れあがった土曜日の早朝、エイドリアンは体育館の観客席に腰かけ、最後にもう一度台本に目を通した。隣でティーシャがモンローと電話で話している。

「ええ、ほぼ時間どおりにスタートできそう。エイドリアンと彼女のお母さんはメインのイントロを撮影済みよ。そうね、一時間後に連れてきてもらえれば休憩中にサッドに授乳できるし、フィンはスタッフを質問攻めにできるわ。あなたって頼りになるわね、モンロー。じゃあ、一時間後に」

ティーシャは携帯電話をポケットにしまった。「お母さん、なかなか熱々じゃないの」

エイドリアンは驚いて顔をあげ、体育館の奥へ目をやった。母は茶色の髪に灰色のものが交じった、角縁眼鏡の男性と並んでいた。ふたりともフィットネスウェアに着替えていて、たしかになかなか熱々に見える。

「高校時代に母が何度かデートしたって人よ」

「なるほどね。ところで、どうしてひそひそ話しているの？」

「どうしてかしら。母が男の人といちゃついているところなんて見たことがないわ。すごく変な気分」

「町にいるあいだにそっち方面も開拓しちゃうんじゃない？」

「いやだ、本当に？　だけどあの先生は既婚者で子供がいて、孫までいるのよ。本人がそう言っていたわ」

「じゃあ、懐かしくていちゃついているだけで、本気じゃないんでしょう。でも、ローレンのほうは美人教師にすっかりお熱よ」

バスケットボールのリングの下へと目を動かすと、なるほどローレンはポニーテールのブロンド相手に、目がハートマークになっている。

「彼女は独身で子供もなし。アリソン、もしくはアリーと呼ばれているわ。二十七歳、生物学教師、週に五日勤務でヨガ好き」

「全部覚えているの？」

「あなたみたいにデータや変な豆知識は全然頭に入ってこないけど、名前や顔を覚えるのは仕事の一部だから」

アシスタントが男子生徒と残りの男性教師を連れてくるのが見え、いっきにうるさくなった。

「あなたの予想どおり、時間ぴったりにスタートね」エイドリアンはティーシャの脚をぽんと叩いて台本を預けた。

女子生徒たちもやってくるなか、観客席からおり、カメラの三脚を再確認しているヘクターのもとへ向かった。

「準備万端？」彼に尋ねる。

「ああ」ヘクターはカメラをのぞきこんだ。アシスタントが次のパートの立ち位置に出演者を並ばせていく。「いい感じだ」

エイドリアンはモニターをチェックした。「わたしが求めているイメージどおりよ。挨拶して注意事項を伝えたら、動きを説明してさっそく始めるわね」

母の視線をとらえ、ふたりで体育館の中央へ進みでる。

「あなたの発案よ」リナがささやいた。「あなたが仕切りなさい」

「ええ。オーケー、みんな、いいかしら！」エイドリアンは両手をあげ、しゃべり声やくすくす笑い、照れ隠しの笑い声が静まるのを待った。「リナとわたしからもう一度お礼を言わせて。参加していただいてありがとう。今日と明日、あなたたちをびしびし鍛えるわよ」うめき声があがり、彼女はにやりとした。「きっと楽しんでもらえるわ。たぶんね。ひとつ目の注意事項は――」

「左って言われたら右側の意味」男子のひとりが声を張りあげた。

「そのとおり。観ている人に合わせるからすべて逆になるわ。間違えても、そのまま続けて。ついていけなくて遅れてもかまわないし、動きをとめたっていいのよ。ただし、怠けるのは禁止ね！　最初のパートではマンディがお手本だから、彼女を見てやってもいいわ。ウォーターボトルにはみなさんの名前がそれぞれ書いてあるから、自分の名前があるやつを使ってね」

母へ目をやり、締めくくりをまかせる。

「ヘクターとシャーリーンが撮影しながらみなさんのあいだを通っていきます。カメラを見ても結構よ、でも動き続けること！　エイドリアンとわたしも、ところどころであなたたちのなかへ入っていき、フォームを直し、もう少し頑張ってもらったり、逆に力を抜くよう指導します。半分までいったら、一分間の――ええ、一分間だけよ――水分補給タイム。クールダウンのあと休憩を入れるから、汗をふいて着替えたら、また集合して。質問はある？」

質問に答えたあと、エイドリアンとリナはそれぞれカメラの前で位置についた。

「みんな、息をするのを忘れないで」エイドリアンは声をかけ、ヘクターの合図を待った。

「さあ、『フィットネス101』有酸素運動編スタートよ」リナがナレーションを始める。「体を動かして、汗をかく準備はいい？」

「今回は母の母校トラベラーズ・クリーク高校の生徒と教師のみなさんも一緒です。みんなやる気満々よ」エイドリアンは後ろを振り返った。「そうよね？」

〝イエーイ！〟と声があがるが、エイドリアンは耳の後ろにてのひらを当てた。「聞こえないわよ。みんな、やる気満々？」

今度は雄叫(おたけ)びが返ってきた。エイドリアンはカメラへ顔を戻した。

「それじゃあウォーミングアップから始めましょう」

四十分後、リナは自分のウォーターボトルを手に取った。「今のはよかったわ」

「本当にね。映像をチェックしたいわ。だけど——」

「チェックの必要はないわよ。すごくよかったもの。正直、生徒がだらだらしたり、けなしあったり、あなたが選んだ太めの生徒や先生のことを後ろで笑ったりするんじゃないかと心配していたの」

「まだ最初のパートが終わっただけだけど、そんなことはしないはずよ」

「今はわたしもそう思うわ。次のパートのあとランチ休憩を二時間はさんで、順調にいけば、スケジュールどおりに終わるかも。ただ、ひとつ気になることがあるの」

「ええ」

「ケヴィンって生徒さんのことよ。彼にあまり注意が集まるようにしたくないの、ばつの悪い思いをしているのが見て取れるわ。でも、たとえばマンツーマンのワークアウトなら興味を持ってもらえるんじゃないかしら。体重と体型を気にしているんだと思う。このプロジェクトに参加してくれたこと自体、勇気ある行動よ」

「お母さんって昔からそうよね」エイドリアンはつぶやいた。

リナはたちまち体をこわばらせた。「えっ？」

「助けが必要で、本人も助けを求めているけど、言いだせずにいる人にすぐ気がついてあげられる。お母さんのそういうところをいつも尊敬していたわ。お母さんが優秀なインストラクターであるゆえんね」

「それは……ありがとう」

「実は、ケヴィンにはもう話したの。そういうところはわたしもお母さんの娘なのよ。彼用に自宅でひとりでできるプログラムを作ったわ――ご両親も協力してくれる。週に一度うちのスタジオへ来てもらって、経過をチェックするつもり」

「食事のアドバイスもね」

「もちろん。一週間前からやってもらっていて、早くも改善が見られるわ。お母さんにも彼の状況を報告しましょうか？」

「お願いするわ」リナは娘へ手をのばしはしなかった。そんなことはリナらしくない。だが、こう尋ねた。「わたしたち、うまくいっているわよね？」

「ええ」エイドリアンは身を乗りだして母の頬にキスをした。いかにもエイドリアンらしく。「うまくいっているわ」

日曜の午後遅く、二日間みっちり汗だくでワークアウトを行ったまとめとして、エイドリアンはヨガマットの上であぐらをかき、てのひらを上に向けて膝にのせた。

「両手を合わせて祈りの形にし、お辞儀をしてここまでのエクササイズに感謝しましょう。ナマステ」

　にっこりする。「みなさん、おめでとう。これで『フィットネス１０１』卒業よ。全員に満点をあげるわ」

　出演者たちは立ちあがり、ハイタッチをし、ハグさえ交わした。

「最後まで一緒にやってくれてありがとう」リナはカメラに向かって言った。「忘れないで、美と健康は毎日の積み重ねよ」エイドリアンに腕をまわす。「毎日が新しいチャレンジ。リナ・リッツォでした」

「そして、エイドリアン・リッツォでした。いつでも戻ってきて、一緒に頑張りましょう」

　ふたりは出演者たちの輪のなかへ入っていった。ハイタッチとハグがさらに交わされる。

「はい、お疲れさま！」ヘクターが声を張りあげた。「みんな、すばらしい出来だ」

　セットを片づけ、機材と余ったウェア類を運びだしたころには、薄暮が迫っていた。

　外へ出たところで、名前を呼ばれてリナは足をとめた。

　暗がりに半ば隠れるように男が立っていた。エイドリアンは胸がどきりとした。

右手を握って拳にし、爪先に力を入れる。

男が前へ進みでてきた。手にはキャップを握り、半笑いを浮かべている。見覚えがある気がする、と思いながらも、もしものときのために母の腕を手で押さえた。

もしものときのために。

ところが、母は息をのんで笑い声をたてた。「マット？　マット・ウィーヴァー！　驚いた……マシューなのね」

そして彼に歩み寄り、腕をまわして抱きしめた。

エイドリアンは彼がつかの間目を閉じるのを見て、ほっと息を吐いた。

「エイドリアン、彼はわたしの古い友人なの。マット、わたしの娘のエイドリアンよ」

「初めまして。お母さんによく似ているね。お互い、いつの間にこんな大きな子供を持つ大人になったのかな、リナ」

「神のみぞ知るよ」

「最初に、お悔やみを言わせてくれ。ミスター・リッツォのことは残念だった。お別れの会には行ったんだが、人が多くて、きみに気を遣わせたくなかった」

「昔から人混みが嫌いだったわね」

「それは今も変わらないよ。いとこのクリフがきみたちに挨拶しただろう」

「クリフ、ええ、あなたと同じフットボール選手だった彼ね」

「懐かしき日々だ」マットが笑顔を見せると、口の右横に小さなえくぼができた。「きみを引きとめる気はないんだ。ただ、食事でもして、久しぶりに話ができたらと思って」

「今日は、これから出演者やスタッフと〈リッツォ〉で打ちあげなの」彼はうなずき、手に持ったキャップをくるくるまわした。「じゃあ、またいつか、そのうちに」

「待って。みんなで車で行くんだけど乗りきれないかもしれないから、送ってもらえるかしら。テーブルを用意してもらうわ。わたし、オーナーに顔が利くのよ」

エイドリアンはにこりとした。「まかせておいて」

「じゃあ、お店でね、エイドリアン。今もピックアップトラックなの、マット？」

「乗用車に乗ってきた。きみはトラックは好きじゃなかっただろう」

エイドリアンは自分の車へと歩きながら思いをめぐらせた。角張った顎、こめかみに白いものがある麦わら色の髪、きれいに剃られたひげ、内気で優しげなまなざし。一瞬だけ浮かんだ笑みとえくぼ。

これは興味深いわね。

その夜の終わりに、そろそろお開きにしようと会計をしに行くと、ますます興味深い進展があった。

「いいかげん、みんなを帰らせるわね、ジャン。ごめんなさい、閉店時間ぎりぎりまで居座ってしまって」

「問題ないわ。おなかをすかせた陽気なお客さまの団体はここでは大歓迎よ」

「その条件を全部満たしているのはたしかね」メインのダイニングルームを見まわすと、まだ人のいるテーブルはふたつだけだ。マットの農場を見に行くと、あなたに伝えるよう言付かったわ」ジャンはクレジットカードと領収書をエイドリアンに手渡した。

「ああ、三十分ほど前に帰ったわよ。「母が友人と来ていたはずだけど」

「わたしがあなたなら、起きて帰宅を待ったりはしないわね」

「どうも……えっ？」

ジャンはくすくす笑いをもらしてカウンターから身を乗りだした。「わたしくらいレストラン勤めが長いと、人の考えが読めるようになるのよ。ボディランゲージに表情、声のトーン、身ぶりそぶり、そういうのからわかるの。あれはロマンティックなフィナーレへと向かうカップルの姿だったわね。焼けぼっくいに火がつくってやつよ、ハニー」

「ええ、でも……」

「マットのことは昔から知っているわ。いい人よ。ふたりともうきうきした様子で、積もる話がたくさんあるように見えたことをつけ加えておくわ」

「それは……なんて言えばいいかわからないわ。とにかく、残っている人たちを帰らせるわね。どのみち、ほとんどはうちに泊まっている人たちだし」

エイドリアンは誰にも言わないことにした。ハリーやミミにさえ。あまりに変な気分だ。

帰宅後、リナはもう寝ているようだとハリーが言うと、エイドリアンはぎこちない笑いをもらした。「そうみたいね」

朝は早起きし、みんなが寝静まっているあいだに短縮版のワークアウトをすませた。キッチンでお別れの朝食用にフリッタータを作ってオーブンに入れ、おいしく焼けますようにと祈る。

コーヒーメーカーに水が入っているのを確認してから挽きたてのコーヒーの粉を加え、自分用にはスムージーを作った。

それを飲みながらカウンターに座り、タブレットでメールをチェックする。玄関のドアが開いて閉じる音がした。誰かが起きて、外の空気を吸いに出たのだろう。

ところが顔をあげると、母が昨日と同じ服のままキッチンへ入ってくるのが見えた。てっきり夜遅くに帰宅したものと思っていた。それがまさか朝帰りなんて。エイドリアンは少しためらってから、ぱっと頭に浮かんだことを口にした。

「罰として、しばらく外出禁止よ」

「おもしろい冗談ね」

母がマグカップに手をのばし、コーヒーメーカーのボタンを押すのを見て、エイドリアンは目を丸くした。

「コーヒー？　お母さんが？」

「たまには飲むわよ。大切なのは節度と賢明な選択。痩せ我慢は不健康でしょう」

「わたしが高校生のときにそう言ってくれていたら、こっそりコーラを飲んで罪悪感を覚えることもなかったのに」

リナはすまなそうに娘を振り返った。「後悔しているわ」

「別に、非難しているわけじゃないのよ。ああもう、今のは忘れて。わたしもコーラを飲もうっと」

エイドリアンは立ちあがって冷蔵庫から一本取りだした。「ふうっ。お母さんとマット・ウィーヴァーね」

「深入りする気はないわ。どちらもそういう関係は求めていないの」リナはブラックコーヒーのカップを手に、エイドリアンと並んでカウンターに座った。

「じゃあ、ときめきはなかったのね」

「あったわ、それはもうたっぷりと」リナはさらさらの髪を払いのけた。「昔もそうだったし、今もそう。久しぶりに会って、近況を聞かせてもらうのは楽しかった。三十年ぶりよ、信じられない。下の息子さんと一緒に農場を切り盛りしているんですって。上の息子さんはロースクールを出て隣の郡で働いていて、娘さんは看護師で近くに住んでいるそうよ。マットは十数年前に離婚して、孫が五人いるわ」

リナはコーヒーを口へ運んだ。「でも今の彼もあのころと同じで、農場に根をおろしていて、わたしの根っこは自分のキャリアにある。当時から、わたしたちのあいだには特別な何かがあった。そして再会して気づいたわ、これからもずっとそうなんだって。だけど、わたしたちが人生に求めているものはまるで違う。昔を偲んで彼と寝たわ。すてきな一夜だった」

リナは笑みを浮かべた。「そのあとマットと約束したの。お互いにフリーでいるあいだは――どちらもそのつもりだけど――わたしが町へ来たときはもっとベッドで昔を偲びましょうって」

「それってセックスフレンドよね。お母さんにセックスフレンド」

「わたしだって三十年間セックスなしでやってきたわけじゃないわ、エイドリアン。相手を選んで人目を忍ぶ方法を知っているだけ。それより、なんだかおいしそうなにおいがするわね」

「フリッタータを焼いているの」

「フリッタータ」リナはコーヒーカップ越しに自分の娘を眺めた。「あなたにはリッツォの遺伝子が根づいたようね」

「その遺伝子を育むよう努力してる。それで思いだしたけど、一緒に料理本を作りましょうよ。ヘルシーで、それでいておいしいレシピ集。リッツォ親子の『クック・ユアセルフ・フィット』とか、そんな感じで」

「よさそうね。あなたも知ってのとおり、わたしはお料理はからきしだけど……考えてみるわ。今度、町へ来たときにもっと話しましょう。だけど今はコーヒーを持って部屋へあがって、着替えてくるわ。昨日と同じ服で朝帰り（ウォーク・オブ・シェイム）って、今も言うの？」

「友人同士で冗談めかしてはね」

「とりあえず、その言いまわしを使うのも使われるのも避けることにするわ」

　エイドリアンは笑みを浮かべてタブレットをふたたび手に取った。彼女個人のアカウントに私立探偵から新しいメールの着信があった。

〈エイドリアンへ

　DCから戻りました。今週中にお時間を取っていただき、お目にかかることは可能でしょうか。もちろん報告書は用意しますが、直接お話ししたいことがあります。

　都合のいい日にちと時間を教えてください。こちらはそれに合わせます。

よろしくお願いいたします。

レイチェル〉

エイドリアンはスケジュールを確認した。青少年センターでのミーティング、ティーシャと仕事の打ちあわせ、それに〈リッツォ〉のアルバイトの面接が入っている。それらの日時は都合がつかないけれど、あとはいつでも空いていると返信した。自分の仕事は自由に時間を動かせる。自営業のいいところね。

それからタブレットを片づけ、そのことは頭から閉めだした。お別れの朝食に陰鬱な考えは必要ない。

第三部　遺産

未来は過去によって獲得される。

——サミュエル・ジョンソン

21

新たに届いた詩をエイドリアンが読んだのは、週の半ば、レイチェルが到着する数時間前のことだった。詩人は白のシンプルな封筒と一枚きりの便箋に戻っていた。

消印はオマハ。

エイドリアンはフロントポーチに腰かけ、目を通した。足元にいるセディーが彼女をじっと見つめている。

「大丈夫よ。心配しないで」

ついに夏が来る、おまえの最後の夏が。
わたしが待つ時間は過去となる。
おまえの、わたしの、われわれの再会が果たされる。
そしておまえの死により、わたしの人生は完結する。

「わたしはなんの問題もないわ」彼女は改めて言った。「でも、どこの誰であれ、こんな詩を送ってくるようなやつはかなり問題ありね。〝おまえの、わたしの、われわれの〟って、いったいなんなの？」

立ちあがってポーチをうろうろと歩いた。彼女が木の枝につるした餌台へ、羽ばたく宝石みたいなハチドリがさっと飛来する。

「それに最後の行はどういう意味？　わたしを殺してゴールインってこと？　あるいは無理心中？　わたしを殺して自分も自殺するつもり？　ああもう、クレイジーな人の頭のなかを考えてどうするの？」両目を手で押さえた。「考えるのはほかの人にまかせなさい」

手をおろし、なだらかな丘陵を見渡した。木々は青々とした緑の葉を茂らせ、見あげるほど大きな側庭のシャクナゲの木は、ピンク色の大きな花が満開だ。

「ストーカーはひとつだけ正しい。たしかに夏はそこまで来ているわ。それに、いいこと？　わたしだって待ち続けるのにはもううんざりよ」

頭に血がのぼっているのかもしれない。浅はかなことかもしれない。だけどかまわない。その瞬間、エイドリアンはもう何もかまわなかった。

屋内へ入って二階へあがり、ワークアウト用のウェアに着替えた。メイクアップは入念にした。少し思案してから、髪にヘアスプレーを吹きつけ、高い位置でハーフアップのポニーテールにする。

「カジュアルでセクシー、そうよね、セディー？　手袋を相手に叩きつけるときに、おしゃれをしてはいけないって法はないわ。さあ、こっちもはっきり言い返してやるわよ」

一緒にスタジオまでおりていくと、セディーは暖炉の前に陣取り、エイドリアンは録画の準備に取りかかった。

ブログにあげよう。相手が彼女のブログをフォローしているのはわかっている。そのあとだめ押しで、登録しているソーシャルメディア全部にアップしてやる。

「さぞお気に召すことでしょうね、このろくでなし」

録画ボタンを押し、笑みを輝かせる。

「ハイ、みなさん。エイドリアン・リッツォよ。今週は特別にボーナス版を追加するわ。エネルギーとストレスを発散したいときのためのショートプログラム。ハードなエクササイズだけど、これはあなたへのプレゼントよ、詩人さん、そうあなた！

先延ばしにするのは簡単よね。でも、それでどこかへたどり着けるかしら？　いいえ、同じところで足踏みしているだけだわ、違う？　あなたは不満とストレスを抱えこみ、本当にほしいものを手に入れるための行動は延ばし延ばしにしている。誰かのせいにすることも、世の中のせいにすることもできるわ。けれど結局、原因はあなた自身のなかにある」

　拳でとんとんと胸を叩く。

「最悪な気分で鬱々とし、クレイジーな考えに囚われているときは、立ちあがって体を動かして。さあ、これはビギナー向けではないけれど、詩人さんはずっとわたしをフォローしてくれているから、このボーナス版は上級者向けにするわ。それぞれ三十秒ずつ、三種類のエクササイズを三ラウンド。まずはスプリットランジにスクワットをプラスするわよ」

　後ろへさがってやってみせる。

「右足、左足、スクワット。これを速くやるわよ。フォームに気をつけるのを忘れないで――安全と効果のためにね」

　もう一度前後に脚を大きく開いて腰を沈める。「右膝は右足首の上。体重は前にかけて、後ろの膝を床へ近づけて。ジャンプして前後の足を入れ替えるわよ。着地はそっとね。それからスクワット。続いて腕立て伏せの姿勢になってパイクアップ、そこから右足を前に出してスパイダーレッグ、はい、立ちあがってスプリットジャック。以上を繰り返して、二度目は左足でスパイダーレッグ、三度目は反対の足よ」

　それぞれの動きのお手本を見せてから、ポニーテールをさっと払う。

「持久力と筋力が必要なエクササイズだから、あなたの胆力が試されるわよ。どう、あなたにできるかしら？　時間は九分間。目標に目を据えて。タイマーをセットしたら、さあ、始めるわよ」

視線はカメラに向けたまま、動きを指示しながらスタートした。

「ついていけなくなったら、いったんストップ。気持ちを静めて、もう一度挑戦よ。限界に達しても恥じないで。本当に恥ずかしいのはやらずにいること。胸と顔は上に向けたまま。腰を沈めてスクワット、ヒップを落として！　両手をついて！　パイクアップ、スパイダーレッグ、パイクアップ、スパイダーレッグ。体を動かして！　ついに夏が来るそうだから、体をシェイプアップしておきましょう。あなたの、わたしの、われわれの体をね。あなたもわたしも準備はできているわよ！　さあ、腕をあげて！」

とまれない、とまるものですか。ついに言いたいことを言ってやった。

「ラウンド・ツー。フォームが崩れたら動きをとめて、もう一度。あなたならできるでしょう、これはわたしからの挑戦よ」

運動のせいと同じくらい、満足感から心臓がはずんだ。汗が肌を濡らしても、カメラへ視線を戻し続け、三ラウンド目をやり遂げる。

これを見ている相手のために。

「これでちょうど九分です。クールダウンして体をストレッチしましょう。挑戦してくれたみなさん、頑張りましたね。あとはお好みのやり方でクールダウンして心拍数をさげ、頑張った筋肉をストレッチしてください。それから、覚えておいて……。わたしはこれからも力強く生きていくわ。わたしをとめられると思うのなら、おあいにくさま。不安や恐怖ははねのける。だって自分の運命の舵はわたしが握っているのだから」

そこでエイドリアンは笑い声をあげた。「うまくはないわね。でも誰だって詩人になれるのがわかったでしょう。それでは、次にお会いするときまで、エイドリアン・リッツォでした。健康な体に健康な魂は宿る」

一度観直したあと、〝ボーナス・チャレンジ〟とタイトルをつけてブログに掲載し、ほかのソーシャルメディアにもアップした。

「むかつくでしょうね。ざまあみろだわ」

エイドリアンは水分を補給してストレッチした。

「外へ行きましょう、セディー、携帯電話はここに置いてね。ティーシャがこれを観たら——たぶん彼女が真っ先に観るはずよ——かんかんになるでしょうから。外へ出て、トマトの成長ぶりを確認してきましょう」

ティーシャが門から乗りこんでくるまで、二十分もかからなかった。

彼女は家の裏手までまわり、大喜びで走りまわるセディーにボールを投げてやっているエイドリアンを見つけた。

「電話に出ないのは、耳の穴に指を突っこんで、〝あー、あー、あー〟ってやるのと一緒よ」

「そうかもね。だけど、頭を冷やす時間がほしかったから。来るのが早すぎるわ」

「動画を削除して――すべてのソーシャルメディアから。わたしが実行することも可能なのは知っているでしょう。わたしにはその権限がある。でも――」

「選択するのはわたしよ。わたしは動画をあげたままにすることを選択するわ」

「それは間違った選択よ」

「そう？　何年も放置してきたのが正しい選択だった？　自分が標的にされているのに、他人まかせと言っても、警察とＦＢＩよ。今では私立探偵も雇っている。全員その道のプロだわ。それが正しい選択？」

「他人まかせにするのが正しい選択に決まっているじゃない」

「それだけ大勢にまかせていても、今日もまた脅迫文が届いたわ」

「そうだろうとは思ったけど」ティーシャは両手で顔をこすった。「最低の気分になるのはわかるわ。わたしだってわかっているつもりよ。だけど相手に噛みついて、いったいなんの助けになるわけ？」

「相手が臆病な卑怯者だってことはわかってるっていうのを、教えてやったまでよ」

「今度の脅迫文ではなんて言ってきたの？」

エイドリアンは目をつぶり、思いだして暗唱した。

「クレイジーなサイコ野郎ね！」ティーシャは腰に両手を当て、その場でぐるぐると二周した。「私立探偵は何時に来る予定？」

「四時か四時半」

「じゃあ、うちへ来てそれまで一緒にいて。サイコ野郎はほんの数キロ先にひそんでいるかもしれないのよ」

「オマハにいる可能性だってある。だからこそ、何か行動を起こす必要があったの。いつまでもこんな状態のままではいられないわ。相手は、少なくとも目的をひとつ達成している。わたしの心の平安をかき乱すという目的をね。あのくだらない手紙が届くのをわたしは恐れているわ。ええ、私書箱を閉鎖するという手もあるけど、そんなことをしたって相手はほかの方法を見つけるだけよ」

「だけど、ほかの方法なら向こうもぼろを出すかも」

「そうかもしれない。それでも、宛名にはわたしの名前があるから、結局はここへ届く。差出人の住所はなし。それじゃ答えにならないわ。動画をアップするのが正しい答えかどうかはわからないけど、すかっとしたわ。ぴしゃりと叩き返してやった気分よ」

鳴りだした携帯電話を、ティーシャはいらだたしげに取りだした。「ハリーからだわ。もしもし、ハリー？　ええ、待って、ええ、知っているわ。今、彼女の家に来て話していたところよ。わかった」

ティーシャが携帯電話をさしだす。「あなたに代われですって」

「ああ、もう」

エイドリアンはハリーにこってり絞られた。

「いいえ、削除はしないわ。再生回数がすでに二百回を超えているなら、意味はないでしょう？　そのうちのひとりはおそらく彼――もしくは彼女――面倒だから〝やつ〟でいいわね。わたしは悪いことをしたとは思っていないわ、だってやり返してやる必要があったんだもの。ちょっと待って」

エイドリアンは息を吸いこんだ。「あなたとティーシャへ向けて言わせて。あなたたちを驚かせて心配させたこと、これから母やみんなを驚かせて心配させることに対しては、悪かったと思ってる。だけど……ポピが亡くなったあとに送られてきたカードは、わたしの胸を引き裂いたわ。今日届いた詩は、わたしに唾を吐きかけた。これ以上は我慢できないの、ハリー。もうたくさん。ティーシャに電話を返すわ」

彼女に携帯電話を手渡すと、エイドリアンはその場から離れてボールを拾いあげ、ふたたび投げだした。数分後、ティーシャが背後から腕をまわしてきた。

「みんなあなたを愛しているのよ、エイドリアン」

「わかってる。だから心配をかけて悪かったと思っているわ。安全でも分別のある行為でもなかったのはわかってる。でもね、ティーシャ、いいかげん、やり返す必要があったの。こっちだって何かできることをせめて実感したかった」

「わかっているわよ。長いつきあいだもの、あなたの気持ちはわかってる」

「それはわたしも同じ。心配の種を増やしてしまって本当にごめんなさい。でも、分別のある対策はすべて取ってきたのを忘れないで。警察にＦＢＩ、私立探偵、防犯システム、護身術のクラス、それに大型犬」

セディーはエイドリアンの足元にボールを落とし、親愛の情に満ちた目で見あげた。

「ええ、獰猛なワンちゃんがいるわね。わかったわ」ティーシャは最後にもう一度エイドリアンを抱きしめてから、あとずさった。「わたしだったらこんなに何年も我慢できたかしら。それにあなたは、やり返すときは手加減しない。サイコ野郎も思い知るといいわ。じゃあ、わたしは帰るわね。また明日。青少年センターの備品予算を決めるから、覚悟していて」

「〈リッツォ・ファミリー青少年センター〉よ」

「あら、ついに名前を決定したのね」

「散々悩んだ末に。祖父の、ポピの夢だったから、その名前にちなんでつけようかとも考えたけど、ポピはノンナともその夢を分かちあっていたわけでしょう。だけど、ポピの両親がいなかったら、ふたりがこの町で暮らしてそんな夢を抱くことはなかった。わたしだって、その夢を実現できたのは祖父母と曾祖父母、そして母がいたからよ。だから〝ファミリー〟と冠したの。看板用のプレート代を予算に組みこんでちょうだい」

「それについても明日、話しましょう」ティーシャはおとなしく待っているセディーを見おろした。「せめて、うなる練習をするのね」

ティーシャが帰ると、エイドリアンはふたたびボールを拾いあげた。「うなるのはあなたのスタイルじゃないわ、そうよね?」

自分のしたことをレイチェルにはなんと説明しようかと考えながら、ボールを投げたり拾ったりを繰り返した。

「また絞られるわね、セディー。頰をぴしゃりとはたかれるより、絞られるほうがこたえるのはどうしてかしら?」

少し遅れるとレイチェルがメールで知らせてきたので、問題ないと返信した。タブレットを手にフロントポーチに腰かけ、看板用のプレートを検索した。サイズ、材質、形、フォント。

でかでかと派手なものではなく、それほど目立たなくて品があり、建物に馴染むものがいい。

祖父母が求めそうなもの。

好みのものを三つに絞りこんだところで、またメールの着信があった。

〈エイドリアン、渋滞に巻きこまれてさらに遅れます。到着予定時刻は六時。遅すぎるようなら、別の日に変更してもかまいません〉

彼女は時計に目をやった。今から引き返せば、レイチェルは二度手間になるだろう。

〈こっちは遅すぎることはないわ。特に夜の予定はありません〉

「そうよね、セディー。わたしとあなたでぶらぶらしているだけ」

〈よかった〉とレイチェルから返信があった。〈では三十分後に〉

丘をあがってくる車が見えたのは、それから四十分近く経ったあとだった。けれど、エイドリアンは待ち時間を有効活用してプレートを決定し、チーズをトレイに並べて、ワインをカラフェに移した。

セディーはレイチェルが車からおりるのを待ち、来訪者が何者か確認してから尻尾を振った。

「本当にすみません」レイチェルが謝りだすのを、エイドリアンは手を振ってとめた。

「気にしないで。やっておきたかったことをすべて終わらせることができたわ。これからワインを一杯やるところ。あなたは帰りも長距離のドライブがあるけど、何かほかのものがいいのでなければ、一杯つきあってくれない？」

レイチェルはカラフェに目をやり、ふうっと息を吐いた。「いただきます。ありがとう。接触事故が二件に——」座りながらぼやく。「車両の故障が一件。それで車の流れが完全にとまってしまって」

さしだされたワイングラスを受け取り、しばしのあいだ椅子に寄りかかる。彼女はアンバー色のサングラスをかけ、白いTシャツの上にライトブルーのブレザーを着ていた。

「ここは小さな楽園ですね」

「維持管理に最大限努めているわ。今年は裏の庭で菜園にも挑戦しているのよ。トマトとパプリカの実がついたのがうれしいけど、病気になったらと心配で」

「エプソムソルトを水で薄め、霧吹きでかけるといいですよ」

「そうよ！」エイドリアンは笑い声をあげた。「祖母も同じことを言っていたわ。あなたもガーデニングを？」

「街に住んでいるから、植木鉢やプランターですけど。もぎたてのトマトに勝るものはないでしょう。じゃあ、さっそく報告を――」

「その前に、あなたに話したいこととお見せしたいものがあるの。今朝、また詩が届いたわ」隣の椅子にのせていた書類ばさみを手に取る。「消印はオマハ。中身と封筒のコピーは取ってあるわ」

レイチェルは読書用の眼鏡にかけ替え、詩に目を通した。

「これまでより直接的な内容で、時間を明確に区切っていますね」

「夏にね。そして、夏はすぐそこだわ。それで話というのは、わたし、この手紙に対する反応を示してみせたの」

レイチェルが眼鏡越しに視線をあげる。「それは、どのような形で？」

エイドリアンは何も言わずにタブレットを開いて動画を表示させ、画面をレイチェルに向けてから、再生ボタンをタップした。

レイチェルはワインを飲みながら、動画が終了するまで無言で観た。

「これを投稿したのは今日ですね？」

「ええ、わたしがアカウントを持っている全部のソーシャルメディアに。コメント欄に何度か目を通したけど、これまでのところ普段と変わらないわ」

レイチェルはうなずき、眼鏡を外して首のチェーンにぶらさげ、エイドリアンへまっすぐ目を向けた。

「あなたは聡明な女性で、このように直接的な仕返しをすれば、事態が悪化し、相手と対立することになりかねないのを承知していた。だからこそ実行したんですね」

「そうよ」

「わたしは命令をくだす立場ではないし、最善だと思えるアドバイスを与えることしかできません。ひとつ言えるのは、こうしてわたしと話すまで待っていただきたかったということだけです」

「十七のときから待っていたのよ。事態はよくなるどころか、悪くなる一方だった」

「それは事実です。あなたはわたしを待たなかったのだから、現状から起こりうる事態を考えましょう。相手がこの動画に挑発されてソーシャルメディアに脅迫文を投稿すれば、ＩＰアドレスを追跡できる。それはご存じですね」

「ええ。そして相手も知っているでしょうね。でも、かっとなってコメントすることはありうるわ。普通の人でもやりがちよ。心を病んだストーカーでなくてもね」

「そのとおり。だから、注意深く監視しましょう。あなたの件を担当している捜査官にわたしから連絡し、ＦＢＩにも同様に監視体制を敷かせます」

「お願いするわ」

「さて、わたしからの報告はこちらです」レイチェルはバッグに手をのばした。「いくつか進展があり、仮説を立ててみました」

「ピッツバーグへ行っていたのよね」

「ええ。あなたの実の父親の正体をすっぱ抜いた記者が、数年前にそこへ居を移したんです。ゴシップ専門のオンラインサイトで働いています」

「その人が犯人ってことはないの？」

「ありません。あなたが脅迫文を受け取るようになってから、彼はすでに事情聴取を受けています。ジョナサン・ベネットがあなたたち親子を襲ってジョージタウンで転落死した事件は、当時メディアで大騒ぎされました。その前まであなたのお母さまは、そしてその娘であるあなたは、ある程度注目を集めていたにすぎなかった。主に好意的に見られていましたが、もちろん否定的な声もあった。どちらか一方ということはありえないものです」

「リナを未婚の母だと非難し、父親の名前を公表しないのは尻軽だからだと――一部はそんな生半可な悪口じゃなかったけど――ほのめかす声もあったわ」エイドリアンはタブレットを閉じて脇へ置いた。「わたし、あのころは何も知らなかった。父親の名前がマスコミにもれたあと、そしてジョージタウンでの事件のあとは、そういう声が激化し、一部ではひどい誹謗中傷が起こった。わたしがそのことを知らなかったのは、母がわたしをここへ連れてきて、騒ぎが静まるか、なくなるかするまでここにいさせたからよ」

ようやく気持ちも落ち着き、エイドリアンはワインをひと口飲んだ。「母は母なりのやり方でわたしを守り、批判をものともせずに自分のキャリアをいっそう推し進めた。何者も母をとめられなかった。昔はそれが恨めしかったわ。でも今は尊敬しているの」

「あなたの父親に関するスキャンダルは、何度も再浮上しています。この件を暴露した記者デニス・ブラウンが蒸し返そうとしたせいで。このスキャンダルのおかげで、一時的にであれ、一躍有名人になったものですから」

「知っているわ。でもその手の話は簡単に無視できた。母は鉄の意志の持ち主で、インタビューで水を向けられても頑として答えなかったわ。リナ・リッツォがドアを閉めて鍵をかけたら最後、それをこじ開けるのは不可能よ」

「そこは同意します。だからこそピッツバーグまで足を運んだんです。お母さまはあなたの実の父親に関するドアを閉ざして鍵をかけた。それなのに誰かがそのドアを破っている。どうやって？　それに理由は？　答えのない疑問は嫌いです。すでに解決済みの昔話なのか、それとも違うのか。その答えを見つけたかった」

「見つかったの？」

「何年も経過して情報源を守る必要性は薄れているし、そもそもその情報源は干上がっているのみならず、その対象が死去している。加えて、わたしなら警察では無理なアプローチを取ることができる。デニス・ブラウンは二度離婚し、三人の子供の養育費を支払っています。彼の現在の収入は、そうですね、激減したと言っておきましょう。それに彼はバーボン好きです」

　エイドリアンはぴんときて小さな笑みを浮かべた。「袖の下を使ったのね」

「はい、お母さまの許可を得たうえで。出資者は彼女ですから。彼は千ドルで口を開いてくれました――五千まで許可を得ていたんですが、安くすみました。メーカーズマークのボトルが彼を饒舌（じょうぜつ）にしてくれたのもたしかです」

　せっかく用意されていたので、レイチェルは極薄のクラッカーにチーズを塗った。

「おいしい。これは何かしら？」

「赤トウガラシ入りのルスティコよ」

「本当においしいわ。それで、お金を渡してバーボンを何杯か飲ませると、彼は洗いざらい話しました。彼の情報源は、キャサリン・ベネットでした」

「それは……どういうこと？　理解できないわ」

「ジョナサンの妻は、夫が若い美人に目がないのを知っていたんです。彼女はそのことには目をつぶり、自分たちの暮らしと家族、大学と社会での立場を守っていました。ところが彼女はあなたの存在を知ってしまった。夫がよそで子供を作っていたことを。

それが彼女の根幹を揺るがしたのでしょう。聞いた話をつなぎあわせると、彼女は夫に詰め寄って結婚生活を危険にさらす代わりに、精神安定剤に頼るようになった、というか、薬の量を増やしたようです。精神安定剤に抗不安薬と、次々に薬に手を出したけれど、あなたとあなたのお母さまは厳然として存在し、〈ヨガ・ベイビー〉は有名ブランドになりつつあった――ちょうどそうなったくらいのころかもしれません。夫の浮気には耐えられても、自分が苦心して守ってきた世界の外で夫が子供を作っていたという事実を、顔前に突きつけられるのは耐えられなかった」

「それで話をもらした」エイドリアンはつぶやくように言った。「ジョン・ベネットは決して自分自身を非難せず、母やわたしに責任をかぶせたけれど、彼を破滅させたのは自分の妻だったのね」

「キャサリンにしてみれば犠牲者は自分で、屈辱を与えた夫に代価を払わせようとしたのでしょう。あなたのお母さまと、あなたにも。怒りに駆られて衝動的にそうしたのか、計算ずくだったのかは定かではありませんが、キャサリンは記者のデニス・ブラウンのもとへ行った。彼女は浮気相手の名前と浮気した日付を把握していたので、ブラウンに名前を提供し、彼はそれを追跡調査してジョナサン・ベネットの行動パターンをつかんだ。当時ベネットはまた別の学生と関係を持っていました。二十歳の女子学生と。それがキャサリンにとって最後の一撃となったのかは、わたしにはわかりません。けれど、彼女の標的はあなたとあなたのお母さまでした。大学教授が生徒に手を出したくらいでは、当事者以外は誰も騒ぎません。けれど、彼がよそで子供を作り、その相手が子供とふたりでビジネスを展開していたら？　ブラウンもこれは売れると見たのでしょう」

「つまり、キャサリンは夫を捨てる代わりに、わたしたち親子と彼を破滅させることを選んだ」

「夫に裏切られた女の恨みほど恐ろしいものはありません。しかも彼女は十年以上恨みをくすぶらせていました。だけど、あなたとお母さまは破滅することなく、ふたりとも危機を乗り越え、そこからさらに成功した。女性ふたりと自分の血を分けた子供を襲った挙げ句に。一方ジョナサン・ベネットは破滅しただけでなく、命まで落としました。そのせいでキャサリンは夫の裏切りに耐える失意の被害者ではなく、女子学生を次々と誘惑し、酒に酔って女性や子供に暴力をふるう凶悪な男の妻になってしまった。彼女は自分で自分の首を絞めあげたんです」

「じゃあ、あの詩を送りつけてきているのは彼女なの？」

「いいえ、キャサリンが亡くなって十四年近く経ちます。薬をのんで自殺したそうです。けれど、あなたには腹違いのきょうだいがふたりいます」

「きょうだい」エイドリアンは思わず立ちあがり、行きつ戻りつしながら自分の体を抱きしめた。

「ニッキーは三十七歳、ジョナサン・ジュニアは三十四歳です。少し休憩を入れましょうか？」

「いいえ、いいの。続けて」

「まだどちらからも話を聞くことはできていません。ジュニアは消息不明で、裕福だった母方の祖父母からかなりの遺産を受け取ったのがおよそ十年前、それ以降は消えたも同然です。彼の消息は調査中です。ニッキーはビジネスコンサルタントとして、クライアントのもとへ出張して、事業計画の考案、現行の事業の見直しを行い、支出の縮小化、利益の最大化を図る手助けをしています。〈アルダロ・コンサルタント〉に勤務して十五年。引っ張りだこのコンサルタントです」

「彼女は出張が多いのね」

「国内のあちこちへ頻繁に出向いています」

「届いたばかりの手紙はオマハで投函されているわ」

「彼女は現在サンディエゴ、サンタフェ、ビリングスをまわっている最中で、ジョージタウンにある自宅へ戻るのは来週末だそうです。そのときに彼女から話を聞く予定です。調べた限り、前科はなし、結婚歴もなく、子供もいない。ひとりで住んでいるらしく、住まいは弟とともに育った家。この家は、母親が自分の資産で購入しています。物静かで勤勉、愛想がいいという評判です。親しい友人らしき相手は見つからず、敵もいませんでした」

「これと言った人づきあいはなかった。逮捕された人の隣人がよく言う台詞ね」

「ええ。一方、弟のほうはすねにいくつか傷があります。酔って暴れて逮捕されたこともあれば、飲酒運転でも複数、暴行が二件あります、これはどちらも不起訴になっていますが。結婚歴も子供もなし。十年前まで――ほぼ十一年になります――ジョージタウンの家を現住所としていました。愛想も人づきあいも悪いという評判です。何度か仕事に就いたものの、一年以上続いたものはひとつもなし。それでも友人は何人かいて、そのうちのひとり、元アルコール依存症患者の話では、彼とつきあいがあったころには、川か湖がある森のなかにキャビンを作ってそこに住み、世の中とはおさらばしたいと口癖のように言っていたそうです。それを実行したのかもしれません。調査してみます」

エイドリアンはふたたび腰をおろした。「ベネットきょうだいのことを、自分の腹違いのきょうだいだとは思えないわ」

「無理もありません」

「わたしから見ればごく薄い血のつながりがあるというだけ。彼らのどちらかが、母親がそうだったように、わたしに対して恨みを抱いている。あなたはそう考えているのね。そして出張の多い姉のほうがより怪しいと」

「母親からあなたへの恨みを植えつけられた可能性は高いでしょう」

「ええ、容易に想像できる。わたしの母がわたしと自分自身、そしてミミを守ったせいで、彼らの父親は不名誉な死を遂げた。だから悪いのはわたしたち、というわけね。彼らの母親が自殺したのもわたしたちのせい。詩が届くようになったのは、キャサリンが亡くなった少しあとからだわ」

「母親の死が精神的なとどめとなり、そこへあなたのDVD発売が追い討ちをかけた。たしかに、時系列はぴったり一致します。彼らのうち、どちらかがやっているのだとわたしも確信はしていますが、さらに調査をする必要があります。なぜなら、これはもはや詩だけの問題ではないようなのです。DCを出発するのが遅れたのは、ベネットが関係を持っていた女性のひとりに話を聞きに行っていたからです。彼女はフォギー・ボトムに住んでいて、ベネットがあなたのお母さまとつきあい始める一年ほど前に、彼と関係がありました。とても協力的な方で、彼女から話を聞きながら、なんらかの脅迫を受けたり、差出人不明の詩が届いたりしたことはないかと尋ねてみました。もしくは、身の危険を感じるような出来事が起きたことはないかと」

レイチェルはクラッカーをもう一枚取った。「手紙や電話はないそうです。ただ数年前、自宅に侵入されて悲劇に見舞われ、引っ越していました。離婚してすぐに、つきあい始めたばかりの恋人と長い週末休みを利用して旅行をしようと思いたち、そのあいだ、妹さんに自宅に泊まってもらっていたそうです。単なる留守番ですが、妹さんはリストラに遭って解雇されたばかりで、気分転換になればという気遣いだったようです。ところが何者かが家に侵入し、就寝中の妹さんに向けて複数回発砲した。いくつか貴重品も奪われていて、まるで強盗犯が焦って殺害に及んだかのようだったそうです」

「でも、あなたはそう思っていない」

「思っていません。フォギー・ボトムまで行ったのは、キャサリンのリストに——彼女が記者に渡した夫の浮気相手の一覧に——名前が載っていた、別の女性の母親から話を聞くためでもありました」

レイチェルは話をしながら無造作にチーズをクラッカーに塗った。「リストに載っている人たち全員を見つけだすのは、しばらく時間がかかるでしょう。結婚、離婚、引っ越し。今回、彼女の母親はベセスダに住んでいたので容易に追跡できました。娘さんが在学中に年上の男性と、それも既婚男性と関係を持っていたことは知っていたそうです。あくまでただの情事で、それ以上のものではなかった。母親と会うことになったのは、女性自身が数年前いつもの朝のハイキング中に刺殺されていたからです。ご主人と息子ふたりと住んでいた北カリフォルニアの道路で襲われて」

エイドリアンはごく慎重な手つきでカラフェを持ちあげ、自分のグラスに注ぎ足した。「両者ともジョン・ベネットと関係を持っていた」

「記者が入手したリストにはどちらも名前が載っていました。ですから事実かどうかはともあれ、キャサリンはふたりが夫の不倫相手だと確信していたはずです。そのリストは警察の手元にはないし、DCで強盗犯が起こした銃殺事件と、カリフォルニアの刺殺事件を結びつける理由は何もない。唯一のつながりは、最初の被害者が殺された家の持ち主は、ふたり目の被害者と同じく、ジョージタウン大学で学んだ女性だったということ。ただし、別の時期に。この情報をできるだけ早くあなたに伝えたかったんです。リストに名前があるほかの女性たちの調査にもすぐに取りかかります」

エイドリアンはワインをゆっくり喉に流しこんだ。「わたしの母の名前もリストにあるのね」

「お母さまには知らせてあります。対策を講じるそうです。お母さまに危険がないと断じることはできませんが、犯人はあなたに狙いを定めている可能性が高い。お母さまをあとまわしにしているだけかもしれませんが、詩はどれもあなた宛に届いています。犯人はあなたの存在そのものが忌々しいのでしょう。あなたの誕生によってさまざまなものを奪われ、立場を貶められた事実が許せないのです。だから父親の死、ひいては母親の死も、あなたのせいだと考えている。そう仮説を立てると、あなたへ送られてくる詩にこめられた恨みつらみがはっきり見えてきます」

「ええ」エイドリアンは同意した。「そうね」

「そのうえ、あなたは自分の分野で成功し、ちょっとした有名人です。父親のせいで恥をかくこともなかった。しかもあなたは若く、とても魅力的で、経済的にも大いに安定し、すばらしい家族の遺産に支えられている。一方、彼らが受け取った遺産は不倫、暴力、自殺、丸つぶれになった世間に対する面目だけ」

「わたしを傷つけたところでそれは変わらないと思うけど、そういう見方があるのは理解できるわ。これから先はどうするの？　判明した事実をＦＢＩと警察に知らせる？」

「そのつもりです。でも、その前にほかの女性たちとも可能なら連絡を取りたいと考えています。連絡のつく相手とは。それにニッキー・ベネットとも会って話をしたい。この仮説の裏づけが取れれば、法執行機関も彼女の事情聴取に乗りだし、弟の捜索に当たってくれるでしょう。そしてきょうだいのどちらか、もしくは両方を殺人事件と結びつけることができれば、犯人は逮捕される」

「そうね、ええ」エイドリアンは大きくうなずいた。「あなたの言うとおりよ。ぞっとするけど、すべて辻褄が合う。警察とＦＢＩが何年もかけて発見できなかったことを、あなたは数週間で調べあげてくれたのね」

「自分ひとりの手柄にしたいところですが、わたしは最後にやってきたので、新たな視点を持ちこむことができたのです。それに、デスクに事件簿が山と積みあげられているわけでもなく、この件ひとつに専念することができた。タイミングにも恵まれました。デニス・ブラウンはひと押しすればぶちまける状態だった。彼がしゃべったおかげで、この件をどの視点から見ればいいかが明確になったのです」

「いずれにしても」エイドリアンはグラスを使って身ぶりで示した。「これまでのいやがらせにはちゃんと理由があるんだって初めてわかったわ。そしてそのいやがらせを終わらせることは可能なのだとはっきり信じることができる。それに、女性ふたりが殺されているのね」彼女は目を閉じた。「ほかにもいるかもしれない」

「ええ、ほかにも殺されているかもしれません」

「リストには何人載っているの？」

レイチェルは沈黙し、ワインを飲み干した。「ジョナサン・ベネットが死ぬまでの十四年間にわたって三十四人。それがキャサリンの記録していた人数です。平均で年にふたり以上に手をつけていたことになります」

「三十四人？　そんなの浮気者の域を超えてセックス中毒だわ。それではキャサリンが心を病むのも無理はない。どんなに平気なふりをしようとしてもね。夫婦仲がぎくしゃくしていれば、子供は勘づくものよ」

「同感です。サイコパスは生まれたときからそうなのか、作りあげられるものなのか。それに関しては諸説あります。この場合はどちらも当てはまりそうですね。では、ほかにご用がなければわたしはこれで失礼します」

「ありがとう。頭のなかで整理すべき情報をたくさんいただいたわ」

「報告書にはさらに詳しく書いてあります。ご質問があればご連絡を。何か進展があるまで用心してください」

「わかっているわ。帰り道は道路がすいているといいわね」エイドリアンは立ちあがりながら言い添えた。

「そう願います。ワインをごちそうさまでした――それとチーズまで」

「待って。包むから持って帰って」

「どうぞおかまいなく――」

だが、エイドリアンはすでに家のなかへ走り去っていた。すぐに戻ってきてチーズをラップでくるみ、クラッカーとレイチェルが食べていたオリーヴを蓋付きの小さな容器に入れ、炭酸水の小瓶とともに渡す。

「調査の費用は母持ちだけど、これはわたしから」

「ありがたくいただきます。それでは、またご連絡します」

エイドリアンはレイチェルの車が走り去るのを見送り、セディーの頭に手をのせた。

「胃がむかむかする。いやな気分よ。ジョン・ベネットの子供たちのことなんて考えたこともなかった……。ちらとも考えたことがないわ」脚に力が入らず、しゃがみこんでセディーに両腕をまわし、ほっとするぬくもりを抱きしめる。「それなのに向こうは、わたしをずっと恨んでいたかもしれないなんて、胃がむかむかして気持ちが悪いわ」

吐き気が治まるまでその姿勢でいた。そのあともしばらくかがんだまま、頭のなかで情報を反芻した。

報告書に目を通さないと。それは避けられない。食べることを考えるだけで気持ちが悪くなるから、スムージーを作って、それだけは頑張って飲もう。

そのあとは……。

セディーがさっと警戒し、エイドリアンの胃はねじれた。けれども立ちあがるそばからレイランの車だと気づき、それで気持ちも胃も落ち着いた。

彼が車からおりてきて、セディーとジャスパーがお互いへ向かって飛んでいくと、笑みさえ浮かべられた。「お子さんたちから逃げてきたの？」

「少しのあいだだけね。長くはいられない。ブラッドリーはモンローからギターを教えてもらっていて、マライアにはフィンの遊び相手をしてもらっている。だが長くはいられない」

「わたしの軽率なふるまいのことでお説教をしに来たのなら、もう一杯ワインが必要だわ。だけど、もう一杯半も飲んでいるの」

「お説教はしないよ」レイランはポーチをあがってきた。草と春のにおいがする。

「芝を刈っていたのね」

「ああ。ちょっと汗をかいているけど」レイランは彼女の顔を両手で包んでキスをした。優しいキスだ、とエイドリアンは思った。病人をいたわるようなキス。「話はティーシャから聞いた」

「彼女はまだわたしにおかんむりでしょう」

レイランが手をひらひらさせる。「きみのことが心配でかっとなったんだよ、ハリーもね。とにかく、ぼくも動画を観た。腕立て伏せからいきなりジャンプするやつのやり方をいつか教えてほしいな。どこかの腱(けん)を切断せずによくあんなことできるね。まあ、たしかに衝動的で考えなしの行動かもしれない、だが……さすがだ」

「えっ？」

「きみは相手のタマを蹴りあげてやりたかったんだろう。そして、見事に実行した。しかも、それをあくまでインストラクターとしてやってのけた。あれは単なる短いボーナス・ワークアウトだ――強くてタフな人が観る分にはね。きみは一発ぶん殴ってやらなきゃ気がすまなかった、だから行動に出た。ぼくはきみの行動を支持するよ」

「本当に？」

「きみが行動を起こさなければよかったと思うかって？」レイランは自分の髪に指を滑らせた——髪も少し汗で濡れている。「新たな詩が届かなければよかったか？　そもそもあんな詩、最初から届かなければよかったか？　それはもちろんそう思う。だけどどんなにランプをこすったところで、魔神は出てこない。自分で現状に立ち向かうしかないのさ」

エイドリアンは彼をじっと見つめた。その目からぽろぽろと涙がこぼれだす。

「おいで」レイランは彼女を抱き寄せた。「いやな一日だったね」

「本当にいやな一日だった。でも、あなたが来てくれた。あなたが来て、聞きたかった言葉を言ってくれた」だから、エイドリアンは少しだけ自分にわがままを許し、涙を流れるがままにした。

「誰か来ていたみたいだね」彼がつぶやいた。「ワイングラスと小皿がふたつずつ出ている」

「レイチェル・マクニー、私立探偵よ」

「それでいやな話をもっと聞かされたのかな？」

「いやな話なんてものじゃなかった」

「もう三十分くらい子供たちを預かってもらえないか、ティーシャに頼もう。そのあと、話を聞かせてくれ」

エイドリアンは彼の肩にさらに顔を押しつけた。「ええ、わたしもあなたに聞いてほしい」

22

その前にエイドリアンはなかへ戻り、顔を洗ってから、レモネードのグラスをふたつ持って出てきた。今はワインよりもこちらのほうが賢明な選択だ。

それから腰をおろし、レイランにすべてを話して聞かせた。

「まず、お母さんは腕利きの私立探偵を見つけてきたようだね」

「本当にそう思うわ。レイチェルはとにかく冷静なの。それに……わたしがどう感じているかも大事にしてくれる。もちろん事実のほうが大事だけど、彼女はわたしの感情を単に無視したりしない。それが救いになっているわ」

「気遣いはいつだって大事だ。次に、彼女の考えているとおりだとすると、見当違いの恨みもはなはだしい。それはきみに言うまでもないね。きみは頭が空っぽでも、被害者ぶって同情心を買おうとするタイプでもないんだから」

「ええ……それも誰かに言ってもらいたかったことよ。わかってはいるの、レイラン、だけど誰かにそう言ってもらえるとほっとする。わたしははるか昔に自分自身を生物学上の父親からは切り離しているの。今も昔もあの人はわたしとは無関係で、基本的なDNAを別とすれば、彼の要素はわたしのなかにはかけらもないと思っているわ。わたしには祖父母がいたからそう思えた。それに振り返ってみると、母がいたからでもある。ミミにハリー、ティーシャ、ヘクター、そしてローレン。マヤにあなたのお母さん。ここのすべて」遠くに見える町を示しながら続ける。

「そう思うことができたから、みんながいたから、この町があったから、ジョン・ベネットの子供たちや彼の妻のことが頭に浮かぶこともなかった」

「彼らはきみの人生にはなんの関わりもない」レイランが端的に言いきり、エイドリアンはまたも救われた気がした。「あるはずもないだろう？　もしベネットの子供たちのどちらか、もしくは両方が、きみと連絡を取って、いかなる理由であれつながりを持とうとしていたら、違っていたかもしれない。だが、彼らはそうしなかった。いや、したのかもしれないが、そうだとしたら、親の代の因縁を水に流す気はなかったらしい」

「水に流すどころか、それをさらにこじらせた可能性さえあるわ。レイラン、もし彼らのどちらかが、それか両方が、ふたりの女性たちを手にかけたのなら――」

レイランはエイドリアンの両手に自分の手を重ねた。「彼女たちは何も知らなかった。彼女たちにはなんの警告もされていなかった。どんな理由があるにしろ、犯人はきみには警告を与えている。とはいえ——」

彼はエイドリアンの片手を持ちあげ、自分の唇へ押し当てた。状況が違っていれば、心がとろけそうなほどロマンティックなしぐさだ。

「やつは人を殺している」エイドリアンは彼の言葉を引き取った。「クレイジーで執念深く、攻撃的な殺人者。やつはわたしを階段から放り投げて殺すのに失敗した父親に代わり、それをやり遂げようとしている」

レイランはグリーンの瞳でまっすぐ彼女を見つめたまま、もう一度その両手に口づけた。「だが、やつは何もやり遂げられない。その腕利きの私立探偵が、やつを逮捕できるだけの情報を集めてくれるはずだ。けれどそれまでのあいだ、きみはどこか人目につかない、静かで安全な場所へ行くこともできる」

「どこへ？　山のなかのキャビン？　どこかの浜辺の家？　パリのフラットとか？　レイラン、わたしはひとりきりになってしまうわ。本当のひとりぼっちに。身に危険が迫っている女性が、ここなら安全だと言われて誰にも知られていないはずの場所に隠れると、どうなるかはわかるでしょう？」

「それはフィクションの話だ」

「フィクションは往々にして現実に起きたことを元ネタにしているわ。悪いやつらに居場所を見つけだされ、女性はひとりきりで戦う羽目になるのよ。ベネットきょうだいの姉だろうと弟だろうとここへ来させるべきだわ、犯人が本当にわたしを襲うつもりならね。ここなら警官が五分で到着する。信頼できる友人たちはもっと早く駆けつけてくれる。この家なら、わたしは隅々まで知り尽くしている。

ここならわたしはひとりじゃないし、世界中のどこより安全だと感じられる。それにレイチェルは自分で言ったとおりのことを成し遂げてくれるはずよ。彼女は必要な情報を集めて警察に彼らを逮捕させるわ」

「きみがひとりでこの家にいるのに、ぼくが安心できると思うかい？」

「思わないわ。だけど、ほかの選択肢よりはましよ」

「そうかもしれない。たしかにそうかもしれないから、反論はよそう。じゃあ、これならどうだい？　学校が夏休みに入りしだい、みんなでどこかへ行くんだ」

「みんな？」

レイランが挑戦的な笑みを浮かべる。「まさか子供ふたりと犬二匹を連れて夏休みの旅行へ行くのが怖いなんて言わないだろうね？」

「わたしは怖い物知らずよ。でも、休暇なんて長いこと取っていないわ」

「それなら決まりだ。ぼくはビーチに一票。子供たちもビーチ派だから、多数決で決定だね。どこがいいか調べておくよ。ぼくはそろそろ帰らないと」

「お子さんたちは明日も学校ですものね」

「そのとおり」そう言いながらも、レイランはエイドリアンを引き寄せてキスをした。今度はいたわるようなキスではなく、熱いキスだった。「戸締まりをちゃんとするんだよ、いいね？　ドアと窓の鍵をもう一度確認してまわり、警報装置をセットすること。そしてベッドへ入る前にぼくにメールしてくれ」

「わかった。おかげで気分がよくなったわ。あなたは今夜の夕食代わりのケール入りスムージーより効き目がある」

「うえっ。そりゃあ、自分はケール以上だと願いたいよ」レイランはもう一度彼女にすばやくキスし、階段をおりていった。「ぼくは未来永劫、あんなものは絶対口にしない。行くぞ、ジャスパー」

「飲むとびっくりするほどおいしいのに」

「真っ赤な嘘だね」レイランは渋るジャスパーを車へと引っ張りあげた。「嘘つきは泥棒の始まりだ」

「それなら、〝慣れるとおいしい〟ではどう？」

　彼はかぶりを振った。「ぼくはきみの嘘に抗議し、子供たちを寝かしつけたあとチートスを食べることにしたぞ。メールを頼むよ」

　メールを送ること、とポーチのテーブルに出しっ放しだった小皿やグラスを片づけながら、エイドリアンは頭のなかで復唱した。

戸締まりしてもう一度確かめ、警報装置をセットすること。今晩はきっと安らかに眠れるだろう。レイランが来てくれて、聞きたかった言葉を言ってくれたから。

その週の残りの数日は予定でいっぱいにした――予定を詰めこみすぎてあふれる寸前まで。ヘクターが編集した『フィットネス１０１』の暫定版の確認を含めた自分の仕事以外にも、母とフェイスタイムで長い時間話をした。予期したとおり母からもこってり絞られ、そのあとはＤＶＤについていくつか意見を交わした。

青少年センターの照明器具、蛇口などの水回り、塗装、それに設置するゲーム機についても、本腰を入れて選び始めた。ケーラがずいぶん力になってくれてはいるが、大規模な改築にはもう一生手を出すものかとひそかに誓った。

金曜の午後、レイチェルから連絡があるまでは、日々のあれこれに追われて余計なことを考える暇はなかった。

レイチェルはさらに三人の女性の消息を突きとめていた。ひとりは長らく癌と戦った末に亡くなっているから、明らかに病死だ。ひとりはバーを経営しているニューオーリンズの路地で撲殺され、所持品を奪われているのが見つかった。もうひとりは浮気相手とモーテルの部屋で過ごしたあと、車に戻ったところを銃で後頭部を撃たれていた。

ペンシルベニア州エリーの警察は、彼女の夫を徹底的に調べあげたが、彼のアリバイは崩れなかった。

これで四人だ、とエイドリアンは思った。少なくとも四人が殺害されている。彼女は時計に目をやった。もうすぐレイランが来る。よかった。新たな事実をひとりで抱えこまずに、彼に話すことができる。

レイランが夕食に何を持ってくるのかは知らないけれど、ポーチへ出て外で食べよう。午前中いっぱい雨が降ったから、世界を丸洗いしたみたいに新鮮なにおいがする。使う皿は、何を食べるかわかってから決めよう。ワインもそれでいい。

手持ち無沙汰になり、服を着替えることにした。シンプルで女らしく、心がうきうきする春向きのワンピースを選んだ。髪はうなじでひとつに結び、波打つ後れ毛を散らす。

足元は何も履かないことにして姿見の前でくるりとまわり、自宅の庭でのカジュアルな——望むらくはロマンティックな——夕食にはぴったりねと満足した。

車の音よりも先にセディーがワンと吠えるのが聞こえ、レイランの車がやってくるのを眺めようと二階のバルコニーへ出た。

レイランも彼女の姿に気がついた。なんて絵になるんだろう。植木鉢から花がこぼれ落ちるバルコニーで、大きな犬を隣にしたがえ、手すりから身を乗りだすワンピース姿の女性。

今夜はひと晩じゅう、彼女を独り占めできるなんて、なんだか信じられなかった。

「夕食は何？」

「おりてきて自分で見てごらん」

エイドリアンは急いでおりていった。言われたとおりに、玄関は施錠してあるのだ。ドアを開けると、ジャスパーが飛びこんできて、セディーと大興奮の再会を果たした。

「この二匹の挨拶が〝あら、お久しぶり〟ですむ日が来ると思う？」

「思わないね」

「じゃあ、わたしも彼らにならって」エイドリアンは両腕を広げてレイランに抱きつくと、彼の気が遠くなるまで熱いキスをした。

「犬は最高の友達っていうのは本当だな。すてきな服だね。よく似合うよ」

「太陽が戻ってきたのをお祝いしてワンピースにしたの。めったに着ないから。それ、テイクアウト用の袋には見えないわね」

「テイクアウトじゃないからね。グリルに火を入れてステーキを焼く」

「ステーキ？」

「ケールのスムージーなんて飲んでいる人には、たまには赤身の肉が必要だ」

「ケールにどれくらい鉄分が含まれているか、知ってる？」

「知らないし興味もない」レイランは袋をカウンターに置くと、ステーキ肉と巨大なジャガイモを二個取りだした。「そして、ステーキときたらポテトだろう？」

「一個で四人家族の食事をまかなえそうな大きさね」片方のジャガイモを手に取り、重さを確かめる。「でも、これでいいものが作れるわ」

レイランはもう一個を守るかのようにさっとつかんだ。「ケールを使うのか？」

「使わないわ。使うのはバターとハーブ、スパイス、あとグリルよ」

「それならきみをポテト担当に任命しよう」彼はミックスサラダの袋を取りだした。

「できあいだが、批判は受けつけない」

「わが家にあるものを加えてくれるなら批判しないわ」

「オーケー。それならやったことがある。信頼してくれ」レイランは持っていたジャガイモを彼女に手渡した。「これはきみの有能な手に託し、ぼくはグリルの用意をしてくるよ」

彼が戻ってきたとき、エイドリアンはカウンターでジャガイモをアルミホイルに包んでいた。

「きみのうちの庭は花も野菜も元気だね。うちも少し植えてみたんだ。育ってはいるが、きみのところみたいな勢いはない」

「コンポストは使っている？」

「使おうとは思っている」

「思うだけじゃなく実行しないと」エイドリアンはレイランの胸板をとんとんと叩いて強調した。「地球のためにコンポストで生ゴミを堆肥にするの。それで庭も元気になるんだから一石二鳥でしょう」ジャガイモを彼に手渡す。「グリルにのせておいて。このサイズだと火が通るのに時間がかかるわ。赤ワインを開けて、裏のポーチでうちの元気な庭を眺めましょう。レイチェルから経過報告書をもらったの。先にその話をすませてもいい？　今夜はもうそのことを考えなくていいように」

「ああ、それでいい」レイランは身を乗りだし、彼女の額にキスをした。「大丈夫、ぼくがいる」

彼のそういうところにエイドリアンは父親らしさを感じた。彼にはどっしりとした安心感と包容力がある。父親がほしいと思ったことはない——あらゆる面で祖父が代わりを果たしてくれたし、ハリーだっていた。

けれど、レイランのこんな一面はとても魅力に見えた。

彼はなかへ戻ってくると、ステーキ肉とミックスサラダを冷蔵庫に入れ、栓を開けたワインのボトルをつかんだ。「行こうか」

エイドリアンはオリーヴとアーモンドの小皿を運んだ。父性がレイランの遺伝子の一部なら、彼女の遺伝子には誰かに食べさせることが組みこまれている。

ワインを注いでもらいながら、彼女は息を吸いこんだ。「あなたの言うとおり、うちの庭は元気ね。子供のころから庭に出て祖父母の手伝いをするのが好きだったわ。今はひとりでやっているけど、楽しさは変わらない」

「ぼくは草むしりが嫌いでいつも文句を垂れていたよ。今は目新しさが勝ってブラッドリーとマライアも草むしりをやってくれるが、そのうち文句を言いだすだろうな」

「大人になったらあなたと庭いじりをしていたのを思いだして、自分たちも何か植えるようになるわ」

「そうだといいけどな」レイランは座り直して彼女の目を見つめた。「さあ、話を聞かせてくれ」

「レイチェルはリストに載っていた女性をさらに三人見つけたわ。全員亡くなっていた。ひとりは明らかに病死だったわ。骨肉腫との戦いに負けたの。だけど、ほかのふたりは――」

「殺されていた」

エイドリアンはうなずいた。「ええ。ニューオーリンズの女性は経営するバーの裏路地で撲殺され、腕時計やハンドバッグを取られている」

「強盗のしわざに見せかけるためか」

「そうでしょうね。もうひとりはペンシルベニア州エリーで見つけたわ。彼女は駐車した車のなかで、後部座席から後頭部を撃たれている。これは殺意が明確ね。彼女は夫以外の男性とモーテルで過ごし、出てきたところだった」

「警察は夫を調べたのかい？」

エイドリアンはふたたびこくりとうなずいた。グリルからは煙があがり、花から花へと蝶々（ちょうちょう）が舞い、犬たちが庭を走りまわるなかで、椅子に座って殺人の話をしているなんて。

「出張で町にいなかったそうよ。彼にはしっかりしたアリバイがある。人を雇った可能性も調べあげられたわ、殺意は明白だもの。ところが捜査の結果、夫は妻に浮気されていたことさえ知らなかったの。いずれにせよ、この二件は時間的にも、距離的にも間隔が離れていて、殺害方法も異なっている。ふたつを結びつける理由は何もなかったわ」

「これまではね。これで四人。全部で何人だっけ、三十四人か。つまり八・五パーセント」

エイドリアンは小さな笑い声をもらした。「あなたもティーシャのお仲間で数字好きなのね」

「数字は真実だ。これは連続殺人になるな。たしか三人が境界線だろう?」

「それは知らないけど、レイチェルはさらに見つかるんじゃないかと考えているわ。ぞっとする」エイドリアンはぶるりと体を震わせ、ワインを飲んだ。「彼女が見つけたなかで一番古い事件は十二年前——最初の詩が届いてから一年以内よ」

「二、三年にひとり殺しているってことか。五年もおとなしくしていることはなさそうだな。ごめん」レイランは彼女の手を取った。「今のは冷たい言い方だが——」

「いいの。わたしが今、求めているとおりのことよ。遠まわしな物言いはなしで、ストレートに論理的な話をしたいの。ニッキー・ベネットは近々、出張先から車で戻ってくるわ。レイチェルが彼女から話を聞けるのはもう少し先ね。数日はかかるんですって。ニッキーはよくクライアントのところに立ち寄り、経過をチェックしたり、はっぱをかけたりするそうなの。彼女の仕事の一環よ。それまでのあいだに、レイチェルはさらにリストを洗っているわ」

「ぼくは自分の仕事に口出しされるのは嫌いだが、彼女はこの件をFBIか地元警察に持っていくべきじゃないのか?」

「その予定よ。レイチェルは一週間かけてもっと情報を収集すれば、警察も犯罪捜査として動きだすはずだと考えているの。全員キャサリンのリストに名前が載っているからつながりは見つかったけど、住んでいた場所も仕事もばらばらで、お互いに面識はなく、別々の手段で殺されている。調査から判明している範囲では、誰も脅迫状や詩は受け取っていないそうよ」

「つまり警察を納得させる必要があるんだな。わかった。納得したよ」

エイドリアンはボトルを持ちあげて彼のグラスにワインを注ぎ足し、自分のグラスにも注いだ。煙のあがるグリル、蝶々、犬たち、ワイン。見慣れた景色が話の陰惨さを相殺してくれる。

「レイチェルはそう言わなかったし、あなたも口に出さないけれど、殺された人たちが詩を受け取っていないのは、真のターゲットではなかったからでしょう。彼女たちのせいで父親の不祥事が露見したわけでも、父親が命を落としたわけでも、母親が自殺したわけでもない。恐ろしいけれど、彼女たちはあくまで練習台なのかもしれない。それか、お楽しみを最後まで取っておくための、ストレスのはけ口なのかも」

レイランはただエイドリアンの手を取っただけで、少しのあいだ沈黙していた。

「きみがベネットの子供たちとなんのつながりも感じていないのは知っている。感じる理由なんてないからね。だが、誰であれ、あの詩を書いているやつはきみとのつながりを感じている。同じ血が流れるきょうだいとして。きみは特別なんだ。やつはきみの注目を欲し、必要とし、自分の存在に気づいてほしがっている」

「だけど、詩の送り主が誰なのか、ずっとわからなかったのよ」

「謎の送り主の正体が明らかにされるところがクライマックスになるはずだったんだろう。ストーリーを書くには、とりわけぼくみたいに善と悪、そのあいだにあるものの戦いを描くには、動機や行動、反応を掘りさげなければならないんだ。このキャラクターはここの場面でどうしてこちらを選択をしたのか？　まあ、ぼくの場合は単なるコミック本ではあるんだけど――」

「そんな言い方はやめて。あなたのストーリーにはしっかりした筋があり、キャラクターたちは多面的で複雑だわ」

「ありがとう。まあ、それでフロイトとかユングとかそういう学者になれるわけじゃないが、ぼくみたいな仕事をしていると、ヒーローとは何かということだけじゃなく、悪役とは何かということも考えさせられるし、考えるべきなんだ。彼らは何が目的で、何を必要としているのか。今回の場合、ぼくから見ると根っこにある考えはきわめて明白だ。悪いのは女性たち。すべて女性たちのせいだ」

エイドリアンは眉間にしわを寄せて思案し、グラスを持ちあげた。「女性たちって、女性全般？」

「うん、そうだろうね。たとえば、モーテルの女性だ。彼女の車のなかで待ち伏せして殺害しているだろう。だが、浮気相手の男は放置されている。その男性はどこにいたんだい？」

「レイチェルの報告書によると、殺害時刻にはまだモーテルの部屋にいたようね。シャワーを浴びて服を身につけ、外へ出ると女性の車がまだあった。不審に思って車に近づき、彼女の遺体を発見した。それで通報したと供述している。彼も容疑者として取調べを受けているわ」

「つまり、犯人はその気があれば部屋へ行ってドアをノックし、彼を射殺することもできたわけだ。根っこにあるのが浮気なら、なぜそうしなかった？　そうじゃないからだ。根っこにあるのは女性だ。悪いのは女性。浮気を繰り返した父親が悪いんじゃない。浮気相手になった女性たちが悪いんだ」

「女性を憎悪するあまり殺してまわっているということ？　じゃあ、犯人は息子のほう？」

「そうとは限らない。女性を憎む女性も大勢いる」

「そうね」エイドリアンは認めた。「残念だけど事実だわ」

「それにニッキー・ベネットは仕事柄出張が多く、さまざまな場所から郵便物を投函できる。きょうだいのどちらかひとりか、その両方か。けれど、きみの私立探偵がじきにすべてのピースをつなぎあわせてくれる。そうすればこの件も過去の話になる」

エイドリアンは静かにワインを口へ運び、グリルの煙を眺めた。

「わたしの考えを言うわね」ようやく口を開いた。「わたしを守ろうとして問題を脇へ押しやろうとする代わりに、正面から話してくれる人がいるおかげで、わたしは自分で問題を脇へ押しやることができる。そして、この件はじきに過去のものになると信じてくれる人がいるおかげで、わたしもそう信じることができる」

彼女は肩をすくめた。「それに、悪いのは女性だって言われるのはイヴのころから変わらない。父親を破滅させたのは母親だって、彼らは知っていたのかしら」

「知っていたとしたら、キャサリン・ベネットは自殺じゃない」

エイドリアンはぎょっとした。「えっ？」

「ごめん、今のは飛躍しすぎた」

「いいえ。待って。ああ、なんてことなの」椅子の背に寄りかかり、考えを整理する。「おぞましいけど、それで辻褄が合う。彼女が――母親が、女性が――父親を裏切った。あくまで悪いのは浮気したジョン・ベネットではなく、浮気相手になった女性たちだと考えれば、キャサリンは彼を裏切ったことになる。彼女が目をつぶり続けてさえいれば、子供たちは父親も生活も失うことはなく、何も問題なかった。それに、すでに薬に依存しきっている相手に、薬の量を増やさせるのは簡単だわ。どんどん与え続ければ、いずれは許容量を超える」

「そして眠ったまま永遠に目覚めない。静かな死だ。暴力的な手段には出なかった。父親を裏切ったとはいえ、自分たちの母親で血のつながりがあるから」

「血のつながりに始まり、血のつながりで終わる。わたしで。何も変わりはしないけれど、いかにしてすべてが始まり、形作られたのかが見えてきた気がするわ」

「まったく的外れな仮説かもしれない」

「ええ、だけどひとつの見方ではあるわ。誰かに殺されそうになっているなら、理由を知りたいもの。明日、レイチェルに今の話をしてみる。だけど今日はここまで。この話は脇に置きましょう」

「きみが話したくなるときまで、この話は頭の引き出しにしまっておくよ。子育てと仕事の合間に自分の時間を見つけるには、コンパートメント化は必須なんだ。それじゃあ、ノースカロライナ州のバック島にあるビーチハウスの話をきみに聞いてもらうっていうのはどうかな?」

エイドリアンは頭を切り替えるのに少しまごついた。「夏休みはすぐそこなのに、どこか見つけられたの?」

「つてがあってね。ぼくの友人のスペンサーを覚えているかい?」

「なんとなくは」

「きみは彼のことをよく覚えていて懐かしがっていた、彼にはそう嘘をつくことにしよう。とにかく、スペンサーは今、奥さんとコネチカットに住んでいる。バック島にすてきな別荘を持っていて、いつもなら夏じゅうそこで過ごすんだが、ミセス・スペンサーは七月に第一子を出産予定だ。今はバック島に行っていて、二週間で戻ってくることになっている。すべて順調にいけば、八月にでもふたたび島へ行きたいそうだが、七月五日から二週間は使っていいと言ってくれた。犬もオーケーだ。彼らもパグを二匹飼っているからね。どうだい？」

「二週間？」まさか実現するとは考えていなかった。しかも二週間も……。「ここはどうするの？」

エイドリアンの視線を追ってレイランも庭を眺めた。

「きみもぼくも顔は広いから、代わりに世話をしてくれる人が見つかるだろう。お礼にトマトでもなんでも好きに持っていってもらえばいい」

「二週間も留守にしたことなんて……一度もない。仕事以外でそれだけ長く同じ場所に滞在したこともないわ」

「必要なときにはそこで働ける、ぼくもね。別荘はジム付きだ」

「どうしよう、決められないわ」

「プールもついていて、海沿いにある。静かな場所で、好きなときにビーチへ出られて、すばらしい景観が楽しめる。ジャズが聴きたくなったら、ナグスヘッドかマールビーチへ出かければいい」

「ジャズは必要ないけど、いいところみたいね」

「難点は、車で行くにはかなり遠いってことだ。子供ふたりに犬二匹を連れての長距離ドライブになる」

「わたしは子供も犬も好きよ」

「その点は気づいていた」

「お子さんたちもそれでいいの?」

「あの子たちもきみのことが好きだ。それにビーチがある」

「ビーチは魅力的よね」

二週間ビーチで……何もしない。想像できないわ。

「お子さんたちがいいなら、本当にそれでいいなら、わたしも話に乗るわ。わたしが行くのにお子さんたちが乗り気でなければ、ご家族だけで行って。こんなチャンスをふいにするのはもったいないから」

「話してみるよ。あの子たちのことならわかってる。きっと大丈夫だ」

「オーケー。ポテトが焼けたか、見てみましょう」

「サラダはまかせてくれ。ステーキの焼き加減は?」

「特大ステーキを食べるんでしょう。それならレアね」

「そうこなくちゃ」

ふたりは初めて一緒に料理をし、太陽が西の山へと傾くなか、ポーチで食事をした。

子供たちのこと、青少年センターのこと、彼の仕事、彼女の仕事のことをふたりで話した。日々の出来事を誰かと話すのはなんて楽しいのだろう。

「今後、ポテト料理担当はきみで決定だな」レイランはワインを手に満足して椅子に寄りかかった。

「あなたのサラダも絶品で、ステーキの焼き加減は絶妙だったわ。お世辞じゃないわよ、わたしもリッツォの端くれですもの」

「ぼくの腕を褒めるのはマカロニ&チーズを食べてからにしてほしいな。箱入りのやつで、作るのはピンチのときだけだよ」エイドリアンに不信の目で見られて、彼はつけ加えた。「母のレシピだ」

「たしかジャンのマカロニ&チーズは格別だったわね」

「だろう？　別荘で作るメニューに加えておくよ」レイランは彼女を見つめ、ボトルを傾けてワインの残りをグラスに空けた。「きみの顔、好きだな」

エイドリアンは笑みを浮かべて頬杖(ほおづえ)をついた。「そう？」

「ぼくは顔と体形に興味をそそられるんだ。理由は明白だよね。子供のころ、一度だけきみの顔を描いたことがある」

「わたしの顔を？」

「練習でね。よくマヤの顔を描いてたんだ。角を生やしたり、蛇みたいな二股舌にしたりしていたな。その絵を見て、きみの祖父母はすごくおもしろがっていた。母がシフトに入っているときは、放課後は〈リッツォ〉に陣取って、店に入ってくるお客さんの顔を描いたものだ。覆面なんかで顔が隠れるキャラクターは描くのが簡単だから、表情を練習したかった。ひょっとしたら、すでにあのころからちょっと関心があったのかな」

「アートに？　それはそうでしょう」

「違うよ。きみにだ。少しだけね。キャシーを描いたときは——キャシーは覚えているかい？——スネーク・ガールの扮装をさせた。蛇のようにこそこそしているところがあったから。嫌っていたわけじゃない、彼女のそんなところがおもしろかった。だけどきみのときは、ただそのままの顔を描いた。だからやっぱり気になっていたのかもな。今はきみのことが気になって仕方ない」

エイドリアンは手をのばして彼の手を取った。「安心したわ。わたしもあなたのことが気になっているから」

「一緒にいないときは、きみのことをよく考える。彼女は今何をしているだろう。窓から隣の家をのぞいたら、ティーシャに会いに来ていないかな。車で食料品の買い出しに行ったら、街を走っていないかなって。自分がまたこんなふうに感じられるなんて、感じたいと思えるなんて知らなかった」

エイドリアンは胸がぎゅっと締めつけられた。立ちあがり、同じく腰をあげたレイランの手を引き寄せる。「お皿をなかへ運ぶだけ運んで、片づけはあとにしましょうか」

「ぼくはそれでいい」

「わたしたちが二階へ行っているあいだ、お利口なワンちゃんたちにはおやつの骨をあげればいいわね」

「お利口さんだからね」

「そして……」ぴったり体を寄せて彼を見あげる。「あとで片づけが終わったら、フロントポーチでカプチーノを飲みながら、トラベラーズ・クリークの町の明かりを見おろしてしばらく静けさに耳を傾け、そのあとまた二階へあがりましょう」

「いいね」レイランはささやき、彼女に口づけた。「車にバッグを入れたままだ」

エイドリアンは微笑んだ。「それもあとで。犬の世話も片づけもあとでいい。あなたといたい。あなただけと、レイラン」

23

朝になり、ベッドの真ん中で体を丸めて眠っていたエイドリアンが、レイランの隣で目覚めたとき、外では雨がけだるげにしとしとと降っていた。落ち着いた静かな雨音が音楽みたいに聞こえた。開いたままの窓からそっと流れこむそよ風がレースのカーテンを揺らし、やわらかな灰色の光が漂う。

別の日なら、じめじめして陰鬱だと思ったかもしれない。けれど今は、アーサー王のキャメロット城のようにロマンティックだと感じる。

だからレイランにぴったりと寄り添い、体と体を、肌と肌を触れあわせ、彼の顔を、ひげがのびてきた頬を唇でたどっていった。すると体に当たっている彼の下半身が反応するのがわかり、グリーンの目が眠たげに開かれた。

「おはよう。すてきな朝よ」エイドリアンはささやいた。

「そうなる可能性はあるかな」

「そうなるに決まっているわ」エイドリアンは彼の髪に両手をさし入れて引き寄せ、

口づけた。

熱く燃えあがりたくてくすぶる埋み火を揺さぶると、火の粉が舞い散って肌をちりちりと焦がし、低く揺らめく炎が熾った。

リードしたい。主導権を握りたい。エイドリアンは彼の上にのって組み敷いた。自分と同じくらいレイランが悦んでいるのはわかっている。

力強い両手に肌をまさぐられ、高鳴る鼓動が雨音とともに激しいビートを刻んだ。唇が唇を求めてキスが深まり、エイドリアンの脈とともに、レイランの脈も速まっていく。彼を味わいたい——首筋を、顎を、肩のたくましいラインを味わいたい。けれども、やっぱり一番ほしいのはレイランの口だ。なめらかに動く舌や、甘く嚙んでくる歯で興奮をかきたててほしい。エイドリアンがいたぶるようにそっと嚙むと、かすれたうめき声が返ってきた。彼の味わいに満たされて、あらゆる感覚がひとつに溶けて歓喜を謳う。

見つめあったまま、言葉を交わすことなく、エイドリアンは体を起こした。

彼にまたがってゆるゆると腰を落とし、結びつきを深めながら甘美な悦びを体の隅々まで広げていく。そして快感にのみこまれる彼を見つめながら、自分も同じ快感に溺れていった。

レイランは夢の世界を次々にくぐり抜けていた。何もかもがやわらかくて熱を帯び、しびれるほど美しい。エイドリアンに包まれて自分を見失い、彼女に、この瞬間に、ともに生みだした快感に屈した。

ぼんやりした光のなか、エイドリアンの軽やかな体がレイランの上でゆったりしたリズムを刻む。雨音がふたりだけの世界を作りだし、すべての物事や人々を遮断した。

とろんと重たげな、金色がかった彼女のグリーンの瞳がレイランを見つめている。彼はその瞳に歓喜を見た。パワーを、知識を、女性を抗いがたく、危険で、魅力的にするすべてのものを見た。

エイドリアンは高まる波の上へと身を投げ、背中を弓なりにそらして頭をのけぞらせ、両腕をあげて、乱れた美しい髪をかきあげた。

切なげな声をもらして吐息をつくその姿は、自分のパワーを受け入れて勝利をつかみ取る女性のものだ。しかも彼女は動きをとめない。ゆっくりとした律動はとまることがなかった。

エイドリアンが首をそらして髪を揺すり、彼を見おろして微笑んだとき、レイランは彼女の腰をつかみ、主導権を奪いそうになるのをこらえた。

まだだ。彼女はまだ何も言っていない。

彼を見つめるエイドリアンの吐息が、切れ切れのため息に変わる。彼女が自分の体を撫であげて胸をまさぐると、レイランの口中には、たしかに彼女の肌の味わいが広がった。エイドリアンが彼の体に手をついた。

そして、頭をさげて唇を重ねた。彼女の体の震えが伝わってくる。小さなあえぎ声が聞こえ、次の波が押し寄せているのが感じられる。

「もうだめ。早く――」

レイランはふたりの体を反転させ、彼女のヒップを抱えあげた。もうこれ以上は我慢できなかった。彼女のなかへ押し進み、長い脚が体に巻きついてくると、理性は消えた。

今度はふたりそろってうねる大波にさらわれ、のみこまれた。

エイドリアンはぐったりとベッドに横たわった。四肢に力が入らない。心臓が胸から飛びだしているんじゃないかとちょっと心配だった。

「何分かじっとしていていい？　やっぱり一時間にして。いいえ、一日ね。脈拍と血圧が通常に戻りそうにないの」

「えっ？　なんだって？　耳のなかで血がどくどく脈打っていて聞こえないな」

「さっきまで別の場所が脈打っていたわよ」

レイランは笑い声をあげ、にやにやしたあともう一度声をあげて笑った。それから体を起こし、彼女を見おろしてにやりとする。「きみのせいで、ぼくはぼろぼろだ」

「ぼろぼろにするつもりだったんだもの。いつもなら雨の土曜日は好きじゃないけど、今日は出だしから上々よ」

「雨の土曜日に、これから子供ふたりと犬一匹の相手をしなければならないぼくにとってもだ」レイランは頭をさげ、彼女の喉に顔をすり寄せた。「一日を切り抜けるパワーをもらった」

「明日の夕食にはふたりを連れてくるのよね」

「ふたりとも楽しみにしているよ。マライアは着ていく服までもう選んである。サンドイッチを食べるのにも服を選ぶ子だからね」

「あの子のセンス、わたしは好きよ」

「しゃれっ気は人一倍だ。おなかにいるときからファッション雑誌を開いて、これはすてき、これはいまいちよ、なんてやっていたんじゃないかってロリリーはよく言ってた」

しまった、とレイランは思った。エイドリアンと裸でベッドにいるときに、亡き妻の話をするべきではなかった。

「それじゃあ……シャワーを浴びてきてもいいかな？」

「どうぞ。わたしは階下へ行って犬たちを外に出すわ。朝食を作る必要もあるし」

「必要があるのかい？」

「ええ、必要あるわ。あれだけ激しいワークアウトをしたあとだもの、おなかがぺこぺこよ」

レイランはシャワーを浴びながら、自分の身に起きている変化にどう対処すべきか考えをめぐらせた。何かするべきなのか。するとしたら、いったい何をすればいいのか。

ゆうべエイドリアンに話したことは本心だ。またこんなふうに感じられるなんて知らなかった。だが、たしかに感じている。

左手をあげ、薬指にはめた結婚指輪を眺めた。もう何年もそこにあり、自分の一部のように感じている。だが、別の女性とベッドをともにしているのに、これをつけたままでいいのだろうか。それで正しいのだろうか。

別の女性を愛しているのは明白なのに。

セックスだけの関係ではない。それだけでいいと、それだけにできると、半ば自分を納得させていたが、自分の本当の気持ちはわかっている。

あの日、彼の家に勝手にダンベルを置いていった日に、エイドリアンはなんと言った？〝愛が必ずしもセックスを必要とするわけじゃないし、セックスが必ずしも愛を必要とするわけでもない〟

たしかにそうだ。だが愛とセックスが結びあわさったとき、そこには奇跡が生まれる。レイランはそれを知っていた。彼は人生で二度の奇跡に恵まれたのだから。

だが……エイドリアンがどう感じているのかはわからない。彼のことを特別な相手と思ってくれているのはたしかだ。彼を好きでもあるのだろう。だが、こちらはお荷物付きだ。

子供ふたりに犬一匹。

相手の荷物まで引き受けたがる人はそうそういない。

エイドリアンの気持ちを尋ねることはできる。普段だったら、レイランは率直になるのを好んだ。だが――またもや〝だが〟だ――そんなことで彼女を煩わせてもいいのだろうか、もっと深刻な問題を抱えているときに。

頭のおかしなストーカーに脅かされているときに。

エイドリアンはすでに理不尽な重圧にさらされている。そのうえ彼にまで重圧をかけられる必要はない。

一度にひとつのことに集中しよう。タオルで体をふきながらレイランは自分に言い聞かせた。

できる限りエイドリアンがこの問題を乗りきる力になろう。できる限り彼女と一緒にいよう。彼女に負担をかけない範囲で、子供たちをエイドリアンと過ごさせよう。

次にどうなるかはそれからだ。

階下へおりると、彼女は皿をふたつ並べてセディーとジャスパーにドッグフードを食べさせていた。

「ちょうどいいタイミングね。コーヒーメーカーの使い方はわかる？　わたしはこっちを用意するわ」

「コーヒーの前に、〝こっち〟というのは？」

「トマトとほうれん草、ポーチドエッグをのせた全粒粉のベーグルよ。あとはミックスベリーとグラノーラ入りのギリシャヨーグルト。これで朝に必要な栄養素がすべてとれるわ」

「オーケー、得体の知れないものではなさそうだ。コーヒーのいれ方はわかるが、ぼくは冷蔵庫に入っているのを見かけたコーラをいただきたいな。朝のカフェインはそれと決まってる」

「そうなの？」エイドリアンはぴたりと手をとめ、レイランを見つめた。朝はコーヒーだろうと思って勝手に用意をしていた。「わたしも朝に冷たいコーラを飲むのが好きなの。週に一度くらいは飲んでもいいことにしているわ」

「どうして週に一度だけなんだ？」

「理由はいくらでもあるでしょう。でも、今朝はわたしもあなたにつきあうわ」

エイドリアンは皿に料理をのせた。

「わたしのほうが早起きしたときは、祖父にこれを作ってあげたものよ。ポピは平日の朝はたいてい冷たいシリアルですませていたけど、週末にはキッチンでパンケーキにフレンチトースト、ベーコン、さらにベーコンと腕をふるっていたわ」

「ベーコンはすべての食べ物の王さまだ」

レイランはエイドリアンとともに腰かけ、ベーコン抜きのヘルシーなベーグルにかぶりついた。「でも、これもうまいよ。パンケーキとフレンチトーストを一緒に作ろうとは思わないけど、これなら子供たちに作ってやれそうだな――卵はスクランブルエッグに変えて」

「ポーチドエッグは作れないの？」

「どうやって作るのかさっぱりだし、妹がいる八歳児にこれを出したらどうなると思う？　〝おい、見ろ、マライア、目ん玉がのってるぞ！〟そしてフォークでグサッ、グサッだ。〝オエーッ、目ん玉から黄色いのがどろどろ出てきた〟で、マライアは二度と卵を食べなくなるんだ」

「息子さんの行動が読めるのは、あなたも同じようないやがらせをマヤにやっていたってことね」

「それが兄の役目だからね。ウェルズの男は自分の役目をしっかり果たす」

「子供のころはきょうだいがほしいと思ったものだけど、いなくてよかったわ。いいえ、いないわけじゃ……」

レイランは彼女の腕に手をのせた。「やめよう。それは考えなくていい」

「心配しないで。今日はやることがいっぱいあって、わたしの頭もほかのことで忙しいから。ワークアウト、それから週末に片づけておくべき家事でしょう。そのあとは、ヘクターが作った高校の映像の暫定版の見直しをして、次のソロプロジェクトの内容も考え始めなければならないわ」

エイドリアンの頭を忙しくしておく方法が、これでレイランにもわかった。「どうやって内容を考えるんだい？」

「さまざまなものの組みあわせよ。同じことの繰り返しだと飽きられるわ。お気に入りのルーティーンに戻る人もいるけど、何かちょっとトライできる目新しいものが求められるの。流行を取り入れつつ、安全なもの、初心者向けのもの、上級者が手ごたえを感じられるものを組みこまなければね。そこにいくらかおもしろさも加えて、チャレンジも必要。ヘルシーな朝食とおんなじで、グラノーラとキヌア一辺倒では飽きがくるわ」

最後のひと口を食べるレイランを眺め、彼女は微笑んだ。「おかわりを作りましょうか？」

「いや、もう満足だ。だけど驚いたな。料理本を出すべきだよ」

エイドリアンは彼の肩を指でつついた。「実は、わたしも出したいと思っていて、母には話したの。アイデアを練り始めたところよ」

「きっとすばらしい本になる」レイランは彼女の頬にキスした。「皿はぼくが片づけるよ。土曜日なのにあいにくの雨だが、ビーチへ行くことを話せば子供たちも気分が晴れるだろう。きっと飛び跳ねて大喜びするぞ」話しながら食洗機に皿を入れていく。「そのあとマライアは、ビーチで着る新しい服が必要だって言いだすんだ」

「ビーチへ行くんだもの、当然でしょう?」

レイランは首をめぐらせてエイドリアンをじろりとにらんだ。「娘をけしかけないでくれよ。この国の父親たちが恐れ、忌み嫌うものと、ぼくは向きあわなきゃならないんだ。ショッピングとね」

「それなら、わたしが連れていきましょうか?」

彼はくるりと振り返った。「えっ?」

「わたしもビーチで着る新しい服がほしいし。一緒に連れていくわよ。女同士でショッピングにランチ、おしゃべり。楽しそう」

「きみは自分が何を言っているのかわかってない」

エイドリアンはコーラをひと口飲んだ。「受けてたつわ。これはまじめな話だ」

マライアと話して日にちを決めればいいわね。学校がお休みに入ってからのほうがいいかしら」

夕食を食べに来たときに、

「今ここで、きみに誓ってもらいたいことがある」

「レイラン、言われなくても車道に飛びださせないし、マッチで遊ばせもしないわ」

「そんなことじゃない。かたく誓ってくれ、うちの娘とショッピングに行ったあとも、ぼくとベッドをともにしてくれると。たとえ何が起きようとだ」

エイドリアンは胸の上で十字を切った。「誓うわ」

「きみが正気に戻る前にぼくは帰る。逃げるのはなしだぞ。娘がショッピングの話を持ちだしたら、きみが連れていってくれると言うからな」

「どうぞ」エイドリアンは立ちあがり、彼の腰に両腕をまわした。「男性ときたら。たかがショッピングにびくつくなんて情けないわね」

「震えあがっているし、それを恥だとも思わない。ぼくはこれで帰るが、無理して働きすぎないでくれよ、いいね?」

「働きすぎにはならない程度に、一生懸命働くわ」

レイランは彼女にキスし、しばらく唇を重ねていた。「また明日。ジャスパー、おまえも恋人にさよならだ。行くぞ」

母の家へ行ったレイランは、おばあちゃんの魔法を目の当たりにした。ダイニングルームのテーブルを囲み、子供たちが――平和的に――ジグソーパズルをしていたのだ。当の母は脚立の上に立ち、キッチンの高いところにある棚を掃除している。

「そこからおりてくれ。なんで脚立になんかのぼっているんだ?」

「浮遊能力を持っていないからよ。のぼらないと棚に手が届かないでしょう」

「おりてくれ。ぼくがやる。脚立になんてのぼっちゃだめだ」

ジャンはじろりと息子を見おろした。片手にはキッチン用洗剤、反対の手には汚れた布を握っている。「わたしは年寄りだと言いたいの?」

「違う。ぼくの母親だと言っているんだ」

「無難な返答ね。どのみちここは終わりよ」

息子に見守られながらジャンは脚立からおりた。棚にはさまざまな種類の埃取りがのったままだ。一番下の棚にあるのは料理本で、すぐに手が届く場所に置いてあるんだったな、とレイランは思いだした。

「もう脚立にはのらないでくれよ」彼は命じた。「ぼくが片づけるから。ぼくがのぼって母さんに手渡す」

ジャンは腰に両手を当ててふんぞり返った。「まだ水で二度ぶきしなきゃいけないの。それに、うちの息子はいつからわたしのボスになったの?」

「母さんが脚立にのぼっているのを見たときからだよ。少し待っててくれ。ぼくがやるから」ダイニングルームへ行って子供たちの頭に手を置き、パズルをのぞきこむ。

「キャンディストアか、いいね。あと少しで完成だな」

「今日は雨でしょ、パパ」マライアはカラフルで大きなピースを、空いている場所ほぼすべてに当ててから、ぴったりはまるところを見つけた。「雨がね、なかなかやまなかったら、もうひとつあるから、おばあちゃんがおうちへ持って帰っていいって」

「そっちはパパも一緒にやっていいけど、これは手を出しちゃだめだからね」ブラッドリーは集中した表情で、巨大なエム&エムズの真ん中のピースを見つけた。

「それじゃあ見学だけにしよう」

パズルが完成に近づくのを眺めていると、ブラッドリーが手の下にピースをふたつ滑りこませ、素知らぬ顔でほかのピースに手をのばしたのにレイランは気づいた。

埋まっていない場所はついに数箇所だけとなり、レイランは息子をつつこうとした。ところが彼の母親が――キッチンで背中を向けていたはずなのに――ぐるりと首をめぐらせた。

レイランは〝母親は頭の後ろにも目がある〟という神話を一度も疑ったことがない。あれは一種の超能力だ。

ジャンは孫息子をぎろりとにらみつけた。

鋭い眼光のもと、ブラッドリーはみるみる縮んでいった。あの目にはどんな人間も、哺乳類も、魚類も、鳥類も、異世界のクリーチャーですら、かないっこない。

「ピースがない！　ピースが足りないよ！」

妹があわててあちこち探し、テーブルの下にまでもぐりこむと、ブラッドリーは片方のピースをテーブルにそっと滑らせた。

「あったよ。最後のふたつだ。じゃあ、おばあちゃんに言われたようにやるぞ」

うれしさに頰を紅潮させ——ありがたいことに兄の意地悪には少しも気づくことなく——マライアはそのピースを手に取った。「カウントダウンね！　スリー、ツー、ワン！」

きょうだいは最後のピースをそれぞれ同時にはめこんだ。

「やったあ！　見て見て、パパ、わたしたちだけで完成させたんだよ。チョコだ、チョコ！」

「けんかしないで完成させたら、チョコレートを食べていいっておばあちゃんが言ってた」ブラッドリーは父親を見あげた。「食べてもいい？」

「おばあちゃんがそう約束したんだろう。でもその前に、二階へ行って自分の荷物を持っておいで。パパはおばあちゃんの掃除を手伝うから、それが終わったら帰るぞ」

子供たちはわれ先にと駆けていき、ジャスパーがそれを追った。

レイランは布を取って二度ぶきを始めた。

「あの子たちはわたしの世界を明るく照らしてくれるわ」

「母さんもあの子たちの世界を照らしているよ。子供たちがいないうちに言うけど、どうせ母さんは持ち前の超能力で知っているんだろうな。ぼくもエイドリアンとふたりでジグソーパズルに取り組んでいるんだ」

ジャンは微笑み、レイランの祖母のものだった古いデルフト陶器のティーポットを手に取った。「それでふたりとも幸せなようね」

「うん。幸せだ。彼女がいやがらせを受けているのも知っているね？」

「心配になるくらいにはね。彼女が——というかリナが——私立探偵を雇ったとマヤから聞いたわ」

「その私立探偵のおかげで、少しずつ解決の兆しが見えてきた。でもエイドリアンの気分転換とか、これからのことを考えるために、スペンサーのビーチハウスを二週間借りて、子供たちと一緒に行かないかって彼女を誘った」

「ジグソーパズル以上の関係ってことね。はい、これは上に置いて。一番上の棚からよ。自分の感情をあれこれ疑うのはやめなさい」ティーポットを手渡しながらジャンは言った。「ただ感じるの。あなたは強くて健全なハートを持っている。広々としたスペースのあるハートをね」

「子供たちにも話すよ。あの子たちにオーケーしてもらわないとね」

「当然よ。あなたは強くて健全なハートをふたつ、しっかり育てている。あの子たちのハートにも広々としたスペースがあるわ」ジャンは切子ガラスのビスケットジャーの脚に手を置く。「あの子たちの母親を手渡した。「気をつけて置いてね」そして息子のことは、実の娘のように愛していたわ。彼女もわたしの人生を照らしてくれた」

「うん、知っているよ」

「愛に限りはないわ、レイラン。愛はいつだって心のスペースを広げてくれるの」

自宅へと車を走らせながら、レイランは母から言われたことについて思いをめぐらせ、一方子供たちは祖母の家でしたことをふたりでまくしたてた。シーツで砦を作ったこと、焼いたマシュマロとチョコレートをクラッカーにはさんでスモアを作ったこと、人生ゲームとサイコロゲームとババ抜きで遊んだこと。ジグソー・モードのふたりは玄関から入るなり次のパズルをやりたがり、レイランは荷物を片づけさせてから、パズルを出して一緒にやった。雨垂れの音が聞こえるなか、ジャスパーは昼寝をすることにしたようだ。

「学校が終わるまであと何日ある、ブラッドリー？」

「十三日だよ！　もうあと十三日で自由だ！」

「そうか。パパは夏休みにやることのリストを作っているところだ」

「えーっ！」ブラッドリーは大げさにがっくりし、マライアはパズルのピースを端のほうから探している。

「えーじゃないぞ。最初にやるのはバスケットボール用のゴールの取りつけだな。やろうやろうとずっと思っていたんだ。あとはポーチの掃除に花と野菜の水やり、部屋の掃除がある。リストは長いぞ」

「夏休みは遊ぶためにあるんだよ」

「もちろん、そっちも考えてる。バスケットボールのリングに、夏休み読書コンテスト、サイクリング、友達と遊んだり、公園へ出かけたり、ビーチで二週間過ごしたり、家族でバーベキューパーティーを――」

「ビーチ!」マライアが叫んだ。「ビーチへ行くのね! 前に行ったのとおんなじビーチハウス?」

「いいや、あそこじゃない」レイランは言った。ブラッドリーが椅子の上に立ちあがり、手脚をばたばたさせて喜びのダンスを踊りだす。「別のビーチだよ」

「どうして?」ブラッドリーが尋ねた。「あそこ、すごくよかったのに」

「そうだね。だけど、こっちもいいところだ。ほかの州まで行くんだぞ。ノースカロライナだ。あとで地図で見せるよ。パパの友達のスペンサーがビーチハウスを貸してくれたんだ。海のすぐそばで、プール付きだぞ」

「プール!」ブラッドリーは喜びのダンスを再開したが、マライアは判断を保留にしている。

「前のところみたいにすてきなビーチハウス?」

「すごくすてきなビーチハウスだ」

「そこも自分の部屋がある？　くさい男の子と一緒の部屋じゃなくて？」

「ちゃんとあるよ」レイランは息子が唇をブーブー鳴らすのは無視した。「大きなビーチハウスで、たくさん部屋がある。だからエイドリアンも誘ったんだ。おまえたちが賛成してくれるならだけど」

　ブーブーという音がぴたりととまり、ブラッドリーはレイランに目を向けた。

「女子ふたりに男子ふたりね」マライアはうんうんとうなずいた。「エイドリアンって優しいの。側転を教えてくれたんだから」

「側転を？」

「フィンのところで遊んでたら、ティーシャに会いに来たの。それでわたしが上手に側転ができるよう、手伝ってくれたわ。エイドリアンはなんでもできるの。それに、いいにおいがする。服もすてきだし。フィンがね、パパがエイドリアンのお口にキスするのを見たって。エイドリアンはパパのガールフレンドなの？」

　ちょっと待ってくれ。いきなり核心をつかれて、レイランは焦った。「エイドリアンはたしかに、女の子(ガール)でパパの友達(フレンド)だ。お互いに好きだよ」ブラッドリーに顔を向ける。「おまえも彼女が好きだろう？」

「エイドリアンは逆立ちして歩けるんだ。すごくかっこいい。それにしゃべり方も普通だ。〝あらあ〜、大〜きくなったわね〜〟とか言わないし」ブラッドリーはなかなか見事な裏声で言い、目玉をぐるりとまわした。「なんでジョーカーがバットマンの敵なのかも知ってる」

「基礎知識だもんな」

「ぼくもエイドリアンは好きだよ」

「じゃあ、彼女とセディーが一緒にビーチへ行ってもいいかい？」

「ジャスパーはセディーが大好きよ。セディーはジャスパーのガールフレンドだもの」マライアはぴょんと立ちあがった。「ビーチで着る服を買わないと、パパ。ビーチに着ていく新しい服がいるわ。ショッピングへ行っていい？」

「ちょうどよかった。エイドリアンもビーチへ行くなら新しい服がほしいから、マライアとふたりでショッピングに行きたいと言っていたんだ」

マライアはあんぐりと口を開け、目を丸くした。「女の子とショッピングできるの？　女の子だけで？」

「おまえが行きたいならね。明日は彼女のおうちで夕食を食べることになってるから、そのときに話したらどうかな」

「行きたい、行きたい。お部屋へ行って、何がいるか見てこなきゃ。サンダルでしょ、ビーチサンダルでしょ、あと新しい水着が三着でしょ」

「おいおい落ち着いてくれ。三着も？」

「毎日おんなじのは着られないでしょ」マライアは、なんにもわかってないんだからとばかりに目玉をぐるりとまわしてみせた。「海の塩を洗い流さなきゃいけないし、プールに入っても水着は洗うでしょ。だから三着いるの。部屋に行ってくる。リストを作らなきゃ！」

頭がショッピングでいっぱいになったウェルズ家のファッショニスタは、ばたばたと出ていった。

ブラッドリーがどすんと座った。「パパにききたいことがある。ふたりだけで」

「ああ、いいぞ」

「パパはエイドリアンとセックスするの？」

思いがけない問いかけに、レイランの脳みそは爆発した。髪が黒焦げのちりちりになっていないかと、思わず手をやって確かめた。「あー、今のは予想外の質問だな」

「口にキスしたんだよね」

「うん、した。だけどキスをしたからって次はそうなるとは限らないんだぞ」だがブラッドリーは父親をじっと見つめている。これは率直に答えるしかなさそうだ。「セックスは大人の問題で、そうあるべきだ。だけど、おまえにはちゃんと話そう……パパはエイドリアンのことが好きだよ。そしてパパたちはどちらも大人だ。だから……

イエスだ」

「パパはママの口にキスしてた。いっぱいキスしてた。セックスもしたんだよね、だって子供を作るにはセックスするんだから」

「うん、ママとセックスをしたよ。だからおまえやマライアが生まれた。でも、セックスは子供を作るためだけにするんじゃない。だから……」

八歳か。レイランは思案した。もうすぐ九歳になるとはいえ、どこまで話したらいいものか。

「おまえたちのお母さんのことは本当に愛してたよ」

「でも、もう愛してない？」

レイランの胸はよじれた。「ブラッドリー、そんなわけないだろう」

安心したいのか。そこではっと気がついた。息子はセックスのことを知りたいわけではない、安心したいのだ。

「ママのことはいつだって愛しているさ」息子を椅子から抱えあげて膝にのせる。

「パパは、ママに会いたいときはおまえとマライアの顔を見るんだ。ママはおまえたちのなかにいる。おまえたちのなかにママの姿を見るのがパパは大好きだ」

「マライアはママのことはあんまり覚えてないんだ。あいつは赤ちゃんみたいなものだったから、仕方ないけど。でも、ぼくは覚えてる。頭のなかでママと話をするときが今もある」

「それはパパもだよ」

ブラッドリーがぱっと顔をあげた。「パパも？　本当に？」

「そうさ。ママがいないのは、いつまで経っても寂しいよ。でも、おまえとマライアを見ればママはそこにいる。今もママを愛してる。おまえとマライアのなかにいるママをずっと愛し続けるよ」

まるでこの瞬間のためだったかのように、母の言葉がよみがえってきた。

「愛は心のスペースを広げてくれるんだ、ブラッドリー。愛のための場所はいつだってある」


雨降りの長い一日、午後は子供たちを友達と遊ばせ、自身の精神衛生のために映画の一気観を許したあと、レイランは最後にもう一度子供たちを確認しに行った。

ふたりとも、いつもどおりの寝姿だ。マライアは今週のお気に入りのぬいぐるみを抱きしめ、ブラッドリーはフィギュアで散らかったベッドの上で大の字になっている。

レイランは自分の寝室へ行ってベッドに腰かけ、薬指の結婚指輪を見つめた。

彼女が隣に座ったとき、レイランはため息をつき、ただ彼女の名前を口にした。

「ロリリー」

「あなたの心のなかにわたしの居場所がなくなったら寂しいわ」

「きみはずっとぼくの心のなかにいる」

「わかってる。あなたもわかっているはずよ。子供たちもね。エイドリアンもわかっているんだと思う。わたし、彼女のことが本当に好きよ。あなたはそれもわかっているんでしょう」

「こんなことが起きるなんて思わなかった。ほかの誰かのことをこんなふうに感じるようになるなんて、二度とないと思っていたんだ」

「だけど、今のあなたは感じている。わたしはほっとしたわ」

レイランは彼女に顔を向けた。なんてきれいなんだ。まだ本当に生きているかのようだ。「ほっとした？」

「わたしがあなたに、いつまでもひとりでいてほしがると思う？　わたしはあなたを愛し続けられなかった。だから、別の誰かにあなたを愛してもらいたい。そのときが来たのよ、ハニー。忘れることにはならないわ。あなたは新しい人生を築きつつある、あなた自身のために、子供たちのために。ここはすてきな家だわ、レイラン、幸せな家。ブルックリンの家を出たのは、そのときが来たのがわかったからでしょう。今度は次の行動を取るべきときが来たの」

「ああ、わかっている」

「それは引き出しに入っている小箱にしまって。子供たちの髪やエコー写真、細々とした大切な思い出とともに」

レイランはうなずき、立ちあがって引き出しを開け、小箱を取りだした。

薬指から指輪を外しかけて、彼女を振り返る。「これを外したら、きみとはもう会えない。そうなんだね？」

「こんなふうにはね。だけど、あなたも言っていたでしょう。わたしは子供たちのなかにいるわ」

「ロリリー。きみはぼくの世界を変えてくれた」

「わたしたち、お互いの世界を変えたわね」

「初めてきみを見たときのことを覚えている。美術のクラスにきみが入ってくるのを見て、ぼくは息をのんだんだ。最後に見たきみの姿を……ハンドルを握って走り去るきみの姿を覚えている。そのあいだにあった数限りない瞬間をぼくは覚えているよ、ロリリー。きみと過ごした時間を思いだし、今は微笑むことができる。幸せだったと、幸運だったと思える」

彼女は自分の胸を手でそっと叩いた。「ここにわたしの居場所を残しておいてね。シェアは歓迎よ、ハニー」

レイランは指輪を見おろし、つかの間目を閉じた。そして指輪を外した。

「指輪の跡が残ってる。日が当たっていなかったところだ」

「じきに跡は消えるわ。これから光が当たるんですもの」

レイランは小箱に指輪をしまった。ロリリーの姿は消えていた。

24

太陽の日ざしがキスのように降りそそぐ六月の午後、エイドリアンはティーシャのホームオフィスで赤ん坊を抱いて座り、自分のビジネスマネージャーが財務報告書と予算の問題、〈リッツォ〉と青少年センターのマーケティング計画について説明する声に耳を傾けた。

母乳のおかげで丸々としたサディアスは、手に持った歯がためのおもちゃを振り、フィニアスは床に座って未来都市らしきものをレゴで作っている。

二階から絶え間なく聞こえてくるモンローのピアノの調べは、きっと心の傷を歌いあげるバラードだろう。

「最後に」ティーシャが話を締めくくる。「ジャンはバリーの昇給と昇進を強く求めているわ。この一年かそこら実質的な副店長だったボブ＝レイが退職することになったから、バリーを正式な副店長にし、それにともない給与をあげて相応の手当をつけることをあなたに検討してほしいそうよ。彼女からの推薦状はここにあるわ。ちなみに、わたしも彼女に賛成」

「推薦状は読むわ、承認もする。バリーの人柄は知っているし、彼の働きぶりも、忠誠心も、〈リッツォ〉への愛情も知っているもの。そうでちゅよね？」エイドリアンはサディアスの両脇を抱えて立たせ、膝の上でぴょんぴょん跳ねさせた。

「わかったわ。ジャンに伝えておく。それからあなたとケーラは、次に何かを購入するときは予算内におさめるように」

「了解。照明器具と蛇口類はそこまで予算オーバーではなかったでしょう？」

「あちこちでちょっとずつオーバーしていたら、全体ではあっという間に大幅なオーバーになるの。それに照明器具では一・六パーセントのオーバー、蛇口類にいたっては丸々二パーセントもオーバーしていたじゃない」

エイドリアンは赤ん坊をふたたびぴょんぴょんさせた。「あなたのママは厳格でちゅね」

「パパは違うよ」フィニアスが慎重に次のブロックを選んでいる。「ベッドに入る時間でも、やりたくなったらレスリングをしてもいいんだって」

「誰かが審判役をやらなきゃいけないわね、坊や。今度は何を作ってるの？」

「フィンの町（フィンヴィル）。ぼく、大きくなったら、町を作ってみんなのボスになるんだ」

「宇宙飛行士になるのに、どうやってフィンヴィルのボスにもなるの？」

フィンは辛抱強さをたたえた目を母親に向けた。「フィンヴィルは宇宙にあるんだよ」

「なるほど、そうに決まってるわね。わたしが抜けていたわ」

「プレスクールはもう終わりだけど、秋になったら幼稚園が始まる。ブラッドリーとマライアと一緒にバスに乗って、コリンの席を取っておくんだ。バスはぼくたちのところに先に来るからね」

「どうして先に来るってわかるの?」エイドリアンは尋ねた。

「だって、マライアの友達のシシーは、マライアよりあとでバスに乗るから。シシーはコリンのお向かいさんでしょ。コリンはぼくの親友だから、席を取っておくんだ。フィンヴィルではスクールバスは必要ない。みんなテレポートするから」

エイドリアンはくるくるしたブラウンヘアに、大きな美しいブラウンの瞳の少年を改めて惚れ惚れと眺めた。「すごく便利で速そうね」

「バスはガソリンを使って走るから、空気が汚れるんだ。それに、フィンヴィルは宇宙にあるから、空気は作りだすものなんだよ。あ、パパ! フィンヴィルを作ってるんだ」

モンローはぶらぶらとやってきてしゃがみこむと、建設中の町をじっくり調べた。「フィンはここに住むんだろう」タワーをとんとんとする。「一番高い場所だ。ここから町の平和を見守るんだね」

モンローはエイドリアンの足元でだらりと寝そべっているセディーをたっぷり撫でてやった。「交代しよう。悪かったね。来ているのに気づいていたら、ぼくが子守をしたのに」

「かわいい赤ちゃんをだっこして、フィンヴィルの誕生をこの目で見ることができたわ。さっき弾いていたメロディー、とてもすてきだった。歌詞はあるの?」

「作っているところだよ。この曲はメロディーが先に浮かんだんだ。サッドをお散歩に連れていくよ、フィン。みんなで外の空気を吸いに行こう。町の建設を一時中断しても、ママは気にしないと思うよ、そうだろう、ママ?」

「いいわよ、行ってらっしゃい。おむつを替えたほうがいいかも」

「よしきた。手伝ってくれるんだろう、フィン?」

今や自分でぴょんぴょんしている赤ん坊をモンローが抱き取ると、エイドリアンは空いた腕をフィニアスに向かって広げた。「フィン、ハグしてちょうだい」

フィニアスは彼女を抱きしめ、かわいらしく体を左右に揺すった。「エイドリアンもフィンヴィルに住ませてあげるね」

「楽しみにしているわ」

父と部屋を出ていきながら、フィニアスがひそひそ尋ねるのが聞こえてきた。「アイスクリームを食べに行くの、パパ？」

「しいっ、ママに叱られるぞ。ママは地獄耳なんだから」

エイドリアンはあらあらと首を振った。「六月の昼下がりに、お散歩中のアイスクリームも禁止なの？」

「モンローはふざけているだけよ。だからわたしもそれにつきあってあげているの。〈ニュー・ジェネレーション〉の数字の見直しがまだあるけど、聞かれる心配がなくなったから、プライベートな話に切り替えましょう。まずは厄介なやつからね。私立探偵から連絡はあった？」

「実は、イエスよ。さらに十四人の女性の消息が判明し、全員無事で健在だったわ。レイチェルはひとりを除いて全員と話をし、最後のひとりと会うためにリッチモンドへ向かった。たぶん今ごろは到着しているはずよ」

「そう」ティーシャはゆっくりうなずいた。「いい知らせだわ、ええ、いい知らせよ。これで無事だった女性の割合が四十一パーセント強になったわね」

「わたしも心底ほっとしたわ」

「当然よ。一方で、無事じゃなかった人たちをその十四人に加えると、まだ消息がわからない人たちの割合も同じになる。私立探偵さんなら見つけだしてくれるわね。彼女、徹底しているから」

「ええ。ただニッキー・ベネットがまだDCに戻っていないの。別のクライアントのところへ立ち寄ったらしくて。弟の所在もいまだにつかめてないし。近所の人たちに聞きこみをしたところ、もう何年も姿を見かけていないそうよ」

「姉に殺されて地下室に埋められたのかもね」

「それはもうホラーじゃない」

「ぱっと頭に浮かんだだけよ。とにかく、きょうだいのどちらもその辺をうろうろしているわけじゃなくてよかった。きっと私立探偵さんが見つけてくれるわよ。さっさと終わるといいわね。あなたは長いこと煩わされてきたんだもの」ティーシャがぴしゃりと両手を合わせる。「一件落着すれば、あなたはなんの憂いもなく、セクシーなうちのお隣さんとビーチへ行って楽しめる」

「留守中の庭の世話を本当に頼んでいいの？」

「たった二週間でしょう、エイドリアン、二年じゃないわ。まかせてちょうだい。さて、次はお楽しみの話よ。セクシーなお隣さんとはその後どうなの？」

「そうね……お子さんたちもうちへ夕食を食べに来てくれて、すごく楽しかったわ。マライアはさっそくショッピング・プランを練っているの。それが、最初に聞いたときは〝女の子を買い物に連れていくくらいなんてことないわ〟って思ったんだけど、よく考えたら子供と買い物なんか行ったことが一度もなくて。やっぱりあなたに代わってもらったほうが――」

「だめだめ」ティーシャは指を立てて振った。「ひとつ、知っているでしょ、わたしがショッピングへ行くのは追いつめられたときだけ。ふたつ、マライアはあなたと行きたがっているの。これは仲良くなる絶好の機会だわ。飛びこんでみなさい。マライアはいい子よ。ブラッドリーもね。隣に住んでいるからわかるわ」

「だけど、マライアの好きにさせてもいいの？　それともわたしが手綱を引っ張るべき？　どうすればいいのかしら？」

「忘れたの？　わたしは審判役。だから中立の立場を取らせてもらいます。自分の直感にしたがいなさい。それと、些細な心配はやめること」

「些細な心配なんてしていないわ。ただ、彼が……結婚指輪を外したの」

「えっ」ティーシャは頰をふくらませて椅子に寄りかかった。「それはかなり大きな変化ね」

「ええ。どういう意味なのかよくわからなくて。気づいたことをレイランに伝えるべきか、そのことには触れないほうがいいのかわからないの。彼とつきあい始めたときは、こういうことまで考えていなかったから」

「レイランが指輪を外したこと？　それとも、自分がどうすればいいかわからないこと？」

「どっちもよ。ティーシャ、あなたとは長いつきあいだから知っているでしょう、わたし、誰かと真剣につきあったことってないのよ」

「あなたが避けていたからね」

「そうかもしれないけど……はいはい、訂正するわ」ティーシャに見据えられて言い直す。「わたしは避けていたのに、レイランとは気づいたらこうなっていて。でも、うまくいくのかしら？　彼もわたしも仕事を持っていて、どちらの仕事も専念することを求められる。そこに子供ふたりの育児が加わり、さらにわたしには〈リッツォ〉もあるし、今や青少年センターの運営もある。どうしたら全部をまわしていけるの？　あなたとモンローはどうやって全部こなしているわけ？」

「チームワークと、あとは生活のリズムを作ることよ。レイランとのつきあいをやめる口実を探しているの？」

「いいえ。でも、不安なのはたしか。わたしは本来くよくよ心配するたちじゃないわ。やるべきこととやりたいことを考え、実行する」

　これまでずっとそうしてきた。これからもそうだと思ってきた。

「それなのにレイランとのことに関しては、自分がやるべきことも、やりたいこともよくわからない。こういうことについて、これまでは考える必要がなかったから。たぶん過剰反応しているのね、これもわたしにしてはまれよ」

ティーシャは首を傾けて天井を見あげた。「思いだすわ。モンローに結婚してほしいって言われたとき、南アメリカへ引っ越さなきゃならないってあなたの前で騒いだら、笑われたわよね」

「あなたはモンローに初めて愛してるって言われて、西海岸へ引っ越すことになっただけだったでしょう」

「ええ、そう。つまりね、わたしたちの行動からわかるとおり、分別のある人だって、恋に落ちると無闇に心配して過剰反応するってわけ」

「やれやれ。わたしは恋に落ちることは求めていなかったし、予期してもいなかったのよ。そういうことって計画に組みこむことはできないし、予定にも入れられない。次は何が起きるからそのためにどうするべきかだって決められない」

「あなたは事のなりゆきにまかせるのが苦手なのよ。エイドリアン、あなたは長いこと自分で列車を走らせてきた。でもね――」指を立てて続ける。「必要なときにどうすれば路線を切り替えられるかも、あなたは知っている。わたしと出会ったときだって、あなたは路線を切り替えて自分の人生を変えた。わたしの人生もね。そしてもう一度路線を切り替え、ここへ戻ることにした。今度は誰かと交代で運転しながら、景色を楽しむのもいいんじゃない？」

「最初はレイランとの交際にも、たいして不安を感じていなかったのに」

「それは彼が結婚指輪をはめていて、亡くなった奥さんが一種の緩衝材になっていたからでしょう」

「ティーシャ、彼女のことをそんなふうに考えたくないわ」

「想像するに、向こうも同じだったんじゃない？　少なくともある程度は。ただ、彼のほうがあなたより先に気づいたのよ、いつまでもワンクッション置き続けてはいられないって。肩の力を抜いて、景色を楽しみなさい」

「やってみるしかないみたい。ここに来ているのに、セディーをお隣のボーイフレンドに会わせに行かないわけにいかないもの。そうと決まったら、会計報告よ」ティーシャに向かって言う。「数字を聞かせてちょうだい」

「数字は人生であり光であり真実よ」

一時間後、エイドリアンは耳から数字がこぼれそうになりながら隣家へ向かった。いつもどおり気軽にさりげなく、と自分に言い聞かせる。セディーをジャスパーに会わせるためにちょっと立ち寄るだけ。それに、たぶんレイランは仕事中で忙しいはずだ。

ところがノックをする前から、ずんずんと音楽が響いているのが聞こえ、窓からはぴかぴか光が点滅するのが見えた。こんなうるさい音のなかで仕事をしているの？　もしかしたら、何かのシーンの参考にしているのかもしれない。

回吠えた。

ノックをする前にジャスパーの遠吠えがあがり、それにこたえてセディーが短く三回吠えた。

レイランがドアを開けると、音楽がわっと外まで流れだし、カラフルなライトが回転するリビングルームで、学校にいるものと思っていた子供たちが大はしゃぎで踊っている。

レイランはレインボーカラーのサングラスをかけてベースボールキャップを後ろ向きにかぶり、Tシャツの上にパープルのスパンコールのベストを着ていた。

「ええっと、こんなことになっているとは予想してなかったわ」エイドリアンはなんとか言った。

チュチュに妖精の羽、プラスチックのティアラをつけたマライアが駆け寄ってきた。

「ダンスパーティーよ！　一緒に踊ろう」

「ダンスパーティー？」

「学校が終わって、夏休みが始まったお祝いだ」レイランが声を張りあげた。「ブラッドリー、いったんボリュームをさげてくれ」

「いいのよ、そのままでいいわ」

だがグリーンのウイッグにバットマンのシャツ、猫の仮面をつけたブラッドリーは、かろうじて声が聞こえる程度まで音量をさげた。「全部パパが用意したんだ！　スクールバスをおりてうちへ戻ってきたら、家がクラブに変身してた。ここは〈クラブ・バケーション〉だよ」

すべての家具がどかされ、真ん中に作られたスペースがダンスフロアというわけだ。ミラーボール・マシンらしきものが壁にさまざまな色を投じている。天井にはたくさんのバルーンが浮いていて、長いリボンを垂らしていた。

陽気なムードに、それまで胸に抱えていた心配ごとがあっさり霧消した。

「ダンスパーティーを開くなら、それらしい格好をしなくちゃね」レイランがつけ加えた。

「一緒にダンスしよう」マライアがエイドリアンの手を引っ張った。「ねっ」

「残念だけど、パーティーの格好をしてこなかったの」

「貸してあげる！」マライアは大きな宝箱へと駆けていって蓋を開けると、別のティアラとピンクの羽がついたショールをばたばたと持ってきた。

「わあ、すてき。ティアラは誰だって大好きよね。でも、ご家族で楽しんでいるのにお邪魔するのは――」

「〈クラブ・バケーション〉は誰でも歓迎さ」レイランが言った。しかし、ブラッドリーはエイドリアンをじっと見ている。

やっぱり遠慮しようとしたとき、少年が進みでた。「逆立ちして歩けるよね。逆立ちでダンスもできる？」

「逆立ちでダンス？」

「脚をぺったり開くのもできる？」マライアもやってほしそうだ。

「なるほど、これはオーディションってわけね」エイドリアンはうなずき、ティアラを頭にのせて固定すると、羽のショールを首に巻いた。「受けてたつわ。ブラッドリー、音楽を（ヒット・イット）」

「何を叩（ヒット）くの？」

「彼女は音楽をかけてって言っているんだよ」

　ブラッドリーが言われたとおりにすると、エイドリアンはレギンスでよかったと思いながら靴を脱いだ。

　ヒップを揺らして左右の肩を上下にくいくいと動かしたあと、フロアに両手をついて逆立ちした。ビートに合わせて前へ進んで後ろへさがり、右へ行って左へ戻る。次に開脚して逆立ちのままその場でぐるりとまわり、脚を閉じてブリッジしてみせた。スペースがあるのを確かめてから、はずみをつけてさっと立ちあがり、そこから腰を落としてフロアにぺたりと開脚する。最後に両腕を広げてポーズを決めた。

　子供たちの拍手喝采を浴びながら、エイドリアンは端っこが滑り落ちた羽のショールを肩にかけた。

「オーディションは合格?」

「スーパークールだった」ブラッドリーが言った。

「この子の最上級の褒め言葉だよ」レイランは彼女に手をさしだした。「みんなでダンスタイムだ」


エイドリアンがダンスをしていたころ、レイチェルはリッチモンドのダウンタウンで、トレイシー・ポッターの小ぎれいなリビングルームに座っていた。

相手の身元は調査済みだ。トレイシーはリナより一年遅れてジョージタウン大学を卒業し、ジャーナリズム学とコミュニケーション学の学位を取得。NBC系列の地方局でキャスターにまで出世し、現在は六時と十一時の番組を担当。

その地方では誰もが知る顔となり、二十代後半に結婚、子供ふたりをもうけて三十代半ばに離婚。四十歳で不動産開発業者と再婚。

孫が三人いて、うちひとりは自分の長女の子供だが、残るふたりは再婚相手の息子の子供だ。

トレイシーとその夫はカントリークラブに所属してゴルフを楽しみ、サン・シメオンに別荘を所有している。

近くで見てもトレイシーは四十代で通るだろうとレイチェルは思った。優れた遺伝子に恵まれたのかもしれないが、腕のいい整形外科医の力もあるだろう。鋭いブルーの瞳、ディープローズ色の唇、きめ細かな肌。美しいハイライトの入った肩にかかる長さの豊かなブロンドが顔を包みこんでいる。

彼女は白い細身のジーンズをはいた脚を組み、ウエッジウッドのコーヒーカップを手に椅子の背に寄りかかった。

「お話しできる時間は三十分ほどよ」トレイシーは釘をさした。「この話はわたしのオフィスよりここでしたかったの。古い話だけど、わざわざ噂の種を蒔くことはないでしょう」

「お時間を取っていただき感謝します」

「ただの好奇心よ。ジョン・ベネットと軽率で短い関係を持ったのははるか昔のことだわ。それが今になって何を調べていらっしゃるの？」

「二十年ほど前、ベネット教授はジョージタウンでリナ・リッツォとその子供、そして友人の女性に暴行し、その際に転落死したことはご存じですね」

「当時はテレビで騒がれたもの。わたしはジャーナリストよ。たとえ彼と関係を持ったことがなかったとしても、そのニュースのことは知っていたでしょうね。その子供が彼の実子であることも知っているわ。彼は女性ふたりと子供に暴力をふるったんでしょう。わたしが彼と関係を持ったのは軽率だったとは言ったかしら？」

「ええ。その事件の前から、軽率な関係だったと思われていたんですか？」

「軽率な関係だったと思うようになったのは、ジョンがリナ・リッツォの首を絞めているところにでくわしたときからね。もっとも、あのときは彼女が誰なのか知らなかったけれど。ふたりは研究室にいて、わたしは空いてる時間に彼と逢瀬を楽しむことになっていたの」

トレイシーはコーヒーを口へ運んだ。

「ショックだったわ。一瞬とはいえ、彼が怒りと獰猛さをむきだしにするのを目の当たりにしたのよ。あんな怒りを自分に向けられてはたまらないから、関係を終わらせたわ。まあ、関係と言えるほどの関係でもなかったけれど」

彼女は言葉を切り、レイチェルは先を待った。

「わたしは十九歳で、愚かだった。だけどそこまで愚かではなかった。既婚者と離婚話を進めているがいろいろと複雑なんだと彼は説明していたけど、全部嘘だったのね――肉体関係を持ってしまうくらいには愚かで、不倫のスリルを味わうために暴力をふるわれる危険を冒すほど愚かではなかった。

なぜ今になって、リナ・リッツォはわたしの名前をあなたに教えたの？」

「情報源は彼女ではありません。たぶん彼女はあなたの名前はそもそも知らないか、忘れているでしょう。あなたの名前はとあるリストに載っていたんです、ミズ・ポッ妹さんが殺されました。わたしが消息を追い、殺されているのがわかった女性が四人です」

「なんのリスト？」

「あなたのようにジョナサン・ベネットと関係を持った女性のリストです。名前が挙げられているのは三十四人。うち四人が殺されています――ひとりは本人の代わりにです」

トレイシーはカップをおろした。さすがに肝が据わっているとレイチェルは思った。ぎょっとして体を引くことも、息をのむこともしなかった。ただ、じっとこちらを見つめている。

「わたしも確認を取らせていただくわ。ここだけの話、あなたは一種の殺人リストにわたしの名前が載っていると言っているのね」

「提供できる情報はお渡しします。脅迫文のたぐいは何も届いていませんか？」

「ええ。そりゃあ、報道の内容が気に入らないとかでネットに書きこみをされることはあるけれど、深刻なものは何も。事件はいつ起きたの？」

「四人の女性たちがいつ殺されたかということでしょうか？　過去十三年間にわたって起きています」

「十三年間？　それなら心配するほどのことじゃないのでは？　あなたは元警察官で

しょう――事前に調べさせてもらったわ。人は死ぬものだし、殺されることもある。それだけの期間なら、たまたま四人が殺されたというだけで――」

「同じリストに載っていた四人です。それに、まだ消息がつかめていない方々もいます」

「リナ・リッツォもそのリストに載っていて、あなたは彼女から依頼を受けて動いているのね」

「もちろん彼女も載っています。ジョナサン・ベネットの妻や子供たちに会ったこと、あるいは連絡を取ったことはありますか？」

「いいえ、どうしてわたしが？ 彼とは単なる火遊びだったのよ、ミズ・マクニー、ほんの数週間関係を持っただけ。あのとき通報すべきだったと、あとになって考えたわ。リナ・リッツォもあのときにそうするべきだったのよ」

「通報しなかったのはなぜです？」

「恐ろしかったからよ。彼女の首を絞めていたあの瞬間、彼の本性が見えたわ。ミー・トゥー運動が起きるずっと前の話でしょう。仮に大学側が調査に乗りだしたとして、問題視されたのはどちらだと思う？ 終身在職権のある大学教授――ほかの教員たちが彼の本性を把握しておくべきだったわね――か、合意の上で彼と寝るような若い女子学生か」

「わかりました。脅かすつもりはありませんが、わたしもクライアントに対してだけでなく、リストに載っていて連絡を取ることができた方々には責任を感じるものですから、みなさんにはくれぐれも気をつけていただくようお願いしています」

「彼が亡くなってずいぶん経つのに、そのリストはどこから出てきたの？　ちょっと待って」トレイシーははっとした。「何をどう気をつければいいの？　相手が誰かもわからないのに」

「リストはベネットの妻が作っていたものです。彼女は夫の浮気に気づいていたんです」

「つまり、彼が考えていたほど愚鈍ではなかったのね」トレイシーは尋ねた。「彼の妻が遅ればせながら夫の不倫相手を殺してまわっているということ？」

「ベネットの妻はもう亡くなっています。十三年ほど前に睡眠薬の過剰摂取で」

「まあ」トレイシーはカップを脇へどかした。「彼女、再婚はしていたの？　家族は？　きょうだいはいたの？」

「いません」

「十三年前というタイミングを考えると、彼の妻とつながりのある誰かに違いないわね。子供は？　いくつだったかしら？　聞いたことがある気はするけど、思いだせない」

「それなりの年齢です。ミズ・ポッター、ご職業柄、豊富な情報源をお持ちでしょうが、身の回りには気をつけていただくよう重ねてお願いします。わたしはベネット教授の娘さんと息子さんの両方からなるべく早く話をうかがいます。そのあと調査結果をFBIと管轄となる警察署に提出するつもりです」

「あなたの名前はリストに載っているのかしら?」

「いいえ」

「つまり、これはあなたにとっては仕事でしょう。わたしにとっては少しばかりそれ以上のものだわ」

「あなたがベネット教授のお子さんに連絡を取ったり、警戒させたりすれば、逃げられかねません。あなた自身の身も危険になるだけです。少なくとも娘さんのほうとは数日中に会えると見込んでいます。クライアントを守るためにできることはすべてやっていますし、ひいてはそれがあなたや、リストに載っているほかの女性たち全員を守ることになるのです」

「あなたにまかせていれば大丈夫でしょうね。有能だと評判ですもの。警告には感謝するわ。もちろん身の安全には気をつけます。では、わたしは着替えてスタジオへ向かわなければいけないので」

仕方ない。レイチェルは車に乗りこみ、家路につきながら思った。トレイシーはあちこちつつきまわすだろう。それがジャーナリストの性分だ。

そのせいで相手を警戒させることにならないといいけれど。

シングルファーザーにとって夏休みの到来は、別世界の扉が開かれて、一日のスケジュールを一から立て直す必要に迫られることを意味する。子供たちを起こして着替えさせ、朝食を食べさせてバスに乗りこませたあと、ひとり静かに仕事に集中できる数時間とは当分お別れだ。

子供たちが帰宅する前にある程度まで仕事を片づけ、おやつとおしゃべり、宿題につきあわなくてはと、焦ることもなくなる。

長い長い夏休みは、子供たちが流血なしに——けがはよくあることだ——遊んでくれるよう願う日々でもある。そして子供たちはよその家に遊びに行ってくれることもあれば、親同士の不文律として、うちで遊ぶ番になることもある。

夏休み中は来る日も来る日も子供たちの昼食を用意しなければならず、子供たちがなんらかの画面を何時間も観っ放しにならないよう気をつける必要もある。

もちろんレイランの母親は、午前中でも午後でも、空いている時間には喜んで子供たちを預かってくれる。そして週に一度は、母の希望により、子供たちを二時間ほど職場へ連れていってもらう。

背中を見せて学ばせるためだと母は言っている。

マヤも週に一度、子供たちを預かってくれる。

庭が子供だらけになるときもあるが、彼の子供たちもよその庭で遊ばせてもらっているのだからおあいこだ。

彼も一時間ほど仕事をサボり、バスケットボールのゴールを子供用の高さにさげて、一緒に遊ぶこともある。

これは大きな間違いなんかじゃないよな。レイランはそう思いながら庭にテントを張った。

ブラッドリーとその親友ふたりがやってきて、もうすぐ九つになる男子三人が庭でキャンプをするのだ。危険なことなんてあるか？

おおありだ。

だが、母が自分のためにしてくれたように、レイランはテントを張った。あとでお菓子と飲み物、懐中電灯をなかに入れておいてやろう。

テントのなかで寝ると聞いただけで、つんと鼻をそらしたマライアは、お待ちかねのショッピングに出かけていた。

そっちは危険なことはあるか？

考えるのが怖い。

「フィンもちょっとだけ来るって。望遠鏡を持ってくるから、月とかが見られるよ」

ブラッドリーは頬を舌で押しながら、ペグを地面に打ちこんでいる。その姿を眺めて、レイランはまたしても不安になった。郷愁に駆られて、自分が使っていた古いテントを引っ張りだしてきたが、開くだけで設営が完了する新型を買ったほうがよかったのではないか？

「焚き火台があれば、ホットドッグとマシュマロを焼けるんだけどな」

「焚き火台なんてうちにはないし、火を使うのはだめだ」

「オリーのパパがキャンプ用のコンロを持ってるから、それを借りて——」

「それもだめだ。十歳になったら考えてもいい。ホットドッグがいいなら、パパが作って持ってこよう」

「それじゃだめだよ。ピザにする。そう決めてたし」

「それがいい」

「ホットドッグは土曜の夜に野球を見に行ったら、食べられるもんね」

これまた郷愁をそそられる景色じゃないか。あたたかな夏の夜、試合観戦、ダイヤモンドに立った気分に浸れるほどグラウンドが近いマイナーリーグの野球場。

レイランは手をとめて息子の髪をくしゃくしゃと撫でた。「ホットドッグをたくさんんだ」

「ナチョスもね。それとフライドポテトも」

「おいおい、おなかが減ってきたよ。テントはこれでいいだろう。エアマットレスをなかに敷こう」

「カウボーイは地べたに寝たんだって」

「地べたに寝たいのか？」

「ううん。ぼくはカウボーイじゃないもん」マットレスをなかへ入れると、ブラッドリーはその上に頭からスライディングで飛びこんだ。「でも、ひと晩じゅう起きてていいんだよね。パパはそう言ったよね」

「ああ、いいよ。だけど絶対に庭からは出ないこと」

「わかってるよ」

レイランもそう約束したが、深夜になるとスペンサーとミック、ネイトとともにこっそり抜けだし、夜の森を探索に出かけた。みんなしてばかみたいに震えあがったものだと懐かしく思い返した。スペンサーは転んですねをすりむき、血がだらだらと流れていつまでもとまらなかった。

古きよき少年時代だ。

「今夜はテント泊か」モンローがフェンスから身を乗りだし、作曲家らしく歌うように言った。

「骨董品もののテントだ。夜中にうるさくて迷惑だったら、窓から何か投げつけてやってくれ」

モンローは気の置けない隣人らしいしぐさでフェンスを跳び越えると、フィニアスをひょいと抱えあげた。

全員でたたずんでテントを眺める。

「夜になると、こうもりが飛ぶ」フィニアスが豆知識を披露した。「でも大丈夫。こうもりは虫を食べに出てくるんだ」

「こうもりが出るの？」ブラッドリーは不安げだ。

「バットマンが好きなら、こうもりも好きにならなきゃ。バスケットボールをシュートしてもいい？」

「ああ、いいとも」レイランはフィニアスがとことこ歩いていってボールを拾い、戻ってきてシュートするのを眺めた。

シュッ。

「百発百中だな」レイランはかぶりを振るしかなかった。

「天性のシューターだよ。怖い話は用意したかい？」モンローがブラッドリーに尋ねた。

「幽霊が出てくるすっごい怖いやつがある」

「幽霊とは、人間が時空れん――なんだっけ？」

「時空連続体」モンローが補足する。

「時空連続体のあいだに閉じこめられたものかもしれないんだ」

シュッ。

「『スター・トレック』みたいに？」

「『スター・トレック』は好きだよ」フィニアスはブラッドリーを振り返ってから、またもやシュートを決めた。「誰も行ったことがないところへ恐れることなく出かけるんだ。ぼくも大きくなったら、ああなりたい。一番好きなのはスポックだよ」

「だと思った」レイランは笑わずにはいられなかった。

セディーがワンと吠えた。

「女性陣が帰宅したらしい」レイランは時間を見た。「ビールはどうだい？」

「いただくよ」

「フィンはジンジャーエールでいいかな？」

「ジンジャーエールは好きだよ、ありがとう。エールはビールの仲間だけど、ジンジャーエールはそうじゃない」

シュッ。

レイランはまたもかぶりを振った。「あとでピザを頼むつもりなんだが、つきあわないか？」

「ピザはいつでも歓迎だ。うちのボスに確認するけど、ぼくはもうピザの気分だ。ちょうどうちにアイスクリームサンデーの材料がそろってる」

「それって、ホイップクリーム付き？」ブラッドリーが真顔で尋ねる。

モンローは鼻を鳴らした。「ホイップクリームなしじゃサンデーにはならないだろう。単なる裸のアイスクリームだ」

「ちょっと待っててくれ」レイランは飲み物を取って女性たちの様子を確かめるために屋内へ戻った。

なかではエイドリアンとマライアがショッピングバッグの山をいそいそと運びこんでいた。

「ワオ。楽しんできたようだね」それに、レイランは気がついた。エイドリアンは顔面蒼白（そうはく）にもなっていなければ、全身をがたがた震わせても、生気の消えた目をしてもいない。

「見て、新しいサンダルよ、パパ！」マライアは片足立ちして、ピンクと白の花のストラップがついた鮮やかなパープルのサンダルを見せた。「あとね、白いやつと、ブルーのビーチサンダルと、お花のついたパープルのやつと、スライドサンダルを買ってね、あとエイドリアンが作ってるスニーカーからも一足選ぶの。それをくれるんだって」

「またもやワオだ。パパの計算だと全部で六足だぞ」

エイドリアンは運んできた袋ふたつをおろした。「ご不満？」

「あとパンツとね、ワンピースとね、Tシャツとね、スコートを買ってね、それから
──」

娘は買ってきたものをさらに並べあげ、レイランはそれを聞きながら、スコートがどんな服かを知っている成人男性になるとはな、と感慨に浸った。

「全部着てみたの。どれもすごくかわいかった！　ランチはね、ビストロで食べたの。泡がぶくぶくしてるお水をワイングラスで飲んだんだから。そのあとネイルサロンに行ったのよ。足の爪はパープルにしたわ。新しいサンダルに合わせてね。手はピンクよ」

「うんうん、いいね」

「新しいサンダルを全部お部屋へ持っていって、クローゼットにしまってくる」マライアはエイドリアンにくるりと向き直って抱きついた。「すごく楽しかった。最高のショッピングよ」

「わたしも楽しかったわ」

マライアは買い物袋ふたつをごつごつぶつけながら階段をあがっていった。

「車にあとふた袋あるの。わたしが取ってくるわ、どれに何が入ってるかわかっているから」

「待ってくれ。あとふた袋も？　マライアの身長はせいぜいはこれくらいだ。これくらいの身長用の服が六袋って、いったい何着あるんだ？」

「感謝してちょうだい。あなたの手間が省けるよう、マライアの耳にピアスの穴も開けてもらってきたわ」

「えっ？　ええっ？　なんだって！」

「これであなたにひとつ貸しよ」エイドリアンが車へと戻っていく。

レイランはあとに続いた。「あの子はまだ六歳だぞ」

「あと数カ月で七歳になるって、本人がきっぱりと指摘したわ。ネイルサロンでお友達のひとりとばったり会って、その子がピアスを開けてきたところだとわかったときにね」エイドリアンは袋をふたつ出してレイランに渡した。「女の子同士の張りあいはまだまだこれからよ」

考えたくもない。レイランは車のなかに残っている袋の数に目をとめた。「残りは全部きみのか」

「これを除いてね」彼女はもうひとつ袋を引っ張りだした。「あなたとブラッドリーの分の新しい水着にラッシュガード、スライドサンダルを買ってきたわ。あなたのお嬢さんがどうしてもって言うから。あなたたちのためもあるけど、わたしたちに恥をかかせないためっていうのが一番の理由よ」

エイドリアンは車のドアを閉めた。「あなたもブラッドリーもちぐはぐな服を平気で着るんですってね。赤いスイミングパンツにパープルのラッシュガードを組みあわせることさえあると警告されたわ。ランチでその話になったときはわたしもマライアも食欲が失せたけれど、あなたたちふたりを哀れんで、考えるのはやめることにしたの」

「きみはあの子とのショッピングを楽しんだようだね」

「ティーシャはニンジンで釣らなきゃ、最低限必要なものすら買おうとしない。マヤはショッピング好きね。だけどマライアは？　あの子はショッピングの女王だわ。わたしは畏怖の念に打たれて立ち尽くすのみね」

「じゃあ、立ち尽くしているあいだに、ワインでもどうだい？」

「女王にならって、買ったものを片づけるべきだけれど、その前に一杯くらいなら飲んでもいいわね」

「一杯と言わずに」レイランは袋を片手に移して、彼女が持っている袋を受け取った。「ブラッドリーは今夜、庭に張ったテントで友達とキャンプなんだ」

「庭にテント？　どうして？」

「ティーシャとモンロー、子供たちも夕食を食べに来る。ピザの宅配を頼むんだ。アイスクリームサンデーも出るって話だよ。だから、きみもいてくれ」

「女子はこれだから」彼は首を振り、家のなかへと引き返した。「ワインにピザ、アイスクリームサンデー対これから自分で作るタイヌードル・サラダ。あなたの勝ちよ」

「ピザはいつでも勝つ」彼女の手を握ったまま戸口で立ちどまる。「だから、いてくれないか。朝まで」

彼がそんなことを言うとエイドリアンが予期していなかったのは明白だった。自分でも予期していなかった。だが、自然に感じた。それでいいのだと。

「でも、お子さんたちが……」

「もうすぐ一緒にビーチへ行くじゃないか」レイランは言った。「それに、ぼくがきみの口にキスするのはもうふたりとも知っている。なんでも知っていて何にでも気がつくフィニアスがしゃべってしまってね。ふたりとも受け入れてくれた。だから泊まっていってくれ」

「庭のキャンパーの監視役に巻きこみたいだけじゃない？」

レイランは頬をゆるめて彼女を引き寄せた。

「ああ、それはいいね。一番の理由ではないが、たしかにもうひとりいてくれると助かる」

「ピザとアイスをご馳走(ちそう)になるんですもの、手伝ってもいいわね」

ふたりで大きなステップを、次のステップを踏みだしたことを意識して、レイランはエイドリアンの口にキスをした。

25

エイドリアンはスタジオの外の庭で、軽いダンベルを使ってヨガのルーティーンに取り組んでいた。十五分におさめるつもりでタイマーをセットしている。新たに考案中のプログラムは、母の領域に少し踏みこんでしまうかもしれないけれど、すべてヨガで構成し、それぞれ異なるポイント四つを押さえた各十五分のエクササイズにするつもりだ。

やっぱり、このエクササイズを配信プログラムに加えたほうがいい。すべて屋外で撮影できたらおもしろくなりそうだ。木のポーズを保ったままショルダープレスを行いながら、エイドリアンは思った。

セディーが自由に出入りできるように、ガラスのドアは開け放してあった。

タイマーが鳴ったとき、エイドリアンはヨガマットの上で橋のポーズをしながら、チェストプレスをしていた。

「うーん、長すぎるわね」

体を起こしてダンベルを置くと、タブレットで要点を確認してから、内容に修正を加えた。

もう一度タイマーを十五分にセットし、始めからやり直す。

ふたたびタイマーが鳴ったとき、今度はマットの上で脚を組んで座り、てのひらを上に向けて両腕を広げていた。エイドリアンは胸の前で合掌し、お辞儀をした。

「よし。これでいいわ」

うまくいきそうな予感がしたので、大の字になり、夏の青空に白い雲がゆっくり流れていくさまを眺めた。

セディーが近づいてきて、隣に寝そべる。

エイドリアンは鳥のさえずりと、吐息のように聞こえるそよ風の音に耳を傾けた。芝生とローズマリーと、すぐ近くのパティオに置いてある鉢植えのヘリオトロープのにおいがする。

すべてがずっとこのままだったらいいのに。静かで心地よくて、あたたかくてうららか。さもなければレイランの家で過ごした夜のように――にぎやかで活気があり、子供たちは走りまわり、友人たちは語りあい、モンローはバンジョーをかき鳴らし、世界は平和そのものだった。

だけど、ずっとこのままというわけにはいかないだろう。それに世界は平和ではなかった。

レイチェルが、さらに四人の女性の所在を突きとめたそうだ。三人は無事だったが、ひとりは勤め先の病院の駐車場で殺害されていた。

これでパーセンテージが変わったわけだ。もっとも、計算してみる気にもならないけれど。

明日、レイチェルはニッキー・ベネットに直接会って話すつもりらしい。彼女がようやく出張から戻ってくるので、レイチェルはオフィスを訪ね、真相を問いただしてみるそうだ。

ただし、真相があればの話だ。

なければ困る。自分を取り巻く世界に、いつか平和を取り戻す必要がある。気兼ねなく青空の下で愛犬と一緒に芝生に寝そべりたいし、会ったこともない相手に命を狙われているという事実に頭を悩ませるのはもううんざりだ。

その理由についても。

「それにね」エイドリアンはセディーを撫でながら言った。「来週、お母さんがこっちに来るの。そのこと自体はかまわないのよ、本当に。ただ、ひとつだけ問題なのは――このルーティーンをきちんと仕上げておかないと、改善点を指摘されてしまうってことなの」

エイドリアンはため息をついた。「どれもごもっともな指摘に決まっているんだから。それと気分がふさいでいるのは、レイランが明日、ニューヨークへ行くからなの。留守にするのはひと晩だけなのに、なんだか気分がふさいじゃって。わたしが男性のことでふさぎこむ姿を今までに見たことがある？　いいえ、一度もないはずよ」

エイドリアンは体の位置を変え、犬に寄り添った。「だから今日はこれくらいにして、腹筋のエクササイズを考えることにするわ」

ダンベルを片づけるために立ちあがると、タブレットを操作して、気分転換になる音楽を探した。ところがタイマーをセットしようとしたとき、セディーがうなり声をあげ――うれしそうな声だ――家の脇をまわって玄関へと向かった。

エイドリアンもあとに続くと、ティーシャとマヤがそれぞれの車からおりるのが見えた。

「あら、びっくりした」

マヤが両腕を広げた。「見て、今日は子連れじゃないの！」

「そうみたいね」

「母にコリンとフィニアスを預けてきたわ――前もって頼んでおいたのよ。そうしたら孫娘の面倒も見てくれるっていうから、搾乳して、一緒に置いてきちゃった」

「サディアスもよ。今日はモンローが当番なんだけど、夜までぶっ通しで面倒を見てほしいってメールで頼んだわ」

「あなたにも仕事をサボってつきあってもらおうと思って来たのよ」マヤが用件を告げると、三人は家の裏手にまわった。

「ちょうどよかった。だいたい終わったところだったから」

「さあ、ヨガマットを片づけて」ティーシャは言った。「何か冷たいものを飲みましょう」

「マルガリータを飲めたらいいのに」マヤは目を閉じ、ため息をついた。「小鳥の水盤みたいな形のグラスの縁にライムと塩をつけた、泡立つフローズン・マルガリータを飲んで午後を過ごせたらどんなにいいか。あなたもマルガリータを飲んだ覚えがあるでしょう、ティーシャ？」

「ええ。懐かしいわね。でも来年の夏には、わたしたちのおっぱいはまた自分たちのものになる。そうしたら泡立つフローズン・マルガリータを昼間から飲めるようになるわ」

「今朝、レモネードを作ったの」エイドリアンは思案顔で言った。「わたしの分にだけテキーラを入れちゃおうかしら」

「ばか言わないで。あなたもただのレモネードよ。クッキーはある？」ティーシャがきいた。

「ごめん、ないわ。その代わり――」

「ひよこ豆のペースト（フムス）があるなんて言わないでね」マヤは人さし指を立てた。「生野菜も遠慮しておくわ。あなたを傷つけるつもりはないけど」

「何かほかのものを探してくる。玄関と裏、どっちのポーチにする?」

「ここでいいわ。さあ、ポーチへ行くわよ」マヤはティーシャと腕を組んだ。「ここなら、フムスじゃない軽食をわざわざ運んでくる必要はないでしょう」

エイドリアンは仕事道具を片づけると、ポーチに続いているキッチンのドアを開け放った。

ティーシャがグラスを、マヤが水差しを運んでいるあいだに、エイドリアンは目下の基準をクリアできそうな軽食をかき集めた。ワカモレとチップス、ハーブクラッカー、上等なゴーダチーズ、冷えたブドウとベリーがあった。

「最高」マヤは椅子に座ると、ポニーテールに束ねた輝くブロンドを後ろに払い、うーんと声をあげた。「あなたたちとのんびり午後を過ごすなんて本当に久しぶり。定期的に集まる機会をなんとかして見つけなくちゃ。月に一度くらいは集まりたいわね、子供たちも男性たちも抜きで、わたしたちだけで」

「読書会じゃなくて女子会ね」ティーシャはチップスでワカモレをすくった。「子供たちのことはかわいいと思っているのよ、心から。でもね――」

「わかるわ、その気持ち」マヤはティーシャとグラスを合わせた。「ほんの数時間でいいから、誰からも呼ばれず、ふき掃除や着替えや授乳に追われずに過ごしたくなるのよね。それでもわたしたちは、うちの母のようにひとりで子育てをしてるわけじゃない。まったく、兄さんはどうやっているのかしら」

マヤはエイドリアンに微笑みかけた。「聞いたわよ、ファッション・クイーンをショッピングに連れていったんですって？　どうだった？」

「マライアに言いくるめられて、わたしの服まで予定の二倍も買ってしまったわ。よくよく考えてみれば、わたしは人生の九割をトレーニングウェアかスウェットを着て過ごしているんだから、あんなおしゃれなカプリパンツなんて必要ないのよ。でも彼女に言わせると、服装は見た目も気分もよくしてくれる。気分がよくなれば、人にも優しくなれるそうよ。だから、心優しい人間になるためにカプリパンツを買うことにしたの」

「あの子を溺愛している叔母としては、持って生まれたあの子の才能を評価してくれる仲間が増えてうれしいわ。ところで……兄さんとの関係はどうなっているの？」

エイドリアンは時間をかけてゆっくりと完熟のブラックベリーを選んだ。「特に問題はないわ」

「曖昧ね」マヤはティーシャに向かってうなずいた。「ずいぶん曖昧な返事だと思わない？」

「せっかく三人そろったのに、詳しく教えてくれないなんて水くさいじゃない。ちなみにわたしたちは、元気いっぱいの子供たち相手に、授乳したり、家じゅうを追いかけまわしたりしなきゃいけないうえ、さらに事業経営とおむつ替えに追われて、夜の生活さえままならないという感じ」

「質問攻めに答えることと、おもちゃの修理と涙をふいてやる仕事もあるわ」マヤはつけ加えた。「誰にも邪魔されずにセックスにふける体力なり機会なりを最後に得たのはいつ？　前戯あり、アンコール付きで」

「アンコールも？　うーん、そうねえ」ティーシャは椅子の背にもたれ、天を仰いだ。「あれはたしか、おばあちゃんたちが週末の連休にフィニアスを〈ハーシーパーク〉（〈ハーシーチョコレート〉のテーマパーク）へ連れていってくれたときだわ。それでサディアスを授かったのよ。あのアンコールのときだって確信してる」

「うちの場合は、母が数週間前に子供たちをひと晩だけ預かってくれたとき。娘はまだ午前二時ごろにミルクを飲ませてやらなくちゃならないのに。ジョーとわたしはどうにか一ラウンドはできたけど、そのあとは十時間も死んだように眠ったわ。今度また挑戦してみるつもり」

マヤはエイドリアンに微笑みかけた。「さあ、あなたの番よ」エイドリアンが首を振ると、彼女は言った。「ずるい。わたしがジョーとつきあい始めたとき、一から十まで詳しく話したじゃない」

「わたしとモンローのときだって」

「ふたりとも、相手はわたしの兄じゃないでしょう」エイドリアンは指摘し、ブドウを口に入れた。「友達の前でお兄さんとのセックスについて話すなんて、気まずいどころか悪趣味よ」

「彼はわたしの兄じゃないわ」ティーシャは片手でグラスを持ったまま、もう一方の手でチーズを薄く切った。「マヤは散歩に行ってきて。そのあいだにわたしが話を聞きだして、あとで教えてあげる」

「じゃあ、こう言ったらどう？　レイランにはあなたたちの子供より大きな子がふたりいるでしょう。だから、あなたたちにも希望はあるって」

「まだ曖昧ね」マヤは考えこむように言った。「励みにはなるけど」

「今のところ、彼は問題なく励んでいるってこと」

ティーシャがはやしたてた。「さあ、おしゃべりするわよ」両脚を投げだす。「ああ、楽しみ。見事に核心をついたわね、マヤ。わたしは家に帰って仕事に戻るつもりだったのよ」

「わたしは店に行って、ウェブサイトの更新作業を終わらせるつもりだった。あの店をすごく気に入っているわ。職人や芸術家と一緒に仕事をするのも、店に出るのも、お客さんと話をするのも好き。だけどマンネリ化した日常を送っていると、店主と妻と母親以外の自分を忘れそうになるのよ」

マヤはグラスを取った。「女友達に乾杯」

「あなたたちは、わたしの無二の親友よ」エイドリアンはグラスを合わせた。「ふたりに出会えたことで、わたしの人生は大きな転機を迎えた。ここで初めて夏を過ごしたとき、あなたはわたしを仲間に入れてくれたでしょう、マヤ。わたしは友達がほしくてたまらなかったの」

「この話をするのは初めてだけど、あなたが夏のあいだここで過ごすことになったいきさつを知った母が、わたしを座らせて説明してくれたの。たくさんの子供たちがあなたにあれこれ質問するかもしれない。笑い物にしたり、意地悪なことを言ったりする子だっているかもしれない。もし自分がそんな目に遭ったらどう思うかって。わたしはいやな気分になるし、恥ずかしくなるって答えた。それでいい、とだけ母は言ったわ。わたしはそんなことはしないってわかったんだと思う。あなたには友達が必要だってことも」

「すてきなお母さんね」ティーシャはつぶやいた。

「最高の母よ。もちろんわたしはきいたわ。あの子が意地悪だったり、ばかだったり、どうしても好きになれなかったらどうすればいいのかって。母は自分で確かめてみなさいと言ったわ。だからそうした。そのおかげで今、わたしたちはこうしてここにいるというわけ」

「バービー人形を見せてあげると言って、家に誘ってくれたでしょう。孤独で悲しい夏になると思っていたけど、すっかり変わったの。おかげで今、わたしたちはこうしてここにいる。あなたもよ」

エイドリアンはティーシャのほうを向いた。「当時、わたしは母に腹を立てていた。知りあいがひとりもいない、行きたくもない学校に転校させられて。自分に何ができるのかを示し、自分でつかみ取るべきときだった。だから動画撮影を手伝ってくれそうな仲間を探して、食堂であなたたちのテーブルに近づいたの。そして、もっと多くのものを手に入れた」

「あのときは驚いたなんてものじゃなかったわ。てっきり人気者のグループに――体育会系の人たちとか、セレブ気取りの子たちに――近づくだろうと思っていた転校生の女の子が、いきなりわたしたちのテーブルに来て座るんだもの。なんて度胸があるんだろうって思ったわ。あなたは昔から度胸のある人だった」

「頭にきていたし、覚悟を決めていたからよ。おかげで今、わたしたちはこうしてここにいる」

とても正しいことのような気がして、エイドリアンはグラスを置き、親友たちの手を取った。「次回はクッキーを用意しておくわね」

レイチェルは必要に応じて調整可能な計画を念頭に置いて、ワシントンDC北西地区にある〈アーダーロ・コンサルタンツ〉のオフィスに足を踏み入れた。

数日前、レイチェルはニッキー・ベネットの高校の同窓会委員のふりをして、オフィスに電話をかけていた。ニッキーのアシスタントはプロ意識が高く、彼女の正確な居場所は教えてくれなかったものの、おしゃべりで陽気な人間をよそおうと、二日後にもう一度電話をくれたら出社しているだろうと暗に伝えてきた。

今日こそ、オフィスでニッキーをつかまえるつもりだ。メリーランド州郊外の高級住宅地区ベセスダからはるばるやってきた、個人経営している書店の疲れきった経営者として。事業再編の助けを必要としているふりをして。

ともかくオフィスに入れてもらい、対面しないことにはどうにもならない。

服装もそれらしく見えるようにした――グレーのズボンに一番上等な黒のハイヒールを履き、襟の大きく開いた黒のトップスに、淡いブルーのブレザーを重ねた。妹から借りたダイヤモンドのピアスと、きらきら光る三連のチェーンネックレス、自分のシンプルな結婚指輪の代わりにはめた派手なキュービック・ジルコニアの指輪は、遠目に見れば本物に見えなくもないだろう。

裕福な女性に見えるだろうか。自分の店の業績を回復させるために、信用ある企業に勤める百戦錬磨のコンサルタントを雇う金銭的余裕のある女性に。

レイチェルは趣味のいい内装が施されたロビーに入ると、愛想はいいが、少しお高くとまった表情を浮かべて受付に近づいた。

「おはようございます。何かお手伝いしましょうか？」

「ええ、ぜひお願い。ええと、相談したい人が……」レイチェルは人さし指を立て、〈マックスマーラ〉のハンドバッグから――これも妹から借りたものだ――携帯電話を取りだした。「そうそう、ニッキー・ベネットに」

「ご予約はなさっていますか？」

レイチェルは受付係をじっと見た。「彼女はすごく評判がいいそうね。別の用事があって、ちょうどこのビルに来たの。五分でいいから彼女と話をさせてもらえないかしら。ミセス・サライナ・マサイアスが待っていると伝えてちょうだい。もしかして、わたしの兄の名前なら聞いたことがあるんじゃないかしら。上院議員のチャールズ・マサイアス」

「大変失礼いたしました、ミズ・マサイアス」

「ミセスよ」

「ミセス・マサイアス、ミズ・ベネットはほかのお客さまからのご相談を受けるために現在出張中なんです。よろしければ、別のコンサルタントをご紹介させていただくか、ミズ・ベネットのアシスタントにご予約を取らせていただきますが」

「あら、そう、彼女が戻るのはいつなの?」

「明日です。コンサルティングを終えたあと、在宅勤務をする予定です」

「在宅勤務?」レイチェルは皮肉っぽく短い笑い声を発した。「どうやら無駄足を踏んだようね」

レイチェルは堂々とした足取りでオフィスをあとにした。お高くとまった人物を演じるのは楽しかったけれど、あの受付係は休憩時間になったら、同僚にどんな悪口を言うだろう。

車に戻り、ハイヒールからスニーカーに履き替えると、立体駐車場から車を出し、ジョージタウンへ向かった。

途中でスナックを調達し、用を足したあと、堂々としたかまえのベネット家から半ブロック手前の、通りを隔てた向かい側に車を停めた。

お高くとまった人物を演じることに比べればおもしろみのない仕事だが、ニッキーが帰宅するまで張りこむつもりだった。

きれいで閑静な住宅地だ。裕福な地区。

誰かに怪しい車が停まっていると通報されたら、様子を見に来た警察官と話をすればいい。何しろ、元警察官なのだから。

レイチェルは午前中の行動記録と時間を入力すると、イヤホンをつけて聴きかけのオーディオブックを再生した。

それから一時間、彼女は大好物のコーンチップ——フリトスをかじりながら、スコットランドのハイランド地方で過ごした。筋骨たくましい族長と彼が愛した気性の激しい女性が冒険を終えると、夫とオフィスに自分の所在を知らせてから、次のオーディオブックを探すために画面をスクロールし始めた。

黒のベンツがベネット家の前でゆっくりと停まった。

ニッキー・ベネットがショートカットの茶色い髪をそよ風になびかせ、車から出てきた。淡いグレーのサマースーツに、太くて低いヒールの濃いグレーのパンプスを履いている。彼女は肩にかけた黒いブリーフケースを揺らしながら、布製のトートバッグの奥に手を突っこんだ。

ニッキーが玄関にたどり着くタイミングを見計らって、レイチェルは車からおりてドアをロックし、通りを渡った。

玄関のベルを鳴らす。

まもなくニッキーがドアを開け、疲れた目で不審そうにレイチェルを見た。「何かご用ですか？」

「ミズ・ベネット、わたしはレイチェル・マクニーと申します」レイチェルは身分証を提示した。「少しお話ししたいことがあるんですけど、入ってもいいですか？」

「困ります。いったい何事ですか？　しばらく留守にしていたんです。このあたりでトラブルが起きたという話は聞いていませんけど」

「わたしの知る限り、トラブルは何も起きていません。実は、わたしが調査している事件であなたの名前が挙がったものですから」

「どんな事件ですか？」

「詩です」

ニッキーはレイチェルをじっと見つめた。「なんのことだかさっぱりわかりません。仕事がありますので」

彼女がドアを閉める前に、レイチェルはドアの隙間に体をねじこんだ。「ミズ・ベネット」レイチェルはいきなり切りだし、リストにあった何人かの名前を並べあげ、殺害された五人の女性で締めくくった。

「知らない人ばかりです。わたし自身か事務所のクライアントなら、会社のほうにアポイントを取ってください。ここは自宅なので」

「では、エイドリアン・リッツォは」

その名前を聞いたとたん、ニッキーの疲れた目に一瞬だけ反応があった。「あなたが記者で、昔のことをほじくり返そうとしているなら、わたしは――」

「記者じゃありません」レイチェルはもう一度、身分証を提示した。「わたしは一連の脅迫事件といくつかの死亡事件について調査しているんです。そして、そのすべてがあなたの父親と関連がある」

「父は二十年以上も前に死んだのよ。今すぐ出ていかないなら、警察を呼ぶわ」

「かまいません。あなたが話してくれないなら、わたしが自分から出向きます。当局に。わたしをなかに入れてくれれば、あなたはいくつかの質問に答えるだけでいい。ふたりで解決しましょう。さもなければ、あなたから警察に通報してください」

「家に入れるつもりはないわ」その代わりにニッキーはふたたび外へ出て、開いたドアの前で腕組みをした。「父が死んだとき、わたしは子供だったのよ。弟もわたしも、まだ幼かった」

「エイドリアン・リッツォもそうです。実のところ、あなたたちより年下ですし」

「昔も今も、わたしには関係のないことだわ。それにどっちにしても、わたしたちだって苦しんだの。父を亡くし、スキャンダルとマスコミの質問攻めに耐えてきた。すごく苦しんだのよ。母は心が壊れて、自殺してしまった。大きな代償を払った。もうすんだ話よ」

「そう思っていない人間がいるんです。さっきわたしが名前を挙げた五人の女性は、暴力を受けて死亡しています。殺害されたんです。名前を挙げた女性全員が――いいえ、まだほかにもいるけれど――あなたのお父さまと関係を持っていました」

ニッキーが目を左右にさまよわせた。神経質になっているようだ。

「わたしには関係ないことよ」

「不審に思いませんか？」

「人は死ぬものよ。父も死んだ。母も死んだ」

「殺されたんですよ、ニッキー。あなたのお母さまが作ったリストに載っていた人たちが五人も」

「嘘つき」みるみる顔が紅潮していく。「母は何も知らなかったわ。よそに女がたくさんいたことは知らなかったし、リストなんて持っていなかった」

「お母さまはある記者にリストを渡しました。その記者がスキャンダルを報じた翌日、あなたのお父さまはリナ・リッツォと娘のエイドリアンと、ミミ・クレンツを襲撃しています」

「嘘よ」そう言いつつも、またしてもニッキーの目に動揺の色が見えた。

「嘘をつく理由がありません。あなたはよく出張に行くそうですね」

「だから何？　あなたには関係ないでしょう」ニッキーの声がうわずった。「それが仕事だもの。わたしはキャリアを積んで、自分の人生を築いてきた。いきなり訪ねてきて子供のころに父がしたことを持ちだし、すべてを台無しにしようとするのはやめて」

「あなたは詩を書きますか、ニッキー？」

「そんな話はもうたくさん。いいかげんにして」

「あなたのお母さまが亡くなった直後から十三年間にわたって、エイドリアン・リッツォのもとに脅迫する内容の詩が匿名で届いています。消印が毎回違っているのは、あちこち旅をする人間だからでしょう。あなたのお父さまは、とりわけ詩をよく教えていたそうですね」

「わたしは詩なんて書かないし、ましてや匿名の脅迫状なんか送ってないわ」否定しているにもかかわらず、ニッキーの息遣いが急に荒くなった。「父は母に隠れて不貞を働いても報いを受けずにすむと思っていたから死んだの。酔って暴力をふるったから。あばずれ女を妊娠させて、私生児を産ませておきながら、男らしく認めようとしなかったから」

「そのことであなたは傷つき、苦しんだ。お母さまが自殺してしまったとき、あなたはまた傷ついた。いいえ、心にもっと深い傷を負ったんですね。お母さまは、さっき名前を挙げた女性たちにひどく苦しめられたのでしょう。そしてお父さまがほかの女性に産ませた子供は、その苦しみを思いださせる存在だった。あなたは代償を払ったと言いましたね。彼女たちも代償を払うべきだと思いますか？」

「みんな地獄に落ちればいいのよ。でも、そんなことはどうでもいい。わたしの知ったことじゃないわ」

「最近届いた詩はオマハから送られていました。あなたは今回の出張でオマハに立ち寄りましたか、ニッキー？」

「いいえ。でもあなたには関係ないことだわ。敷地から出ていかないと、不法侵入と迷惑行為で告発するわよ」

「弟さんは今、どこにいるんですか？」

「知らないわ。わたしの知ったことじゃない。とっとと失せろ！」

ニッキーは家のなかに戻り、ドアをばたんと閉めた。

レイチェルは名刺入れから一枚名刺を取りだし、ドアの下に滑りこませた。

いいえ、ひとつだけわかったことがある。レイチェルは車に引き返しながら思った。どう転ぶかはわからないけれど。

ニッキー・ベネットは嘘をついている。しかも嘘をつくのがひどく下手だ。

ドアの向こう側で、ニッキーは怒りに震え始めた。気にもとめていなかった女たちのせいで、自分がティーンエイジャーのころに浮気性の父親が酒に酔ってしでかしたことのせいで、人生をひっくり返されるのはもう二度とごめんだ。

父がふしだらな女たちと関係を持っていたことを、母が知っていたとはおよそ思えない。

知っていたのはわたしだけ。そう、わたしは知っていた。ニッキーは両手で顔を覆った。

ずっと嘘に嘘を重ねてきた。

嘘と裏切りと酒と薬。ニッキーの人生すべてが嘘の上に成りたっていた。

いいえ、違う。わたしの人生じゃない。わたしは自分の人生を切り開いたのだ。みんなくたばってしまえばいい。

両手をおろした瞬間、優雅な曲線を描く階段を弟がゆっくりとおりてくるのに気づき、驚いて目をみはった。

「やあ、姉さん。悲しいことでもあったのかい?」

「JJ」ぼさぼさの顎ひげと肩にかかるほどのびた髪のせいで、すぐにはわからないほど弟の風貌は変わっていた。傷だらけのカウボーイブーツとガンベルトのせいで、偏見に満ちた田舎の信奉者のようにも見えるし、どことなく父の面影をうかがわせる。

「ここで何をしているのよ? どうやって入ったの?」

「教えてやるよ」彼はそう言って、ニッキーの顔に拳を叩きこんだ。

レイチェルは〈シーツ〉に立ち寄ると、ガソリンを満タンにし、冷たい飲み物を飲み、また用を足してから車に戻り、エイドリアンに電話をかけた。

「もしもし、レイチェルです。ニッキー・ベネットと話したことを知らせておこうと思って」

「彼女はなんて？」

「まったく心当たりがないし、リストに載っている女性についても知らないと言っています。否定ばかりで、ずっと腹を立てていました。話は嘘だらけだし。一連の脅迫と殺人事件に直接関与しているかどうかはともかく、彼女はおそらく何か知っています」

「次はどうするの？」

「彼女のこの数年間の出張スケジュールを手に入れたいと思っています。一連の殺人事件との接点が見つかるかどうか確かめて、証拠を積み重ねるために」

「そんなことができるの？」

「わたしは私立探偵だから、タップダンスを踊るように軽々と令状を手にすることはできないんです。もっとも、まだ警察官だったとしても手に入れる自信はありませんけど」レイチェルは時間を確認した。「そろそろ家に帰らないと。数時間後に家族の行事があるんです。でも、もし差し支えがなければ、わたしの伯父に詳しく説明してもいいでしょうか。伯父は現職の警察官なんです」

「あなたが役に立つと思うなら。まかせるわ」

「じゃあ、伯父の知恵を借りてみますね。わたしも昔の同僚とかについてはあるんですけど、伯父のほうが顔が利くので。わたしの直感では、ニッキーはなんらかの形で関与していて、ひどく動揺しています。あとで報告書にまとめて、わたしが感じた印象と見解を伝えますね」

「彼女の勤め先のウェブサイトを見てみたの。詳しく調べるつもりはなかったんだけど、なんとなく顔を見てみたくなって。彼女はどこから見ても……」

「普通の人だった?」レイチェルは代わりに言葉にした。

「ええ、感じがよくて、いかにも仕事ができそうな女性だった。弟の写真は見つからなかったわ。ジョージタウンの一件を蒸し返した記事を除いては。子供のときの写真で、学校で撮った記念写真らしくて、めかしこんでいたわ」

「彼はもう子供じゃありません。ふたりとも。ふたりのうちどちらか、あるいは両方のしわざだとしたら、必ず突きとめてみせます」

ニッキーにはなぜかぞっとするものを感じた。彼女の何かがレイチェルのレーダーに引っかかったのだ。

「あなたが味方でよかった」

「わたしにまかせてください。とりあえず伯父と一緒に何か策を考えて、また連絡します」

何かが砕け散ろうとしている。レイチェルは胸のうちでつぶやき、駐車場から車を出した。ニッキーの心に怒りと恐怖と罪悪感の波が押し寄せるのを見たり感じたりした。あの波が今にも砕け散りそうな予感がする。

26

体じゅうが痛い。ひどい痛みで頭がうまく働かないし、ショックで体ががたがた震えている。

なんて恐ろしい夢だろう。ニッキーは胸のうちでつぶやいた。目を覚まして。目を覚まして。

苦痛をともなう不規則な眠りの層をかき分けていくと、口のなかに血の味がした。夢のなかなのに味がするの？

銅の味がいやでたまらなかった。咳(せき)をして吐きだしたい。しかも顔も……やだ、何これ……ずきずきして、割れそうに痛い。頭は内側も外側もがんがんしている。どうにか目を開けたところで、ようやく目が覚めた。

気がつくと床に倒れていた。冷たいタイルの上に。頭上から照らす明かりがまぶしすぎる。目が痛くて、涙が出てきた。

やっとの思いで頭をあげ、上体を起こそうとしたとき、右腕が動かせないことに気づいた。視界がまだ二重にぼやけているが、目を凝らすと、手首に手錠がかかっているのが見えた。

恐怖に襲われた。手錠には鎖が溶接されていて、その鎖はタイル張りの壁から突きだした太いボルトに溶接されていた。

階段下の来客用トイレだ。一度も訪れたことのない客のために清潔なタオルがしまってある清潔なトイレ。

パニックに陥り、やみくもに腕を引き離そうとしたが、手首に手錠が食いこんでさらなる痛みが走った。

ニッキーは叫んだ。頭が爆発しそうな痛みに襲われながら、大声で叫んだ。

そのとき足音が聞こえ、必死に身をすくめた。思いだした。ああ、なんてこと。今、はっきりと思いだした。

ＪＪが出入口に姿を見せ、抱えていたファイルボックスを床におろした。

彼は身をかがめ、ニッキーに向かってにっこり笑いかけた。「あーあ、高慢ちきな鼻が折れちゃったかもな、姉さん。目の下に黒いあざができそうだ」

「殴ったわね。わたしを殴ったわね」

「それほど強く殴ってないぞ。感謝してほしいくらいだ」

「なんてことするの？　なんてことをするのよ」

彼は微笑んだ。よく覚えている笑い方だった。唇には大きな笑みが広がっているのに、目は冬のように冷ややかだ。

「姉さんを殺す気はない。礼ならあとで聞くよ。あのでしゃばり女を家に入れていたら、ふたりとも殺してただろうけどな。でも姉さんはあの女に抵抗した。だからこうするんだ」

「何をしたの、JJ？」

彼は人さし指を振りたてた。「わかってるだろう。気づいていなかったとしても、もうわかっているはずだ。肺から血が出るまで叫び続けても、誰にも聞こえないってこともな。何しろここは、漆喰(しっくい)の厚い壁で囲まれていて窓もない。というわけで」

JJはファイルボックスのなかから鎮痛剤(アドヴィル)と水のペットボトルを取りだし、彼女にさしだした。「おれだったら、四錠のむな」

「あの女たちを殺したのね。さっきの探偵が名前を挙げていた女たちを」

「自業自得だろう。全員に当然の報いを受けさせてやるのさ。今まではじっくり時間をかけてきたけど、どうやらてきぱき事を進めなくちゃならなくなったようだな。あのでしゃばり女が姉さんを質問攻めにしに来たときに居合わせたのはラッキーだったよ。小遣いをせびって、熱いシャワーを浴びて、うまいものでも食わせてもらうつもりだったんだ。まったく、ついてるぜ」

「ねえ、なぜ？　なぜなの？」腫れあがった目から涙があふれた。「あの人が浮気をしたせいで――」

「その話はやめろ！　女どもが自分から股を開いたんだろう？」彼は小さな洗面台に 拳を打ちつけた。「何度言ったらわかるんだ？　悪いのは女どものほうだ。誘われたら、男は断らない。そういう生き物なんだよ。父さんが死んだのも、おれたちが屈辱に耐えながら育つ羽目になったのも、何もかも女どものせいなんだ。はっきり言っておくが、この地球上にあいつらの居場所はない。ましてやあの娘は、あばずれの母親の腹のなかにいるうちに始末しておくべきだったんだ。あの娘が父さんを殺したんだ。あいつのせいだ」

これまで幾度となく同じ話を聞かされてきたが、弟を説得することはできないと悟っていた。彼女自身、心のどこかでは――うんざりするほど醜い部分では――弟の考えに同意していたからだ。

ニッキーは震える手でペットボトルの蓋と、錠剤の瓶の蓋を開けた。とにかく痛みをやわらげて、頭を働かせなければならない。

「彼女に詩を送りつけていたの？　リッツォの娘に？」

「おれは昔から詩を書く才能があっただろう？　父さんはいつもそう言ってくれた。母さんも言ってたけど、父さんのほうがわかってくれた。父さんにとって、おれは自慢の息子だったんだ。姉さんよりもな」

JJはドアのそばの床に座り、ニッキーの頭に目をやった。「父さんはおれを愛してくれた。母さんには叱られてばかりだったけど、父さんは愛してくれた。〝口やかましく言うのはよせ〟ってよく母さんに言ってくれた。〝あいつは勇気のある子だ。男の子がわんぱくなのは仕方がない〟って」

たしかに父はよくそう言っていた。JJが万引きをしたときも、けんかをしたときも、夜中にこっそり家を抜けだしたときも。

「お母さんはあなたをトラブルから守りたかったのよ」

「弱い人だったんだ。母さんが口うるさく言い始めると、〝もう一錠のむんだ、キャサリン〟とも父さんは言ってたよな。母さんは父さんを満足させることができなかった。いや、父さんはあばずれどもにも満足していなかったんだろう」

「そうね、お母さんは弱い人だった」ニッキーは慎重に答えた。「薬に頼っていた。でもあなたの面倒はわたしが見ていたでしょう、JJ。面倒を見ようと努力していたでしょう。誰もわたしたちの世話をしてくれなくなってからは、わたしが食べるものを用意してあげた。宿題も手伝ったし、洗濯もした」

「おれに決まりごとを守らせようとしたじゃないか。床を磨かせたり、皿洗いをさせたり」

「わたしひとりでは無理だったからよ」なんとか笑顔を作ろうとしたが、ああ、顔が痛くてたまらない。「あなたの助けが必要だったの」

「大学に入っただろう、おれを見捨てて」

「家から通っていたでしょう。ともかく学位を取る必要があったの。いい職に就かなければならなかったから」

「嘘だね。金なら山ほどあったはずだ」

「あれは家族の財産だもの」またその話を蒸し返すのね。落ち着かせないと。「それにお母さんが不安定な状態だったでしょう、JJ。ほら、あんなに情緒不安定だったのに、お母さんがお金の管理をしていたのよ」

そのうえ、あなたも不安定な状態だった。それはわかっていた。昔から気づいていた。

わたしは最善を尽くしたのよ！　わたしのせいじゃない。

言葉が胸にこみあげ、あふれだしそうになったので、ニッキーはそっと息を吸いこまなければならなかった。

「大学に通っているあいだも、ずっと一緒に暮らしていたでしょう。就職してからもずっと。あなたにも大学に行ってほしいと思っていたのよ、JJ。あんな生活から抜けだして、自分の人生を始めるために。それなのに――」

くせに」
「学校なんかクソくらえだ。姉さんはビジネススーツを着て、あちこち旅行していた
「一緒に連れていってあげたじゃない。特にお母さんが亡くなってからは」
「生きてたころは、何度もおれを置き去りにしたよな。母さんの汚物を片づけたり、薬を隠したり、愚痴を聞いたり……面倒なことは全部おれに押しつけて。母さんが恨み言を並べたり、怒りを爆発させて父さんをぼろくそに言ったりするのを聞いてないだろう。姉さんはいつもいなかったからな。母さんがげらげら笑いながら、父さんが死んでくれてよかったと言ったときも、父さんが浮気者のろくでなしだってことを世間に知らしめることができたって喜んでたときも。母さんはげらげら笑い転げて、泣き叫んでた」

わたしだってデートをしたことさえなかったわ、とニッキーは胸のうちで叫んだ。クラブにも映画にも一度も行かなかった。学校と家を往復するだけの生活。職場と家を往復するだけの生活。

旅行ですって？　出張の多い仕事のおかげで、どうにか正気を保っていられると何度思ったことか。

でも弟を刺激しないようにしなければ。解放するように説得しなければならない。
「わたしが悪かったわ、ＪＪ。いつもあなたのそばにいなくて本当にごめんなさい。

でもね――」

「母さんが何もかも知ってるって、父さんがファックした女のリストを持ってるって、誠実な人間になりたいなら、おれは死んだ父さんを崇めるのをやめるべきだって言ったときも、姉さんはその場にいなかったよな。母さんはそのリストを後生大事に持ってたよ。そしてそいつを引っ張りだしてきて、おれに投げつけたのさ。父さんがおれを心から愛していたなら、結婚のときの誓いを守っていたはずだって。母さんはひどい言葉をおれに浴びせ続けた。あのときは絞め殺してやろうかと思ったよ」

「でも、そうしなかったのよね」

ニッキーは腹の奥底に冷たいものを感じた。もはや単なる恐怖ではない。「何をしたの？」

「ほしがっていたものを与えたのさ。薬を、たっぷりとな。それから階段をのぼってベッドに入るのを手伝って、もっとのませた。母さんがくたばるのを見届けてから、ビールを飲みに行ったよ」

「わたしたちの実の母親なのよ」

「父さんを殺しただだの薬漬けのババアさ。父さんを殺したという点ではほかのやつらと同罪だ。しばらくして帰ってきた姉さんが母さんを見つけて、九一一に通報した。おれに電話をかけてきたとき、おれはビールを飲んでいたんだ。そして母さんのために泣いてみせたってわけだ。何年ものあいだ、母さんがおれたちの足かせになっていたことを水に流したふりをして」

ＪＪはまた微笑んだ。「おかげで金が手に入っただろう？」

彼はファイルボックスのなかからシリアルを取りだし、つまみ始めた。「姉さんの旅行についていったのは、ほかの地方を見てみたいと思ったからだ。自分が暮らしている場所と似てるのかどうか確かめたかったのさ。姉さんはおれに大学か職業専門学校に行けとか、いい仕事に就けとか、ごちゃごちゃうるさく言っただろう。おれは手先が器用だから手に職をつけたほうがいいって。だからいろんな家に忍びこんでは、ほしいものがあればもらってくる技を身につけた。だけど、あのリストのことがずっと気になってたんだ」

ＪＪはシリアルを口に放りこんだ。「たしかに盗みは楽しかったが、真の目的って感じじゃなかった。男には人生の真の目的が必要だ。それで、おれは父さんを殺したやつらを始末しようと考えた。姉さんは人を自分の思いどおりに動かすためにどこかへ行っていて、おれは時間を持て余してた。そんなときに、テレビで何を目にしたと思う？　あの娘がくだらないトークショーで自分の宣伝をしてたんだ。新世代（ニュー・ジェネレーション）がどうのこうのって。でたらめな話を。

だからおれは机に向かって詩を書いた。〝くそったれ、おまえなんか死んじまえ、いつかおれが殺してやる〟って。ただし詩的にな」自分の言ったことがおもしろかったらしく、彼は高笑いした。

母親にそっくりだ、とニッキーは思った。

「すぐにでも殺してやろうと思ったけど、お楽しみはあとに取っておいたほうがいいと気づいたんだ。〝復讐は冷まして出すのが最高の料理〟っていうとおり、時間をかけるほど恨みを晴らす喜びが増すってわけだ。だから別の女どもを先に殺した。最高に気分がよかったよ。しばらくはいい気分だったし、詩を書くのも楽しかった。最初のうちは一年に一回ずつだ。毎年送られてくるとわかれば、あの娘に恐怖を与え続けられるからな」

「JJ、お願い、聞いて」

彼は聞いていなかった。まったく耳に届いていないようだ。自分の声しか聞こえていない。

「それなのに、あの娘は例の忌々しいDVDを作り続けた。やりたい放題だった。まあ、いずれにしても」彼はシリアルの箱を閉じた。「もう先は長くないけどな」

「JJ、わたしを解放して」

彼はまたしても、血が凍るほど恐ろしい笑みを浮かべた。

「わざわざ壁にボルトを取りつけて用意したのに？　準備ができたら、こいつをあの娘にも使おうと思ってるんだ。じっくり会話を楽しんでから殴り殺してやろうと思ってね。そうやってあの娘を葬り去ってやる」

「JJ、ねえ、このことは誰にも言わないわ。わたしはいつだってあなたの味方だったでしょう」

「姉さんの都合のいいときだけな」

「そんなことない。わかっているでしょう。あなたのことが心配なの。もうやめないとつかまってしまう。あなたのせいじゃないけど、こんなことはもうやめなくちゃ。あなたの居場所はばれていないんだから、まだ引き返せるわ。もう充分でしょう。あなたの居場所は絶対にしゃべらない。残されたただひとりの家族だもの」

「何が家族だ」彼は姉の言葉をあざ笑った。目に光が宿る。

ぎらぎらした光が。

「でもよく考えてみると、家族じゃなかったらすぐに殺してただろうな。その代わり、ここに閉じこめておくよ。トイレは使えるし、洗面台で水も飲める。食料はこの箱に入ってる」

彼はファイルボックスをぽんと叩き、ニッキーに押しつけた。

「会社のほうは心配いらない。姉さんの携帯電話からメールを送っておいた。家族のことで急用ができて町を離れるから、二週間の休暇が必要だって。そうそう、清掃サービスにもメールで知らせておいたから、数週間は来ないはずだ」

ニッキーはぜいぜいと荒い呼吸をし始めた。

「ねえ、お願い。お願いだから、こんなふうに鎖につないだまま置いていかないで。視界がぼやけているし、なんだか吐き気もするわ、JJ。脳震盪を起こしているのかもしれない」

「死にやしないさ」彼は床から立ちあがった。「熱いシャワーを浴びてくるとしよう。しばらく路上で生活していたからな。必要なものはもらってくよ。この家にあるものは姉さんのものであると同時に、おれのものでもあるわけだから。カンザス州で盗んだトラックは治安の悪い地区に乗り捨ててきたから、今ごろは跡形もなくなっているだろう。姉さんの車を使わせてもらうよ」

「こんなことはやめて。だめよ、わたしはあなたの姉なのよ」

「水も飲めるし、トイレだって使える。俗世間でやるべきことをすませたら戻ってくるよ」

「JJ、お願いだから。こんな状態で置いていかないで」

彼は何も言わずにドアを閉めた。

ニッキーは手を口に押し当て、悲鳴を抑えこんだ。大声を出したら弟が戻ってきて、また殴られるかもしれない。あるいはもっとひどいことをされるかもしれない。

最終的にはもっとひどい目に遭わされるだろう。今ならわかる。なぜなら、この目で見てきたから。ニッキーはずっと前から気づいていた事実をようやく受け入れた。

両親はどちらも情緒不安定な人たちだった。

そして、弟は精神異常者だ。

ニッキーはさめざめと泣きながら、頭のなかで響く声を追い払おうとした——前からわかっていた。弟がまともではないことに昔から気づいていた。

弟が母を殺したことは知らなかった——本当に知らなかった。でも、疑問には思っていた。電話で母の死を伝えたとき、弟の声はやけに冷静で落ち着いていたからだ。家に帰ってきたときも、いかにも心配しているふうをよそおっていたけれど、ひどくうつろな目をしていた。

でも、わたしは知らなかった。わたしのせいじゃない。

母はときどき、男なんて不誠実で信用できないとわめき散らすことはあったけれど、わたしははっきりとは知らなかった。母が何かの数字を口にしたり、いろんな名前を吐き捨てることもあったけれど、記者に話していたなんて知らなかった。何も知らなかったのだ。だからわたしは悪くない。

わたしが苦しまなければならないなんておかしい。こんなにひどい目に遭わされるなんて。こんなに怖い思いをさせられるなんて絶対におかしい。

わたしは最善を尽くしてきた。ほかの人たちの問題を解決するために身を粉にして働いた。

これまで何度となくJJをかばってきたのに、こんなひどい仕打ちを受けるなんてあんまりだ。

ニッキーは激しく泣きじゃくった。自分を不憫に思い、悲痛な涙を流したが、むせび泣きと耳鳴りのせいで吐き気に襲われ、便器のなかに嘔吐した。

疲れ果て、いつの間にかうとうとしてしまったようだ。玄関のドアがばたんと閉まる音で、はっと目を覚ました。

とうとうヒステリーの発作に屈し、手首から血が出るまで鎖を引っ張り、声が出なくなるまで叫んだ。

誰にも聞こえなかった。誰も来てくれなかった。

殺人を実行するときはいつも何週間も、ときには何カ月もかけて、獲物について調べ、観察し、習慣を記録し、弱点を分析した。

彼にとっては、その過程こそが重要だった。

JJは自分をインテリだと思っていた。何しろ、父親は国内有数の名門大学の教授だったのだ。もっとも彼自身は、学生時代に人から好かれたこともなければ、必要とされたこともなかったが。

退屈でたまらなかった！　あの校則も、あの校舎も、持って生まれた知力を高めるどころか鈍らせようとしているとしか思えなかった。

ピッキングの方法も、警報装置のとめ方も、車の盗み方も、ほとんどすべて独学で学んだ。そして何よりも重要な、ありふれた景色のなかにひそむ方法も。

景色に溶けこみ、その一部と化すのはお手のものだ。

ＪＪは車を走らせながら――制限速度をきっかり十キロ超過させて――考えた。つまり、ひげを剃り、髪を切る必要があるということだ。

ここ数年はワイオミング州の荒野で、プレッパー（戦争や自然災害などの最悪の事態に備えて、日ごろから生活物資を備蓄する人）として単独生活を送ってきた。人づきあいを避け、波風を立てずに。要するに、ちっぽけな土地にひとりで暮らす筋金入りのサバイバリストで、必要に応じて、熱狂的な愛国主義者にもなるということだ。ごくまれに食糧を調達するために田舎町を訪れても、人の注意を引かないようにしていた。

友達も敵も作らなかった。

人生の使命と考えている行為のために長期旅行へ出かけても、誰ひとり気づかず、気にもとめなかった。

そして行く先々でもうまく景色に溶けこんだ。ヒップスター、ビジネスマン、あちこち旅してまわる放浪者。

ＪＪは人畜無害に見える方法を心得ていた。これといって特徴のない中肉中背の白人男性。

偽の身分証明書を常に二種類持ち歩いている。初めて法の網目をくぐり抜けたときに法外な料金を払ってからは、自分で偽造することを学んだ。

偽の身分証明書は現金とともに耐火性のスチールケースに入れて、自分の小屋の床板の下にしまっていた。

殺害した女たちの写真も一緒に残してある。こそこそつけまわしている段階で長焦点レンズを使って撮った写真や、ソーシャルメディアやマスコミの記事をプリントアウトしたものを。

フォギー・ボトムで間違えて別の女を殺してしまってから、二度と同じ過ちを繰り返さないために殺害後の写真を撮ることにしたのだ。

生きていればあれこれ学ぶものだ。

引き返して間違いを正そうかと何度も考えたが、間違いを犯したということ自体が気に食わなかった。

今回の移動のために必要な身分証明書は持ってきていた――運転免許証、ＶＩＳＡ

カード、有権者登録、銃器所持許可証。警官にとめられるとは思っていないが、人間は愚かだからどうしても事故は起こるものだ。目下の問題は言うまでもなく、姉の車を運転していることだ。いや、時間と労力を費やして、警官にとめられずにすむ自動車登録証を偽造しておかなかったら、面倒なことになっていただろう。

万全の準備を整え、さらに調整を加えたというわけだ。

JJはワシントンDCから北へ、そこからさらに西へ向かい、トラベラーズ・クリークの近くで少しのあいだキャンプ生活をするつもりだった。

長年エイドリアン・リッツォを監視してきたから、せいぜい一週間もあれば始末できるだろう。

あのむかつく女は彼を挑発した。生意気にもくだらない動画を投稿して、彼をあざ笑った。それが我慢ならなかった。

当初の計画では猛暑になる八月まで待って殺すつもりだったが、予定を早めることにした。

幸いにも、運はこちらに味方しているようだ。まぬけな姉があのでしゃばり女のためにドアを開けたとき、予定を早めてあの家に帰っていなかったら、誰かが全貌を知るために動き始め、自分の居場所を探している可能性があることに気づかなかっただろう。

それにしても、どうやって突きとめたのだろう。それがわからないのが気がかりだった。

JJは頭が切れるし、ずっと用心してきた。

あの記者から聞きだしたに違いないが、なぜ今になって？　あのクソ野郎を問いつめて、始末しなければならない。だが今は、憂さ晴らしが必要だ。

あの探偵が——おそらくレズビアンだろう——リストに載っていた何人かの名前を口にしていた。そのなかのひとりはたしかジャーナリストで、ここからそれほど離れていないところに住んでいたはずだ。その女にピッツバーグのクソ野郎の身代わりになってもらおう。トレイシー・ポッターについては基本的な調査しかしていないが、情報は充分そろっているし、今からもっと調べればいい。

というわけで、JJはリッチモンドへ向かうことにした。安モーテルに一日か二日、宿泊するつもりだった。長くても三日だ。運が味方してくれたら、一日ですむだろう。どのみち一日ないし三日後に、あの女は死体になる。そして、彼はリッチモンドを去る。

そういえば、あのレズビアンがわざわざ名刺を置いていったのだった。トラベラーズ・クリークへ行く途中でそっちにも立ち寄ることにしよう。

エイドリアンにはたっぷり時間をかけるつもりだった。何しろ、父を殺し、JJの人生をめちゃくちゃにしたあの女をじっくり時間をかけて始末するために、何年も待ち続けてきたのだ。

あの女を撲殺し——方法はそれしかない——ワシントンＤＣに戻る。そのころには姉をどうするか、腹が決まっているだろう。

解放するか、頭を撃ち抜くか。

後者の選択肢のほうに気持ちが傾いていた。しょせん、女なんか信用できない。

そもそもの発端になったあばずれも含めて、数週間のうちに四人の女を殺すことを考えるうちに、久しぶりに胸が躍った。

新記録じゃないか！　高得点だ！

ピッツバーグで記者のブラウンを追いつめれば、五回攻撃して五点の連戦連勝だ！

そのあとワイオミング州に戻ろう。

そして次はどうするか、誰を殺すか決めるのだ。

エイドリアンはポーチに座り、タブレットでケーラが送ってくれた家具や内装のリンク先のページを見ながら、理想的な夏の夜を過ごしていた。ワインを片手に、ボウルに盛った酸味のある緑色のブドウをつまみ、足元では愛犬が居眠りをしている。

ほぼ完璧だ。そう思った直後、セディーが頭をあげ、低いうなり声を発した。

やがてレイランの車が坂をのぼってくるのが見え、エイドリアンは考え直した――これで完璧になる。

どうやらセディーも同感らしく、尻尾を床に叩きつけ始めた。

レイランが車からおりるのと同時に、ジャスパーも飛びだしてきた。

「ほかのみんなは？」

「ブラッドリーはギターのレッスンを受けている。マライアは泊まりがけで二番目の親友の誕生日会だ。ほかにも六人参加するらしいが、そのなかに一番の親友もいるらしい。その家の両親が正気を保てるよう祈るばかりだよ」

セディーとジャスパーが顔をなめあっているあいだに、レイランはポーチにあがってきた。

「ジャスパーが恋人に会いたがっていたし、ぼくも自分の恋人に会いたくなってね。それに、これも渡したかった」

レイランがグラフィック・ノベルをテーブルに置いた。「言ってみればまあ、刷りたてのほやほやだ」

「まあ、できあがったのね。すごい！」エイドリアンは手に取り、表紙に描かれた絵を指でなぞった。コバルト・フレイムが片手に槍を持ち、ドラゴンに乗っている。

「すてき。すごく好きよ」ページをぱらぱらとめくってみた。「ああもう、これは芸術ね、レイラン。すばらしいわ。隅から隅までむさぼり読まなくちゃ」

エイドリアンは顔をあげ、彼を引き寄せてキスをした。

「かなりの自信作だ。しかも、まだ発売前なのに予約が殺到している」

「ワインを持ってくるわ。乾杯しましょう」

「コーラにしておくよ。自分で取ってこよう。三十分ほどしかいられないんだ。ブラッドリーと男同士で夜を過ごす約束をしていて、これからピザを買いに行くところでね。ポップコーンを食べながら『X‐MEN』を延々と観ることになってる」

「その前に寄ってくれてうれしいわ。わたしはコバルト・フレイムのデビュー作を読みながら夜の女子会をしようかしら」

「今のうちにワインを注ぎ足してこようか？」

「いいえ、大丈夫よ」

彼が家のなかへコーラを取りに行っているあいだに、エイドリアンは最初のページを開いて謝辞に目を通した。

レイランが戻ってくると、エイドリアンは彼をじっと見つめた。「謝辞にわたしの名前が載っているわ。〝ひらめきを与えてくれたエイドリアン・リッツォへ〟って。まさかこんなことをしてくれるなんて。見本にはなかったでしょう。すごく……光栄よ。心から光栄に思うわ」

「きみがいなければ、この作品は完成しなかった」レイランは腰をおろし、両脚を投げだした。「わが社の最高傑作のひとつだと思っている、本心から。おかげでザ・フロント・ガードシリーズがいいスタートを切れた」

「今はどんな感じ？」

「紆余曲折があったけど、確実に前へ進んでいるよ。きみのほうは？」

「順調よ。青少年センターの件で選択肢をいくつか検討していたところ。すごくいい感じなの、レイラン。今は中庭とか屋外の遊び場の工事を進めているわ。それと、秋から新たに配信するプログラムのアイデアもかたまった。何もかも順調よ」

　レイランは彼女の手に自分の手を重ねた。「何もかも？」

　エイドリアンはふうっと息を吐いた。「ええと、レイチェルがついにニッキー・ベネットと直接会ったらしいんだけど、すべて正直に話しているとは思えなかったそうよ。レイチェルは次にどうするべきか、警察官の伯父さんに意見をきいてみるって。よくわからないけど、もし充分な証拠が見つかれば、正式に事情聴取や家宅捜索ができるかもしれない」

　エイドリアンは少し迷ってから言った。「こんな話を聞かされたのに、なんだか他人事のような気がするの。ちゃんとわかっているんだけど、でもそれが本音。ニッキーのことも、その弟のこともまったく知らないし。有意義な一日を過ごしたあと、こんなにすばらしい夜に外へ出て座っていると、わたしにはまったく関係ないことに思えるの」

「他人事じゃないぞ」

「でも、そう感じるのよ。他人事じゃないのはわかってる」

「こうして座っているあいだに、誰かが車で坂をのぼってきてもおかしくないんだ」

「ずっと家に閉じこもっているわけにはいかないわ。無理を言わないで。ニューヨークのアパートメントにいなさいって母からも言われたの。いやだと言ったら、母がこっちへ来ることになったわ。最近はティーシャかマヤかモンローかジャンのうち、誰かしらがほぼ毎日立ち寄ってくれる。それに、あなたも」

「みんなきみを愛しているからさ。もちろんぼくも」

「レイラン」

彼はエイドリアンの手をさらに強く握りしめた。「また誰かを好きになるとも、なれるとも思っていなかったよ。でも、こうしてなれた」

「結婚指輪を外したのね」エイドリアンは言った。

「ああ。セックスだけの関係だったら、まだはめていただろう。つまり、そういうことだ」

「実を言うとね……」自分の気持ちや言いたいことを、どうやって伝えればいいのかわからない。「わたしは今まで――まじめなつきあいをわざと避けてきたの。だからこういう経験は初めてで」

「今、経験してるじゃないか。自分でもわかっているだろう」

「うまくやれているのかもわからないわ」

「今のところ、きみはうまくやってるよ」

「だけど、まだ始まったばかりでしょう?」エイドリアンは指摘した。「あなたはわたしの欠点に気づいていないし」

「気づいているよ」

エイドリアンは髪を後ろに払い、彼を見た。「え、そうなの?」

「ああ。きみは衝動的な行動を取りがちだ。怒ったり動揺したりすると特に。だから怒りにまかせて、くそったれの詩人に向けてあんな挑戦的な動画をアップしたりするんだ。それからきみは恐ろしいほど目標志向型の人間だ。〝わたしに手伝わせて〟という態度をよそおって、自分の考えを押しつけようとする。〝あなたにぴったりの簡単なトレーニングを教えてあげる。器具も置いていってあげる〟って具合にね。さらにきみは執拗(しつよう)なまでに物事を自分の手で処理しようとする。もっともこれは、お母さんが厳しい規律を守ることをきみに求めたせいだろう。そのくせぷつんと切れると、すぐにその規律を破ってしまう。まあ、きみを責めることはできないが」

ないでしょう」

エイドリアンはワインをひと口飲んだ。「それを長所だと考える人もいるかもしれ

「なかにはね」レイランは肩をすくめて受け流した。「ぼくが過度に――それこそ強迫観念に取り憑かれたように――スケジュールを管理するのを、長所だと考える人もいるかもしれないのと同じだ。そのくせきっちり組んだはずのスケジュールより遅れがちなのは、だらしないからだろうな。結婚指輪を外すことを死んだ妻に語りかけて伝えるなんて、頭がどうかしていると思う人もいるだろうし」

エイドリアンはため息をついた。「同じく取り憑かれたようにスケジュールを管理する者として言わせてもらうと、そこは欠点だと思わないわ。それにあなたがだらしないなんてまったく知らなかったし。ロリリーに語りかけるのは全然おかしなことじゃないでしょう。それでもやっぱり……真剣な関係をうまく保てるのかわからないわ。これが仕事なら、努力が必要だってわかるんだけど」

「これは共同作業だ。個人個人がそれぞれ努力しながら」彼はつけ加えた。「共同作業を積み重ねていけばいいんだよ」

レイランの目は真実を語っていた。本心を。

「こんな気持ちになるのは初めてだってことはわかるの。うまくやらなくちゃって心の底から思ってもいるし、そう考えるのは別に悪いことじゃないことも。でも、あな

たには別の人がいたでしょう。今話しているようなことをすごく上手に、おそらく完璧にやってのけた人が。だから怖じ気づいているの」

「たしかにロリリーとはいい関係を築いていた。だけど月並みな言い方をすれば、完璧な人間なんていない」

レイランは一瞬沈黙し、コーラを飲んだ。「彼女のことをきみに話すのは難しいな」

エイドリアンはぎょっとして、降参の印に両手をあげた。「やめて、レイラン。比べないで。喪失した自信を取り戻してほしいと頼んでいるわけじゃないの」

「いや、聞いておくべきじゃないかな。厳しい話だとしても、恋人とのつきあい方を理解するのに役立つはずだ。きみもそのうちわかるだろう。どんなに愛する人でも、忍耐を学ぶ必要があるってことが。何しろロリリーは――」

彼は言葉を切り、首を振った。「よし話すぞ、いいな。ぼくらは何年も一緒に過ごして、何度もそのことを話題にしていた。それなのに彼女は――あろうことか、『スター・ウォーズ』と『スター・トレック』の区別がついていなかった」

エイドリアンは一瞬、彼をじっと見つめた。喉の奥から笑いがこみあげてきて、必死にこらえた。「やだ、そんなことって……レイラン、よく耐えられたわね」

「ロリリーを愛していたからさ。彼女はなんとか埋めあわせをしようとした。数えきれないほど、いろんな方法で。それでも彼女は……ミスター・スポックを〝ドクター・スポック〟って呼ぶんだ。毎回、必ず。ぼくを苦しめるためにわざと言っているのかと思うほどだった」

「まさか！」エイドリアンは片手をあげてさえぎった。「もうこれ以上は聞いていられないかも」

「あるとき、ブラッドリーにおもちゃのライトセーバーを買って帰ったんだ。彼女もすごく気に入っていたけど、『スター・トレック』のおもちゃだと思っていた。そういえば、ミレニアム・ファルコンの歴史と性能についてみんなで話していたときは、それはカーク船長の宇宙船かと尋ねてきた。あれは情けなかった」

「それ以上言わないで。もう充分よ」

「話はまだまだあるが、このへんでやめておくよ。要するに、愛情は欠点に勝るということだ。ぼくはロリリーを愛していた。そしてきみを愛している。ふたりに出会えて、ぼくは幸せ者だと思っているよ」

「まさか今夜、ポーチに座ってこんな話をするとは思っていなかったわ」

「これからはギターのレッスン中にピザを買いに行くときは、もっと頻繁に立ち寄るべきだな」レイランは腕時計に目をやり、椅子からぱっと立ちあがった。「くそっ、まずい。帰宅が遅れそうだ。あまり時間がないってわかっていたはずなのに。まあ、なんとかなるか。モンローのところにブラッドリーを迎えに行くのが遅くなりそうだけど」

レイランが身をかがめて唇を重ねてきたので、エイドリアンは彼の手をつかんだ。

「わたしも愛していると言ったら、さらに遅れてしまうかしら？」

レイランは一瞬間を置いてから、両手でエイドリアンの顔を包みこんだ。「もう行かないといけない。でも、とにかく言ってくれ」

「わたしもあなたを愛しているわ」

彼は目を見開いてエイドリアンと視線を合わせ、もう一度キスをした。「わかっていたけど、きみの口から聞けてすごくうれしいよ」

「どうやらもうひとつ欠点があるみたいね。うぬぼれ屋だっていう欠点が」

「本当にもう行かないと。ジャスパー、行くぞ！　まったく、ここに座っているあいだに、なんでピザを注文しておかなかったんだ？　おい、ジャスパー！」

「何を頼みたいの？」レイランが車に駆け寄ると、エイドリアンは呼びかけた。「代わりに注文しておいてあげる」

「ラージサイズで、ペパロニとイタリアン・ソーセージを頼む。肉ばかりだって批判は受けつけないぞ。男だけなんだから。さあ乗って、ジャスパー」彼は名残惜しげな犬を車のなかに押しこまなければならなかった。

レイランはまた一瞬間を置いた。「明後日、子供たちをカーニバルに連れていく約束をしているんだ。一緒に行こう」

「カーニバルは好きよ」

「ファンネルケーキとピーナッツオイルのフライドポテトとミニハンバーガーを食べるつもりだ。つべこべ言わないでくれよな」

彼が車に乗りこむと、エイドリアンは椅子の背にもたれた。ええ、そうね。胸のうちでつぶやいて携帯電話を手に取り、頼まれたものを注文した――ふたり分の夏野菜のサラダもつけて。つべこべ言うつもりはないけれど、こんなことをするのは愛しているからだ。

27

レイチェルは伯父に相談したうえで、自分が集めた情報をワシントンＤＣ警察に伝えた。そして案の定、令状を取るにしても、任意同行を求めると言ってニッキーに圧力をかけるにしても、証拠が足りないと言われた。そこで、彼女の家の様子を見に行ってほしいと知りあいの刑事に頼むことにした。

私立探偵の免許証よりも、警察官のバッジのほうが影響力があるからだ。

数年前まで同僚だったその刑事はレイチェルがまとめたファイルを見て、たしかに何かにおうと同意してくれた。

最優先事項にしてもらえないのはやむを得ないが、とりあえず元同僚と彼の相棒が仕事に取りかかってくれるだろう。

エイドリアンの事件を担当するＦＢＩ捜査官との話しあいも予定していると強調しておいたからなおさらだ。

捜査に着手させるには、ＦＢＩとの競争を少しばかりあおるに限る。

そういうわけで、おそらくニッキーは一両日中に、地元の警察官とＦＢＩ捜査官の訪問を受けることになるだろう。

揺さぶりをかければ、何か出てくるはずだ。

刑事との打ちあわせを終えると、レイチェルは報告書を作成するために、ひどい渋滞のなかを運転して自分のオフィスへ戻った。叩きつけるような激しい雨が降るなか、自分のオフィスが入っているビルに駆けこむ。この建物には、ほかに小さな法律事務所――ちょくちょくレイチェルのほうに仕事をまわしてくれる――と写真スタジオが入っている。

階段をのぼって二階へ行き、すりガラスのドアを開けて自分のオフィスの受付エリアに足を踏み入れた。左右の壁際に、座面と背もたれにクッションのついた革張りの椅子を三脚置き、狭いアルコーブにはコートをかけるためのスペースを設けてある。二重窓のそばには真っ青な鉢が置いてあり、レイチェルの背丈ほどもあるサンセベリアが尖った葉を槍のように上にのばしている。受付係が欠かさず世話をしてくれるおかげだ。

レイチェルは『フォーブス』や『ヴァニティ・フェア』などの雑誌を何冊か定期購読し、オフィスに置いていた。カフェオレ色の壁に飾ってある三枚の額入りの鉛筆描きのスケッチは、地元の画家の作品でレイチェルが自ら選んだものだ。

マーケティングの天才である夫によると、高級感のある受付エリアには富裕客がやってくるのだという。〈マクニー探偵事務所〉を設立して数年経つが、夫の言い分はおおむね正しかったことが証明されている。

「ひどい渋滞だったわ」レイチェルは目玉をぐるりとまわし、アルコーブの傘立てに傘を立てた。「言葉で言い表せないほどひどかった。しかも、この土砂降りのなか」

「雨雲が南へ移動はしているけど、速度がゆっくりなんですって。ラッシュアワーは恐ろしいことになりそうですね」

「最高。それは楽しみだわ」

自分のオフィスに向かう途中でふたりの同僚と手短に進捗を報告しあったあと、コーヒーをいれるために小さな休憩スペースに立ち寄った。事務長と少し話しこんでから――結婚式の計画とかいろいろ――オフィスへ行って腰をおろした。

椅子の背にもたれてコーヒーをひと口飲む。目を閉じ、夏の大雨に見舞われながらワシントンDCの交通渋滞と戦った緊張感をほぐした。

雨が降ったということは、夫のソフトボールの試合が中止になるということでもある。つまりレイチェルが――あるいは夫が――夕食について考えなければならない。よし、何か出前を取ろう。そのほうがいい。何しろふたりとも、家へ帰るにはあの渋滞をくぐり抜けなければならないのだから。

ふたりとも家に仕事を持ち帰らずにすんだら、上等なワインを開けて、料理をサボって家族水入らずでゆっくり食事をすればいい。酔いつぶれて寝てしまう前にセックスだってできるかもしれない。

それを望むなら、さっさと仕事を片づけないと。

レイチェルは報告書を作成し、メールに添付してリナに送った。金払いのいいクライアントはこういうやり方を好む。

次いで、クライアントに請求する業務時間数をメールで事務長に伝えた。

エイドリアンにも進捗を報告しておこうと思い、電話に手をのばしたとき、着信音が鳴った。

「はい、〈マクニー探偵事務所〉のレイチェル・マクニーです」

「ミズ・マクニー。トレイシー・ポッターよ」

「わたしが何かお役に立てることでも？」

「わたしのほうがあなたの役に立てるかもしれない。あれからちょっと調べてみたの――ええ、かぎまわるのはやめろと言われたけど、これがわたしの仕事だもの。とにかく調べるうちに、いくつか思いだしたことがあるの。ジョンが奥さんと電話で話しているのを偶然耳にしたことがあって。そうよ、盗み聞きしたの」

「同じ状況なら、わたしもそうしたと思います」「いいえ、いかなる状況でもそうするわ。なぜなら、探偵のDNAには詮索好きな性質が組みこまれているから」

「今思いだすと、彼は奥さんに対してひどく冷たかったわ。子供たちのことで——あるいはどちらか一方のことで——何かあったみたいだった。でもジョンは、すべてを放りだして家に帰るわけにはいかない、仕事が残っている、自分でどうにかしろって。たしかそのあとに、吐き捨てるように言ったのよ。〝自分で対処できないなら、薬をもう一錠のめ。自分の帰る時間は自分で決める〟とかなんとか」

「なるほど」

「白状すると、わたしはおもしろがっていた。ジョンが愛人たちと密会するために借りていた小さなアパートメントの寝室の出入口に立って、〝家庭内のトラブル?〟とか〝痴話げんか?〟とかそんなことを言ったはず。彼がなんて答えたか、はっきり覚えているわ。なぜなら、わたしは彼と結婚して子供がほしいと思っていたから。彼は〝結婚なんかするもんじゃない、もししたとしても、子供なんか持たないほうがいい〟って言ったのよ」

トレイシーは小さな笑い声をたてた。「だって十九歳の小娘なんて、結婚を夢見るものでしょう。とにかくジョンが不満をぶちまけたことにわたしは驚いた。それまで一度も家族の話をしたことがなかったし、わたしも話題にしなかったから。でも、そのときわたしたちは何杯か飲んでいたの」

「彼が言ったことを覚えていますか？」

「だいたいのところはね。そもそも、妻が子供をほしがったと言っていたわ。やっぱりふたりとも、生まれる前に堕ろしておくべきだった。掃除や料理をする人間を雇っているのに、妻は子供の相手すら満足にできないって」

トレイシーは一瞬、間を置いた。「わたしはジョンの家族の問題には興味がなかったけど、彼の給料でどうしてお手伝いさんを雇う余裕があるんだろうと思ったのを覚えているわ。その時点では奥さんが裕福な家の出だって知らなかったからそう思ったの。あとは退屈な話ばかりだった。だからわたしは〝ベッドに来て、わたしの相手をしてくれない？〟とか、そういうことを言った。それだけの話だけど」

「興味深い話ですね」

「そうね。思えば、彼が妊娠させた女性はリナ・リッツォだけじゃなかったかもしれないわ。彼はコンドームをつけるのを拒んだから」

レイチェルもすでにその可能性については考えていて、以前にもそれとなく探りを入れる質問を投げかけていた。

「あなたには当てはまらないんですよね」

「ええ。前にも言ったけど、わたしたちの関係は一時的なものだったから。わたしは自分でも避妊をしていたけど、コンドームを使ってほしいと言い張った。彼はいやがって、不機嫌になって抵抗したけど、わたしはその点だけは譲らなかった。わたしの勝手な思いこみかもしれないけど、彼は奥さんをひどく軽蔑していたし、子供たちのことを重荷に感じているようだった。それと、もうひとつ思いだしたことがあるの。記憶がちょっと曖昧なんだけど」

「話してください」

「あなたにリストを見せてもらったとき、本当にひとりも心当たりがなかったのよ。大学生だったのはずいぶん昔のことだから。でも、ある女子学生のことがふと頭に浮かんだの。ジョンが運営していた〈シェイクスピア・クラブ〉にいた子よ。わたしもそのクラブに入っていたわ。ジョンがどんな人間だったにせよ、彼は並外れて優秀な教師だったし、シェイクスピアに関する彼の見識はすばらしかった。彼女のことを思いだしはしたけど、名前まではわからなかった。わかっているのは当時、彼女は新入生で、わたしは三年生か四年生だったということ」

「彼女もジョン・ベネットと不倫関係にあったと？」

「ジョンには好みのタイプがあったような気がするの。若くて、頭がよくて、美人で、スタイルのいい女性が好きだった。彼女はそのすべてを兼ね備えていたわ。ちょっと内気な面があったけど、クラブでは生き生きしていた。それにわたしも一度は口説かれたわけだから、すぐにぴんときたの」

「彼女のことで特に気になっていることがあるんですね？」

「ある日、ぱったりとクラブに姿を見せなくなったの。さっきも言ったように、とても生き生きとしていたのに。ジョンとの関係がうまくいかなくなったんだと思ったわ。失恋で傷心したか、顔を出しづらくなったんだろうって。たまたま彼女と同じ寮に住んでいる友人がいたから、ちょっときいてみたの。余計なお世話だってことはわかっているわ。でも、そのときにある話を聞いたの。

彼女は——大学時代の友人にきいてみたら名前だけ覚えていたわ、ジェシカよ——ジェシカはある夜、ひどく殴られて寮に帰ってきたらしいの。ここからは又聞きした話よ。わたしの友人は同じ寮に入ってはいたけど、部屋があったのは別の階だったそうだから。友人が聞いた話では、ジェシカはあざだらけの顔で、目が開かないくらいにまぶたを腫らして、ふらつきながら帰ってきたらしいわ。しかも、ズボンが血まみれだったそうよ。流産したせいで」

レイチェルはメモに書いたジェシカという名前を丸で囲み、さらに〝流産〟〝警察の調書？　診療記録？〟と書いて下線を引いた。

「彼女は強盗に遭ったと主張したそうよ。犯人は誰だかわからないし、知りたくもないって。寮の仲間たちが救急車か警察を呼ぼうとしたけれど、彼女が拒否したみたい。

それでも呼ぶべきだったと思うけど。友人の話によれば、じきに彼女は大学を辞めたそうよ」

「あなたのご友人の名前と連絡先を教えてください」

「わたしも頼んでみたけど、明確な関連性が確認できていないのなら、教えたくないと言っているわ」

「氷山の一角かもしれないんですよ、ミズ・ポッター」

「そうね。でもまだある情報提供者としか言えないわ。わたしから説得してみるけど、今の段階では教えられない。ジェシカが当時どこに住んでいたのかも、彼女の苗字も言えない。その代わり、百パーセントの確信と言いたいところだけど、実際は七十パーセントくらい確信していることがあるの。実は、同じころにジョンが右手に包帯を巻いて教室に現れたことがあって。英文学の教授が家の修繕なんかに手を出すべきじゃないなと彼が軽口を叩いて、みんなが笑った。それだけなんだけど」

「とても有益な情報です」

「例のリストにジェシカの名前はあるの？」

「実を言えば、ふたり。かなり一般的な名前ですから。彼女の外見を覚えていますか？」

「ええと……ブルネットで、わたしの印象では、若くて清潔感があってきれいな子だったわ。細身だけど、曲線的な体つきをしていて。こんなところかしら。残念ながら、今会ってもわからないでしょうね。クラブで交流があったとはいえ、集まるのは週に一回で、たった数カ月間だけだったの」

「それはいつのことだったか覚えていますか?」

「わたしが三年生のときの、冬休みのあとというのはほぼ確実ね。寒かったし、わたしはキャンパスの外にあるシェアハウスにすでに引っ越していたから。待って、そうだわ、一月の上旬で間違いない。あれは冬休みが明けて最初か二回目のクラブの集まりだった。たぶん最初だと思う」

レイチェルはひとりでうなずき、推定される年度を書き記して丸で囲んだ。「わかりました」

「ジェシカの居場所がわかったら、わたしにも教えてちょうだい。当時、彼女に忠告してあげることもできたはずなのに、わたしは何もしなかったから。彼女は耳を貸さなかったかもしれないけど、ジョンがどんな人間なのかを伝えることはできたはずよ。わたしはそろそろメイクをしないといけないの。〈五時のニュース〉に出る前にプロモーション用の撮影があって」

「ほかにも何か思いだしたら、ぜひ教えてください。情報を提供してくれてありがとうございました」

レイチェルは椅子の背にもたれ、じっくり考えた。

リストに載っているふたりのジェシカの居場所はどうにか突きとめていた。ひとりはリナよりずっと以前にベネットと関係を持った女性で、イギリスで生まれ育ち、現在もロンドンに住んでいる。彼女だとすれば、イギリス訛りがあったことをトレイシーがはっきり覚えているはずだ。それに時期的にも早すぎる。

ふたり目のジェシカなら、時期もぴったり合う。彼女はベネットとの肉体関係を強く否定し、電話で短い会話をしただけでも怒りと嘘の気配を感じた。

レイチェルはメモを手元に引き寄せた。そうそう、ジェシカ・キングズリー（旧姓ピーターズ）、救世主教会の牧師のロバート・キングズリーと二十四年前に結婚。四人の子供の母となり、故郷のアイオワ州エルドラで暮らしている。

ジェシカは初めて親元を離れて内気になっていた。しかし同時に、期待に胸を躍らせてもいただろう。レイチェルは思いをめぐらせた。彼女は魅力的な教授に恋をする。冬休みに帰省したとき、妊娠していることに気づく。ベネットにそのことを告げると、彼はリナ・リッツォのときと同じ反応を示す。しかしジェシカは身を守ることができない。恥ずかしさと衝撃に耐えながら、どうにか寮に帰り着いたときには流産。もっともらしい言い訳をして故郷に戻る。

おそらく自分を責めている。事実を隠し、胸の奥にしまいこんでいる。

ジェシカは結婚前に相手の男性に打ち明けただろうか？　そもそも打ち明ける気があるのか？　いや、ないだろう。許してもらえないのではないかと恐れたはずだ。誰にも打ち明けずに、故郷の小さな町で新たな人生を始め、長いあいだ自分の胸にしまってきた。

〝彼女に忠告してあげることもできたはずなのに〟とトレイシーは言っていた。レイチェルも忠告していた。少なくとも、忠告しようとした。でも、もう一度やってみなければならない。

レイチェルは小型の冷蔵庫から水の入ったペットボトルを取ってくると、ごくごく飲みながらオフィスのなかを歩きまわり、どのように話を進めるべきか考えた。

もう一度試さないままジェシカ・キングズリーの身に何かが起きたら、そのことを背負って生きていかなければならないだろう。一生後悔を抱えて生きるなんて耐えられない。

レイチェルは邪魔をしないでほしいと合図してからオフィスのドアを閉めた。デスクの前に座り、ファイルから彼女の電話番号が書かれた紙を取りだす。

女性が電話に出た。明らかに何かに気を取られている声だ。「ちょっと待って。オーブンからパイを取りださないと」

がたがたという音とともに、鼻歌と足音が聞こえた。

「ごめんなさい。もしもし」

「ミズ・キングズリー、レイチェル・マクニーです。数週間前に電話でお話ししましたね」

「わたしには関係ないと言ったでしょう。二度と電話してこないでって」

「お願いです、切らないで。何も言わなくていいので、一分だけ話を聞いてください。大学時代に何があったとしても、何もなかったとしても、あなたの名前がリストに載っているんです。前回お電話したときにはわかっていなかったけれど、今は確認できていることがあります。そのリストに載っている女性が五人も亡くなっているということです。全員殺害されているんです。これだけは知っておいてください。わたしがまだ突きとめていないだけで、被害者はもっといる可能性もあります。警察とＦＢＩが捜査を進めているので、あなたのところにも連絡が来るかもしれません。わたしは道義上、あなたから得た情報を提供しないわけにはいきません。だから、これだけは言っておきます。くれぐれも用心してください」

「そんな話を信じるわけがないでしょう？」

「なぜわたしが嘘をつくんですか？」

「あなたは記者か何かで、フェイクニュースを広めようとしているのかもしれないじゃない。ほかの連中と同じように」

レイチェルは黙って目を閉じた。「グーグルでわたしの名前と、うちの探偵事務所の名前を検索してみてください。わたしはジョージタウン大学に通っていた女性たちが次々に殺害されていることを知ってもらいたいだけです。その女性たちはみんな、あるリストに名前が載っていた。あなたのように」

「はいはい、わかりました。言いたいことは言ったでしょう。わたしのことはもう放っておいて」

がちゃんと電話を切る音が耳元で聞こえ、レイチェルはただかぶりを振った。どうやらジェシカは過去の出来事を胸の奥にしまいこむどころか、否定の意志とともにコンクリート製の大きな箱に詰めこみ、深い海の底に沈めてしまったようだ。

「最善は尽くしたわ」レイチェルはつぶやいた。

雨が強くなるかもしれないので、あと一時間ほどしたら必死に帰宅しなければならないが、雨脚はまだそれほど強まっていないように見えた。レイチェルはリストに載っている別の女性の居場所を特定する作業に時間を費やした。

今夜じゅうに、あとひとりだけ。

結局、二時間近くかかってしまった。つまり〝必死に帰宅〟が〝容赦のない戦い〟になるということだ。でもおかげで、ふたりの居場所を特定できた。

ひとりは無事だった。現在は彼女もボストン大学の教授をしていて、過去にベネットと関係があったことを認めただけでなく、レイチェルの話を真剣に受けとめてくれた。

けれども、もうひとりは死亡していた。弁護士だったその女性はオレゴン州の自宅から数キロ離れたスーパーマーケットの駐車場で、刃物で執拗に刺されていた。ハンドバッグと腕時計が見つからず、彼女の車は一週間以上経ってから北カリフォルニアで発見された。犯行の動機は、カージャックと窃盗とされていた。

「犯人が車を奪ったのだとしたら、駐車場まではどうやって来たの？　別の車で彼女を尾行していたに違いないわ。それも盗難車？　もちろんそうでしょうね。一応調べておかないと」

レイチェルは腕時計に目をやり、悪態をついた。

「やっぱりあとにしよう」持ち物をまとめ、パソコンの電源を切った。

そのときになって、ふと気づいた。またしても、ほかのみんなはすでに引きあげていた。

本当にもっと早く切りあげるべきだった。

レイチェルは傘を手に、オフィスを出てドアに鍵をかけると、今から帰ると夫に電話で伝えた。

ピザを注文して、ワインのボトルを開けよう、と。

家族とともに食事をし、ワインを飲んだあと、どうにか夫とセックスすることもできた——声を殺して、あわただしく。

しかし、眠れないことはわかっていた。

レイチェルはベッドからそっと抜けだし、肩をすぼめるようにしてスウェットスーツを着ると、自分の仕事部屋へ向かった。居間から大音量のテレビが聞こえてきたのでドアを閉めた。

ワシントンDCでは午後十一時過ぎかもしれないが、オレゴン州はまだ八時になったばかりだ。運がよければ、五年前にアリス・マクガイア（旧姓ウェンデル）が殺害された駐車場から回収された盗難車について、確認してくれる人が見つかるかもしれない。

レイチェルがポートランド警察の刑事に対して持ち前の説得力を用いていたころ、トレイシー・ポッターは狭い楽屋で、テレビ用のメイクを落としていた。放送が終了する午後十一時になると、メイクは二十キロ以上の重さに感じられた。保湿液をたっぷりつけたとたん、肌がほっとしたように水分をのみこんでいく音がはっきりと聞こえた。

外は土砂降りなので、テレビ映りのいいスーツを脱ぎ、ハイヒールからレインブーツに履き替えなければならなかった。こんな夜のためにレインブーツはいつも手元に置いてある。

駐車場の一番奥に車を停めた自分を呪った。一日一万歩の目標を達成していない日はいつもそうしているのだ。

つまり、ほとんどいつもだ。トレイシーは自ら認めた。

帰宅するころには、夫はぐっすり眠っているだろう。でも彼を責めることはできない。ブランデーを一杯飲んで、リラックスしてからベッドにもぐりこめばいい。

彼女の番組のスタッフはとっくに帰っていたが、まだ居残っている者たちにお疲れさまと声をかけた。裏口から出てドアを閉め、傘を開く。

横殴りの雨が降っているせいで、保安灯がついていても六十センチほどしか前が見えない。

レインブーツがあって本当によかった。トレイシーは胸のうちでつぶやいた。脚に雨水が跳ねかかるので、わざわざジーンズにはき替えたのも正解だった。

手に持ったリモコンキーのボタンを押し、車のドアロックを解除した。

ライトが点滅した。いつものがちゃっという音は聞こえなかったが、激しく打ちつける雨のせいだろう。トレイシーは小走りで車に近づくと、傘を閉じて、ほとんど飛びこむように乗りこんだ。

「やれやれだわ」彼女はつぶやきつつ、エンジンスタートボタンを押そうと手をのばした。

叫び声をあげる暇さえなかった。髪を後ろにぐいっと引っ張られたかと思うと、ナイフが彼女の喉を深く切り裂いた。

トレイシーはごぼごぼという音を発し、目を白黒させ、両腕をばたつかせた。

「あーあ、まるで釣りあげられた魚みたいだな」JJはせせら笑った。それからトレイシーを助手席のほうへ押しやると、塗装工が着る使い捨ての防護服に、縁なし帽子と手袋とオーバーシューズという姿で後部座席から飛びだした。

トレイシーを――もはやごぼごぼという音さえ発していない――さらにぞんざいに押しのけて運転席に座った。

「よくもめちゃくちゃにしてくれたな」JJはトレイシーに向かって言うと、車を発進させた。「だけど、もういい。そんなに遠くへは行かない」

自分を褒めてやりたい気分だ。やるなら今夜しかないとわかっていた。雨、完璧な兆候、完璧な隠れ場所。彼は数ブロック離れた小規模のショッピングモールの駐車場に車を乗り捨てた。姉の車もそこに停めてある。

JJは防護服を袋に詰めた。ワシントンDCへ向かう途中のどこかで処分するつもりだった。近くのサービスエリアにでも捨てればいいだろう。

トレイシーにちらりと目をくれた。これであばずれ女がひとり片づいた。残るはあと三人だ！

エイドリアンはことあるごとにマヤとティーシャを実験台にしていた。今日はあるプロジェクトのために、ティーシャの力を借りてエアロビクスの部分に微調整を加えていた。

「さあ、ティーシャ、今回は楽しいはずよ」

「歯が生えかけの赤ちゃん、細切れの睡眠、授乳期のおっぱい」

「こういう有酸素運動はエネルギーを高めてくれるの。ここでトリプルステップ。右、左、右。腰を使って！　これはコアマッスルに効くのよ。リズム感はどこへいったの？　あなたは黒人でしょう」

「固定観念で決めつけないで！」そう言いながらもティーシャは笑った。「わたしのリズム感は昼寝を求めているのよ」

「シャッセ、バックステップ、右、左、右。ここでターン。腰のくびれに満足していたところを思いだして」

「無理よ（マイ・アス）！」

「もちろんお尻（アス）にも効果があるわ」

エイドリアンが励ましたり、おだてたり、皮肉を言い続けたりして、なんとかティーシャは最後までやり通した。

「これならいけそうね」

「撮った映像は絶対に見たくないわ」

「わたしが見直すために撮っただけだから。もっとファンキーな曲にしたほうがよさそうね。ちょっと簡単すぎるかも」

「もう一回言うわ、無理よ」

ティーシャがスタジオの椅子に腰をおろしたので、エイドリアンは栄養ドリンクを持っていった。「これで元気が回復するわよ。わたしは筋力アップのヨガのほうに取りかかるわ」

「わたしはやめておく」

「とにかく内容を決めてしまわないと。母が来るまでにすべてのプログラムをしっかりしたものにしておきたいから、一週間の大半を費やすつもり。でも今日は短めのものだけよ。レイランと子供たちと一緒にカーニバルへ行くの」

「子供たちと一緒にカーニバル？　ずいぶん深い関係になっているみたいね、エイドリアン」

「ええ。二日前にレイランが三十分ほど立ち寄ってくれて、気づいたらそういう話にティーシャは身を乗りだした。「全部話して」もう、何かと言うとセックスの話に結びつけるんだから」

「あなたが期待しているような話じゃないの。

「それはそうよ。モンローとわたしは週に一・六回にまで減っているんだもの」

「・六っていうのは？」

「膣外射精のこと。今は平均で一・六回。ありがたいことに八月末からフィニアスが幼稚園に行き始める予定だから、そこから平均二回に増やしていこうって約束しているの。すばやくすませれば、週に一度は昼寝の時間が取れるはずよ」

「まあ、それもひとつの案ね」

「自然のなりゆきでセックスすることが過大評価されているのよ……わたしにも覚えがないわけじゃないけれど。それはともかくとして、何がきっかけでそういう話になったの？」

「愛しているって言われたの。生きた心地がしなかった。そろそろ言われるかもしれないとは思っていたけど——わたしだってそこまでばかじゃないから——でも怖くてたまらなかったわ」

「あらあら」

「——」

エイドリアンは降参の印に両手をあげた。「わたしがあれこれ言い訳したり、理屈をこねたり、バリケードを築いたりしても、レイランはすごく辛抱強くて少しも揺るがなかったわ。少しも揺らぐことなく辛抱していた？　その両方ね。しかも確固とした自信を胸に秘めていて、わたしの気持ちも確信していた。お互いの気持ちを。彼はわたしの欠点を指摘してくれたの」

「へえ、ロマンティックね」

「そうなの。だってレイランはわたしの欠点に気づいているのに、それでもかまわないって言ってくれたのよ。彼自身も自分の欠点をいくつか挙げたけど、わたしも全然かまわないと思った。だからわたしも……彼に愛してると言ったの。心の底からそう思っているから」

「Lで始まる言葉を交わしたわけね。最高の四文字語を。やった！　じゃあ、そろそろね」

「そろそろ？　ティーシャ、わたしたちはつきあってまだ数カ月しか経っていないのよ。早すぎるわ」

ティーシャは手を振って打ち消した。「あなたと彼は昔からの知りあいだし、あなたはずっとレイランに特別な感情を抱いていたでしょう」

「そんなことないわ」

今度は、ティーシャは人さし指を振りたてた。「いいえ、そうなの。もう、こんなふうに言うと、まるでわたしがフィニアスみたいじゃない。昔、マヤのことをわたしに話してくれたとき、お兄さんの話もしていたでしょう。そのときからすでにびびっと来ていたのよ」

「違う」

「違わない。十年以上も前のことだけど、あなたはしょっちゅう彼の話をしていたわ」

「わたしが？」

「レイランの作品のこととか、緑色の目のこととか」

「やだもう」エイドリアンも椅子に座り、自分自身を笑った。「ええ、たしかにそうだったかも。今思えば、レイランが自分の部屋の壁に飾っていた絵を見たあの日に彼を好きになったんだわ。彼の絵を気に入ったと伝えたとき、レイランはあの目でわたしをじっと見つめたの。あのとき、わたしはいくつだった？　七歳？　嘘でしょう」

驚きとおかしさがこみあげ、エイドリアンは両頰をぴしゃりと叩いて首を横に振った。

「そして、いかにも十歳の少年らしく、レイランはわたしの目の前でドアを閉めた。きっとわたしは彼への想(おも)いを意識の表面に浮上させないようにしていたのね。特にロリリーのことがあってからは」

「時空連続体の果てしない流れのなかで、今がその時と場所だってこと」

「たしかに、そう考えると説明がつくわね」

「でしょう。あなたたちはお似合いよ、エイドリアン。それが一番。互いに惹かれあっていてもお似合いじゃない人たちだってたくさんいるんだから。さあ、もう行かなくちゃ」ティーシャは立ちあがった。「どのみちレイランの子供たちがカーニバルのことをフィニアスに話すでしょう。結局わたしも行かされることになるわ」

「いいじゃない！　向こうで落ちあいましょう。楽しくなるわ。マヤにもきいてみる。ジョーや子供たちと一緒に来られるかどうか」

「愛を隠すために仲間たちを集めるってこと？」

「違うわ。大勢で楽しむに限るでしょう。だってカーニバルなのよ」


夏の太陽がまだ沈まないうちから、音楽が鳴り響き、乗り物がくるくる回転するなか、子供も大人も歓声をあげていた。焦がした砂糖とグリルした肉と泡立つ油のにおいで満たされた空気が熱気と湿気を発している。

にぎやかな娯楽場には、二ドルのおもちゃを勝ち取るために二十ドルを払おうという人たちが集まっていた。鐘が鳴り、ルーレットがまわり、エアガンが乾いた音をたてた。

何十台もの車が並ぶ草むらに車を停めたとたん、ブラッドリーがレイランの手をつかんだ。「早く行こうよ、パパ！　はらぺこだよ。ホットドッグ二個とフライドポテトとファンネルケーキとアイスクリームと――」

「その半分を食べて乗り物に乗ったら吐くぞ」

「大丈夫だってば！」

「だめだってば！　先にいくつか乗り物に乗ってから食べよう。そのあとゲームをして、また乗り物に乗ればいい」

「わたしは〈マッターホルン〉と〈ティルト・ア・ホワール〉と観覧車に乗りたい」マライアがはしゃいだ声をあげ、見事な側転をしてみせた。

「きみも賛成かい？」レイランはエイドリアンに尋ねた。

「もちろん」

レイランは入場券売り場でフリーパスを四枚買って、複雑な迷路と化している売店や乗り物をざっと見渡した。「最初に〈マッターホルン〉に乗ったほうがよさそうだな」

「今年は乗れるわ」マライアは手をのばしてエイドリアンの手を握った。「去年は身長が足りなかったけどのびたから。みんなで測ったりとかしたのよ。別に、赤ちゃん向けの乗り物だけ乗っててもいいんだけどね」

「わたしと一緒に乗るっていうのはどう？」

「エイドリアンとなら乗れるわ、パパ。わたしたち女の子同士だから」

「わたしたち、仲良しなの」エイドリアンは請けあった。

ふたりはボブスレーのような乗り物に乗りこみ、右に左に揺られた。どんどんスピードが速くなり、やがて世界がぼやけた。隣にいるマライアは悲鳴をあげ、興奮した笑い声をあげ、また悲鳴をあげた。

スピードが落ちたところで、マライアが顔を輝かせてエイドリアンを見あげた。

「今までの人生で一番楽しかった！」

「これからもっと楽しいことがあるわよ」

地上に戻ってきたとたん、マライアはレイランの腕のなかに飛びこんだ。「もう一回乗ってもいい？　ねえ、いいでしょう？」

「恐れ知らずの娘だ」レイランはマライアに頬ずりした。「ああ、いいよ。でもその前にほかの乗り物も見てみないか？」

「ティーシャからメールが来たわ。車を停めているところですって。マヤとジョーもすぐ後ろに停めたそうよ」

「〈ティルト・ア・ホワール〉で落ちあおうと伝えてくれるかい？」

「食事のときに綿菓子を買ってくれる？」

みんなで歩きながら、レイランはマライアを見おろしてからエイドリアンのほうを見た。

「きみは目をつぶっていたほうがいいかもしれないな」

「ねえ、パパ、輪投げをしてぼくが勝ったらペンナイフをくれる？」

「十三歳になったらな」レイランはブラッドリーに言った。

「そんなのずっと先じゃないか！」

「この前はもう少しでティーンエイジャーだと言っていなかったか？」

ブラッドリーは完璧な百八十度回転(ワンエイティー)をしてみせた。「そうだよ、もう少しだ。だから、ペンナイフを持っておいたほうがいいんだ」

「辻褄が合わないだろう」ところがレイランは輪投げゲームの前で足をとめ、チケットを買った。ピンクのペンナイフに狙いを定めると、ひょいと輪を投げる。投げた輪は見事に標的をとらえた。

「どうしてそんなことができるの？」エイドリアンは問いかけた。

「手と目の協調と基礎物理だよ」レイランはエイドリアンに賞品を手渡した。「きみはこれを持っていてもいい年齢だ。責任を持って扱うように」

マライアには派手なネックレス、ブラッドリーには色とりどりのインクが入ったペンを獲得した。

「こんなのありえないわ」次の乗り物へ向かいながらエイドリアンは言った。

「ああ、輪投げ屋の店主にもいつもそう言われるよ」

ほかのみんなと合流すると、フィニアスがくるくるまわる乗り物を悲しげな顔で見つめていた。「ぼく、身長が足りないんだ」

「来年には乗れるようになるわ」マライアは言った。「わたしもやっとのびたところだもん」

「大丈夫だよ。パパは背丈は充分足りているが、あんなゲロ吐きマシンには乗る気はない」モンローはすでに赤ん坊をベビーカーに寝かせていた。「おまえとパパとサディアスの三人で別の乗り物に乗りに行こう。おちびちゃんをぼくに預けたらどうだい、マヤ？　彼女も一緒に連れていくよ」

「ひとりで三人も？」マヤはだっこ紐のなかにいるクインのお尻をぽんぽん叩きながら、首を横に振った。「わたしも一緒に行くわ」

「じゃあ、あとで交代するよ」ジョーは身を乗りだしてマヤにキスすると、両手をこすりあわせた。「ぼくはゲロ吐きマシンが大好きなんだ。さあ、ぐるぐるまわる心の準備はできたかい、コリン？　おまえはもう背丈が足りているな」

コリンは唇を嚙んだ。「たぶんね」

「無理して乗らなくてもいいのよ。ママたちと一緒に待っていましょう」マヤは言った。

「うん、乗れるよ」

コリンは乗るには乗れたものの、マライアとは違い、衝撃のあまり目を見開いてい

た。彼は生気のない目をして、さらにふたつの乗り物に乗った。

「ママにもチャンスを与えてあげよう、いいよね？　モンローのところに行ってちびたちの世話を手伝おう」

「わかった。公平にしなきゃね」コリンは少しふらつきながらジョーの手を取った。ふたりで幼児向けの乗り物のほうへ向かう。「吐かなかったよ、ぼく」

「たいした度胸だ」

一巡し終わったので、食事の時間にした。エイドリアンに言わせれば、みんなでばかみたいに大量の肉と糖分と脂肪を摂取した。しばらくして娯楽場のほうへ向かっているうちに日が暮れ、ライトが点灯し始めた。

まるで魔法みたいとエイドリアンは思った。

しかもまさに魔法のように、レイランはダーツで風船を割り、マライアのために大きなユニコーンのぬいぐるみを獲得した。射的場では、オオカミや雄鶏（おんどり）や熊やコヨーテなどの標的に命中させて回転させ続け、おかげでブラッドリーはロボットを持ち帰ることができた。

「嘘でしょう」エイドリアンは言った。「いったいどうやっているの？」

レイランはただ肩をすくめた。「超能力だよ。あそこにボール投げがあるな」彼は指さした。「何かほしいものはあるかい？」

エイドリアンは笑った。「カーニバルで働く人たちが気の毒だわ。娯楽場の人たちが」

「ぼくはタコが好き」フィニアスがレイランに言った。「オクトは八って意味で、足が八本あるんだ」

「よし、やってみよう」

レイランはフィニアスにはタコのぬいぐるみを、コリンには蛇のぬいぐるみを手に入れてやった。

「ぼくはあれだ」ジョーは巨大ハンマーゲーム〈ハイ・ストライカー〉を指さした。「何度もハンマーを打ちこんで鐘を鳴らしてみせるぞ」彼はすでに獲得した光る剣をマヤに手渡し、肩をまわした。

ジョーがハンマーを振りあげ、勢いよく叩きつけた。鐘が鳴る手前で終わってしまうと、今のは練習だと言い張り、追加のチケットを渡した。

今度は二度目のスウィングで鐘が鳴り、ライトがぱっとついた。

「彼って怪力なの」マヤがまつげをしばたたかせ、大きな目をした牛のぬいぐるみを受け取った。

「ぼくを見ないでくれ」モンローは笑いながら両手を宙で振った。「まぐれで魔法の水晶は獲れたけど。ぼくは音楽家だ。マイティ・ソーじゃない」

レイランが〈ハイ・ストライカー〉に歩み寄ろうとしたので、エイドリアンは手をあげた。「わたしがやってみる」

係員は彼女に微笑んだ。「幸運を祈るよ、お嬢さん」

ハンマーは予想していたより重かったが、エイドリアンは地面に足を踏ん張ると、ハンマーを持ちあげ、思いきり振りおろした。鐘まであと二十五センチというところで重りはとまった。

「惜しかったね、かよわいお嬢さん」係員はぴょこぴょこと揺れ動く花のついた光るカチューシャをエイドリアンに手渡した。

エイドリアンはカチューシャをつけると、肩を前後にまわした。「もう一回やらせてちょうだい」

レイランがチケットを切り離した。

エイドリアンはハンマーを握りしめ、足を踏ん張り、首を左右に傾けた。息を吸って吐く。もう一度息を吸いこみ、吐きだすのと同時にハンマーを叩きつけた。

重りがいっきに跳ねあがり、鐘が鳴り、ぱっとライトがついた。

「かよわいお嬢さんは、こんなもの持っていないでしょう」エイドリアンは力こぶを作ってみせた。

係員が笑い声をあげる。「そうかもな」

28

エイドリアンが鐘を鳴らしたのとほぼ同じころ、レイチェルはすでに死亡している女性をさらにふたり見つけた。これで合計八人になった。

ついに二十パーセントを超えたことになる。

さすがにもう誰も見て見ぬふりはできないだろう。誰も。

レイチェルは報告書をまとめると、ワシントンＤＣ警察の担当刑事とＦＢＩ捜査官にメールで送った。

そして両者の留守番電話に伝言を残し、ニッキー・ベネットを尋問するよう強く迫った。

あとは野となれ山となれだ。もう一度やってみるしかない。

夫にもメールを打った。

〈ごめん。本当にごめんなさい。とっくに遅くなっているのはわかっているんだけど、

もうひとつやらなければならない仕事があるの。たぶん、あと一時間か一時間半くらいかかりそう〉

誰もいないオフィスの戸締まりをしようとしたとき、夫から返信が来た。

〈無理するなよ、レイチェル。こっちは大丈夫だ。マギーは今夜、キキの家に泊まるらしい。サムと『フォートナイト』で対戦して二回ともこてんぱんにやられたから、読書に慰めを見いだしているところだ。時間があったら、バタークランチのアイスクリームを買ってきてくれ。どうやらもっと慰めが必要らしい〉

レイチェルは思わず微笑むと、オフィスを出てドアに鍵をかけた。

〈時間を作るわ。一緒に慰めを味わいましょう。愛してる〉

そのとき、彼女の携帯電話が鳴りだした。〝非通知設定〟と表示されていることに気づいたが、この仕事に携わっている以上、無視するわけにはいかない。

「レイチェル・マクニーです」

「ミズ・マクニー、こちらはリッチモンド警察、重大犯罪課のロバート・モアステッドです」

「リッチモンド」血が凍る思いがして、レイチェルはおうむ返しに言った。

「あなたの名前と電話番号が、トレイシー・ポッターのアドレス帳から見つかりましてね」

レイチェルは鍵のかかったドアにもたれかかった。「あなたのバッジの番号を教えていただければ、本物かどうか確認できるんですけど」

彼がバッジの番号と警部補という階級を伝えると、レイチェルはふたたびドアの鍵を開けて明かりをつけた。

「ちょっと待ってください」

自分のデスクに戻り、固定電話を使って確認を取った。そして椅子の背に身を預け、目を閉じた。

「モアステッド刑事、たしかにトレイシー・ポッターに連絡を取りました。わたしが行っている調査に関することで二度話しています。彼女に何があったんです？　刑事、わたしは十年間、ワシントンＤＣ警察に勤めていました。調べてみてください。そして現在は、ＤＣ警察のバウアー刑事とウォシャウスキー刑事、ＦＢＩのマーリーン・クレブス特別捜査官と協力して調査を行っています」

レイチェルは話しながら、新しい水のボトルを取りに立ちあがった。「重大犯罪を担当しているということは、トレイシー・ポッターが負傷したか死亡したと考えなければならないようですね」

「ミズ・ポッターが殺害されたことは、こっちでは大々的に報じられています」

「わたしはワシントンＤＣにいるんです。リッチモンドではなく」くそっ、くそっ、これで九人目だ。

「わたしが持っているリストに載っている三十四人の女性たちのなかで、ミズ・ポッターは九人目の被害者です。刑事、彼女たちに安否を確かめる電話を入れてください。そちらの連絡先を教えてくれたら、わたしがこれまでに集めた情報と証拠をお送りします。安否が確認できたら、彼女たちのもとへ警官を向かわせてください。第一容疑者を突きとめたと警察に伝えているのに、まだ彼女の事情聴取すら行われていないんです」

「そのリストをどこで手に入れたんですか？」

「わたしが集めた資料と報告書を送ります。かなり詳細な報告書です」レイチェルはパソコンの電源を入れ、起動するのを待った。

「一連の殺人は長年にわたって、さまざまな殺害方法によって、国内の複数の管轄区域で行われています」

「それぞれの事件をつなぐものは？」

「報復です。資料を読んでもらったあとでなら、どんな質問にも答えます。とにかく安否を確かめる電話を」

「安否確認の電話をする、連絡先を伝えて資料を送ってもらう、そのあとで質問する、ですね。われわれはすでに現場にいるので二時間以内にそちらへ行けるでしょう」

もう九時半になろうとしていた。いいわ、こっちはちっともかまわない。

「わかりました。今はまだオフィスにいるんですけど、そろそろ帰らなければならないんです。自宅で話しましょう」レイチェルは早口で住所を伝えた。「わたしからもひとつ質問させてください、モアステッド刑事。ミズ・ポッターがどうやって殺害されたのか教えてもらえますか？　すでにマスコミに公表されている情報でかまわないので」

「殺害時間は昨夜の二十三時から午前一時のあいだ。遺体発見現場は、彼女の仕事場であるスタジオから数ブロック離れたところにあるショッピングモールの駐車場です。遺体発見時刻は今朝八時ごろ。一見すると、カージャックに失敗して殺害したように見えます」

「でも違うんです。送信先は？」

彼が伝えると、レイチェルはファイルを送信し始めた。

「こっちへ向かうあいだに、今から名前を言うふたりの人間を追ってください。ジョナサン・ベネット・ジュニアとニッキー・ベネット。ふたりはきょうだいです。それでは、のちほど」

電話を切ったとたん、レイチェルは吐き気と激しい怒りに襲われた。今夜は慰めを得られそうにない。ニッキー・ベネットにプレッシャーをかけるために自分自身で訪ねる気にもなれなかった。すぐに家へ帰って心を落ち着けて、リッチモンド警察の刑事と話す準備をしないと。

家路につく前に、日時と電話の内容とリッチモンド警察の刑事の名前を記録した。さらに、モアステッド刑事についてインターネットで軽く調べた。

勤続二十二年、重大犯罪課に配属されて九年になる。

優秀で信頼できる刑事。

レイチェルは個人的な罪悪感を抱いたまま、事件の詳細について報じた地元の新聞記事を見つけて目を通した。

「何がカージャックよ」レイチェルはつぶやいた。どうやらモアステッド刑事もカージャックではないと確信しているようだった。

でも、モアステッド刑事はまだレイチェルと会ったことがない。彼と同じ立場だったら、自分も情報を伏せておくだろう。

車に侵入して待ち伏せ――ペンシルベニア州エリーのジェーン・アーロのときと同じ手口だ。その場ですぐに殺害している――なぜいつも危ない橋を渡るのだろう？　しかもスタジオの駐車場からショッピングモールまで車を走らせた。遺体が発見されるのを遅らせたかったに違いない。でも距離を稼ぐには、もっと時間が必要だった。トレイシー・ポッターの遺体を車に置き去りにしたということは、犯人は自分の車を持っていたはずだ。おそらく同じ駐車場に停めていたのだろう。

犯人はその車に乗りこみ、走り去った。

レイチェルはファイルに綴じるために新聞記事をプリントアウトすると、ふたたびパソコンの電源を切り、もう一度戸締まりをした。

これで九人だ。少なくとも九人の女性が亡くなった。でも、ようやく警察が動きだした。ついにこの残忍な復讐劇に終止符を打ってくれるだろう。

伯父に電話をしようかと考えたが、家に帰って少し気持ちが落ち着くまで待つことにした。

もう十時過ぎだが、伯父はまだ起きているだろう。

そうだ、ちょっと寄り道をしてアイスクリームを買って帰ろう。夜中まで起きていて刑事を家に招き入れなければならないのだ、せめてそれくらいのことはさせてもらおう。

罪悪感と怒りに襲われながら、レイチェルは外へ出て、停めてある車のほうへ歩きだした。

その瞬間、閃光が見え、蜂に刺されたような鋭い痛みが腕に走った。

レイチェルはくるりと向きを変え、緊急通報ボタンを押そうと車のキーを握りしめた。

続けざまに、胸と肩を痛みが貫いた。レイチェルは後ろに倒れこんだ拍子に車のドアに頭をぶつけ、意識が遠のいていくのを感じた。

彼は女に近寄った。大きな音を出したくなかったので二二口径のセミオートマチックの拳銃を使ったが、最初にもっと標的に近づいておくべきだった。二二口径は殺傷力が弱いな！

銃よりもナイフのほうがうまく扱えることは認めざるを得なかった。

だが拳銃が手のなかで咆哮をあげ、弾丸が人を撃ち抜くのを見るのは好きだ。

女はかなり出血していたが、おまけにもう一発、胸元に撃ちこんでやった。

さらに近づくと、どこかから興奮した笑い声と甲高い声が聞こえた。

このまま出血多量で死なせるとしよう。彼は身をかがめ、しゃがんだ姿勢のまま後ろ向きに歩いた。血の海に横たわる姿こそ、でしゃばり女にふさわしい。「よし、ふたり目も片づいたな」彼はつぶやいた。

それからゆっくりとあとずさりし、夜の闇にまぎれて建物のまわりをぐるっとまわってから歩道へ出ると、口笛を吹きながら立ち去った。

眠っちゃだめ。レイチェルは自分に言い聞かせた。絶対に意識を失ったらだめよ。ああ、なんてことだろう。ああ神さま。イーサン、子供たち。いいえ、だめ。彼らにこんな仕打ちをするわけにはいかない。家族を残してこんなふうに死んでたまるものですか。

助けを求めようとしたが、しわがれた声を出すのがやっとだった。

レイチェルは震えながらなんとか体の位置を変え、鋭い痛みをこらえてポケットから携帯電話を引っ張りだした。汗と血とショックと震えで手から滑り落ちたが、どうにかつかみ直し、九一一を押した。

「こちら九一一番。どうしましたか？」

「撃たれた。撃たれたの。警察官が倒れて……いいえ違う、もう警察官じゃないわ。撃たれたのはわたし。わたしが撃たれたの。駐車場で」住所を伝えているあいだに、歯の根が合わないほど震えだした。

「警察と救急車が今そちらに向かっています。しっかりして。気をしっかり持ってください。あなたのお名前は？」

「レイチェル・マクニー。三発撃たれた。いいえ、四発かも。たぶん四発だと思う。どこを撃たれたんだったかしら？　わからない。胸の痛みがひどいの。かなり出血してる。容疑者は……」

「しっかりして、レイチェル。もうすぐ助けが行きますから」

「犯人の人影は見たわ、この目で。でも……よく覚えてない。ああ、もうだめかも」

「しっかりしてください、レイチェル。あなたの電話からサイレンの音が聞こえるわ。もう少しだから、しっかりして」

「もう無理……」

レイチェルはそのまま意識を失った。

ふたたび意識を取り戻したとき、世界がぐるぐるまわっていた。明かりがまぶしすぎて目が痛い。人の話し声が大きすぎるし、頭がうまく働かない。うるさい、とレイチェルは胸のうちで叫んだ。静かにしてくれたらちゃんと考えられるのに。

誰かに体を揺すられた。知らない人がこちらに身をかがめている。「もう大丈夫。あと少しだけ頑張って」

「ベネット」ろれつがまわらなかった。舌の感覚がない。「ベネットがわたしを撃ったの」

「オーケー。大丈夫だから、もう少しだけ頑張って」

しかし、レイチェルはすでにふたたび意識を失っていた。

ニッキーは来客用トイレにうずくまっていた。寒さで体が震えることもあれば、暑さで汗だくになることもあった。

ひどい悪臭を放っていた。自分で体を洗おうとしたが、とにかくひどいにおいがした。

明かりのスイッチには手が届かなかった。

暗さを求めて電球が切れるのを祈ったこともあったが、暗闇に取り残されると考えるとぞっとした。

右の手首は傷だらけの血まみれで、うずくように痛んだ。殴られた顔がずきずきしたが、JJが置いていった鎮痛剤をのんだら少しましになった。動物が自分の前足を嚙みちぎって罠から抜けだすところを頭に思い浮かべた。

わたしにもできる？　やってみるべき？

そう思った次の瞬間、彼女はまた嘔吐した。

どれくらいの時間が経ったのかわからなかった。一日？　一週間？　そのうち食糧が底を突き、ゆっくりと餓死していくことを恐れ始めた。シリアルとクラッカーを食べた。リンゴを一個。バナナを一本。

ＪＪが戻ってこなかったらどうしよう。

ＪＪが戻ってきたらどうしよう。

わたしは知っていた。

泣きだすたびに、彼の正体に気づいていたことを認めないわけにはいかなかった。弟はどこか普通ではなかった。普通だったことは今まで一度もない。卑劣で暴力的な性質を、父を崇拝する笑顔で覆い隠していたのだ。

弟は昔からわたしを憎んでいた。それも知っていた。

なぜなら、以前言われたことがあったからだ――たまたま生まれた順番が早かったおかげで、本当なら彼だけに向けられるべき父の愛情と関心を分けてもらっているだけだと。

でも、これまでだって何度も守ってあげたはずだ。

夜中にこっそり抜けだしたときはかばってやった。血まみれの服を誰かに見られる前に洗ってやった。母が彼に怒りをぶつけるたびに気をそらしてやった――もっとも、これはたやすいことだったけれど。

弟はわたしたちの実の母親を殺した。

わたしはそのことに気づいていた？　いいえ、知らなかった。疑いを抱いてはいたかもしれない。少しくらいは。でも本当に知らなかったのだ。

金に困っているときは送金してやった。弟が家に寄りつかなくなって、むしろほっとした。答えを知りたくなかった。質問はいっさいしなかった。わたしにだってわたしの人生がある。そうでしょう？　違う？　そうじゃないの？

ニッキーはうずくまって泣きじゃくり、笑い声をあげ、ずきずきする痛みに苦しみながら、わけのわからないことを誰にともなく話す自分の声を聞いた。

命が惜しいあまりに正気を失ってしまうのではないだろうか。

詩のことなんて何も知らなかった。殺人のことも知らなかった——弟が殺したという女たちのことも。

でもあの探偵が訪ねてきたとき、それが真実だとわかった。わかったからこそ、弟をかばったのだ。

それがニッキーの仕事だと父はよく言っていた——何度も何度も何度も。だから自分の仕事をしようと思っただけだ。

だけど自分の仕事のために死にたいとは思わない。

モアステッド刑事は、相棒が運転する車のなかでレイチェルがまとめた資料を読んでいた。彼は身だしなみが完璧なタイプで、ネクタイをきちんと締め、ぴかぴかに磨かれた靴を履いている。勤続二十二年、重大犯罪課に配属されてもうじき十年だ。髪はきちんと整えられ、四角張った顎は念入りにひげを剃ってある。

彼は今までもこれからも細部にまで注意を払う男だった。

レイチェルが作成した報告書には詳細な情報が記されていた。

相棒のローラ・ディークス——勤続五年を越えている——はもっとカジュアルな服装だった。彼女は髪を短くしているが、それは重要なことにもっと時間を使いたいからだと以前聞いたことがある。

たとえば睡眠だ。

彼女はスーツのジャケットかブレザーをいつも着ているが、派手な色のものを好む。その下にはたいてい、ボタンダウンのシャツではなくTシャツを着ている。足元は、雪の降る真冬以外は必ずスニーカーを履いていた。

おそらく、少なく見積もっても常時十足以上は持っているのではないだろうか。

モアステッド刑事が細部にこだわる人間とすれば、ディークスは全体像を見るタイプだ。

彼が情報の断片を読み取っているあいだも、車は州間高速道路九十五号線を進んでいった。

車を走らせながら、ふたりは話しあった。

「この事件はわれわれが追っている事件と手口が似ている。ただし凶器が違う。二二口径の拳銃で後頭部を撃っている。だがこっちは車内で、背後からナイフで襲いかかっている」

「ポッターの事件では、おそらく犯人が車内で待ち伏せしていたからでしょう。ポッターを含めなくても、三十四人のうち八人も殺されていることがわかっているんです。たまたま不運が重なったなんてありえないわ、ボビー。彼女の――その私立探偵の話によると、ニッキー・ベネットという女性は出張の多い仕事をしているんですよね。行く先々で標的を選んで殺害しては、その町を離れているんです」

「しかし統計的には――」

「ええ、たしかに」ディークスはモアステッドをちらりと見た。「犯人が女性だとしたら、凶器も犯行の手口も典型的じゃありません。そもそも女性が連続殺人を犯すのはきわめてまれだし。もっとも、ありえない話とは思っていないでしょう、ボビー」

「きみもだろう。令状を取ってベネットの出張スケジュールを手に入れるよう、ミズ・マクニーは地元警察をせっついてるらしい。われわれも加勢しよう」彼は耳たぶを引っ張った。「だが、どうも犯行動機が弱いな」

「動機が弱いというより頭のおかしなやつなんですよ。ただの復讐なら、まずリッツォ家の母娘と子守を狙うはずです。ところが父親とよろしくやっていた女性たちも同罪だと考えた。彼女たち全員に報いを受けさせるべきだと」

「何年もかけているんだぞ、ローラ。かなりの忍耐力がいる。報告書に詩や脅迫状の話は出てこないな。リッツォ家の女の子に届いたもの以外は」

「エイドリアン・リッツォは三十歳くらいになるんですよ、ボビー。〝女の子〟だったのは昔の話です。犯人にとって、もっとも重要なのは彼女なんです。わざわざ詩の脅迫状を送りつけているわけですから」

「血を分けた妹か」

「あえて接点を作って、彼女を苦しめているんです。ばかげていますが、自尊心を満足させているんでしょう。もうじき神に呪われたこの道を抜けだせるわ」

「DC警察の捜査主任に連絡を入れておくとするか。こっちにいるあいだに話しあいができるかもしれない」

モアステッドは資料のなかから電話番号を見つけた。ワシントンDC警察の刑事が一度目の呼びだし音で電話に出たので彼は驚いた。

「バウアーです」

「バウアー刑事、リッチモンド警察のモアステッド刑事です。実はわれわれが捜査中の殺人事件が、そちらで捜査しているある事件とつながりがある可能性が出てきましてね。それで、ジョージタウンにいる私立探偵のレイチェル・マクニーと話をするために今向かっている途中なんです」

彼がわずかに肩を後ろに引いたので、ディークスはちらりと目をやった。相棒の身ぶりを理解することはできる。何かが起きたのだ。何かよくないことが。

「いつですか？」彼は個人的に気になったことをメモするのに使っているメモ帳を膝にのせ、走り書きを始めた。「彼女は今どこに？　では、そこで落ちあいましょう」

カーナビに目をやり、計算し直した。「十五分後に」

「また事件ですか？」モアステッドが電話を終えると、ディークスはきいた。

「例の探偵がオフィスを出たところで銃撃されたそうだ。たぶん、わたしが彼女と話した三十分後くらいに」

「死亡したんですか？」

「いや、今のところは無事らしい。話しあいは病院で行うことになった。彼女は手術中だ」

ＪＪは〈ロナルド・レーガン・ワシントン・ナショナル空港〉に立ち寄ると、長期用駐車場に車を乗り捨て、別の車を盗んだ。血まみれの防護服を詰めこんだ紐付きの大きなゴミ袋はゴミ箱に捨てた。乗り心地のいい車を手放したくはなかったが、警察が姉の名前を知っているということは、車もすでに特定されているだろう。

そろそろ潮時だ。

幸運だったのは、盗難防止警報器がついていない古びた地味なバンが手に入ったことだ。彼は車内に侵入すると、自分の荷物と武器と商売道具を運びこんだ。点火装置をショートさせてエンジンをかけるのは造作もないことだった。十分もしないうちに、また車を走らせていた。

ガソリンを入れる必要があることに気づいた。より安全な場所を見つけて、ナンバープレートをつけ替えたほうがいいだろう。用心するに越したことはない！長距離ドライバー向けの休憩施設(トラックストップ)かサービスエリアに車を停めて、手早く軽食をとり、少し仮眠しよう。元気になれる薬が手元にいくらか残っているが、時間があるから仮眠のほうがいいだろう。

それほど急いでいるわけではないし、この瞬間を満喫したい。すでに何度も証明したように、警察のやつらはばかすぎる。だからバージニア州のあの記者——実際にはニュースキャスターだった——の血なまぐさい事件も、ワシントンDCの探偵の銃撃事件もいまだに解決できずにいるのだ。

JJがこんなに遠くまで車を走らせ、父親の私生児と充実した時間を過ごすあいだ、やつらは無駄な努力をしていればいい。

父さんを殺した女。

途中で立ち寄れそうなトラックストップを携帯電話で探した。トラックストップも、長距離トラックのドライバーも大好きだ。次に休憩を取ったときに恋人宛の手紙を投函してもらえないかと彼らに頼んだのは一度や二度ではない。ちょっとしたゲームなんだと伝え、コーヒーをおごったものだ。

今回は詩を用意していなかった。でも、これから書くかもしれない。損傷した血まみれの死体のそばに置いておく最後の詩を。

よし、そうしよう。まさにそれだ！　その詩は新聞に載り、インターネット上に広まるはずだ。このあいだ殺したあばずれ女と同じようなニュースキャスターたちが、神妙な顔つきで詩を朗読する姿がテレビ画面に映しだされるだろう。

有名になる。父さんの誇りになる！

それなら今回は署名をするべきだろう。もちろん自分の名前ではない。称号だ。

吟遊詩人（バード）がいい。父はシェイクスピア（エイヴォンの詩人（Bard of Avon または The Bard）はシェイクスピアを表す隠語）を兄のように愛していた。父さんに敬意を表しているみたいじゃないか。

ステーキと卵とハッシュドポテトと、トラックストップ名物の濃いコーヒーを味わいながら、最高傑作の詩を書こう。

女を始末する前に、その詩を読んで聞かせるのだ。あの女の息の根をとめ、死体の——あのむかつく顔の——写真を撮ったら、急いで実家に戻り、さっさと姉を片づけてしまおう。

姉には詩は必要ない。脳天を撃ち抜くだけだ。手っ取り早く簡単に。

もう金をせびれなくなるのは残念だが、姉さんは知りすぎた。女は口が軽いから、ぺらぺらしゃべるに決まっている。

それに、あの家には金目のものがたくさんあるから持っていこう。

そして長距離トラックのドライバーのふりをしてワイオミングに戻り、リストに載っている残りの女どもを、ひとりずつゆっくり始末していく。

いつものように、死体はその辺に転がしておけばいい。

男は一生の仕事を急がないものだ。

JJがステーキと卵をがつがつ食べていたころ、モアステッドとディークスは病院のエレベーターをおりた。ふたりともすぐに、廊下を行ったり来たりしている男性が警察官だとわかった。

モアステッドはバッジに手をのばした。「バウアー刑事ですか?」

「いや」男性はがっしりした体格で、Tシャツと垢抜け(あかぬ)けないハイウエストのジーンズを身につけている。そして厳しい目でふたりを見た。「おれはムーニー巡査部長だ。姪は……妹の娘はまだ手術中だ。バウアーとウォシャウスキーなら、今はちょっと席を外している」

「姪御さんのことは本当にお気の毒です、巡査部長」ディークスは口を開き、ふたりの名前を告げた。「彼女はどういう状況だったか、知っていますか？」

「四発撃たれたってこと以外は何ひとつわかっていない。弾は摘出されて、証拠品として押収した。胸に二発も受けたんだぞ」ムーニーは自分の拳を叩いた。「それなのにレイチェルは自分で通報したんだ。さすがはおれの姪だ」

「容疑者は？」

ムーニーはますます厳しい目つきでモアステッドを見た。「そんなばかげた質問をしている場合じゃないだろう。点と点がつながったから、あの子と話をするために駆けつけたんだ。いや、レイチェルが点と点を結んで結論を導きだしたんだ。おたくらがベネットの令状を取らないなら、おれが取りに行く。判事を叩き起こして、おれが自分で取ってやる」

「ムーニー巡査部長」人の心を開かせるのが上手なディークスが穏やかな口調で言った。「わたしたちがこの事件について知ったのは、ほんの十八時間前のことです。こんなことが起きる前に姪御さんと最後に話したのはわたしの相棒だったようです。彼女がわたしたちのために点と点を結びつけてくれたんです。ここに来る途中で彼女が送ってくれた資料に目を通しました。もしバウアー刑事とウォシャウスキー刑事がニッキー・ベネットへの事情聴取や、自宅と職場の捜索令状を取ることができなかったら、わたしたちが必ず取りますから」

ムーニーは片手をあげ、ふうっと息を吐いた。「ついかっとなってしまった。待合室でじっとしていられなくてな。レイチェルの夫とふたりの子供たち、妹夫婦、おれの妻、レイチェルのきょうだいたち、くそっ、家族のほぼ全員があの部屋に詰めこまれているか、気を静めるために外を歩いている」

「わたしの兄も撃たれたことがあるんです。兄はバージニア工科大学に通っていました——二〇〇七年のあの銃乱射事件が起きたときに。わたしはまだ子供でしたが、病院の待合室で座っていたときほど恐怖を感じたことはありません。それがきっかけでわたしは警察官になったんです」

「お兄さんは無事だったのか？」ムーニーが尋ねた。

「ええ。兄は家族のなかで一番初めに大学を卒業しました」

「それを聞けてよかった」ムーニーは白髪交じりの髪をかきあげた。「コーヒーを持ってこよう」

エレベーターのドアがまた開いた。

「ああ、バウアー、ウォシャウスキー。モアステッド刑事とディークス刑事だ」

全員が握手を交わすのを待ってムーニーは口を開いた。「取れそうか？」

「今、動いています」バウアー刑事が言った。「判事をベッドから叩き起こそうとしているところです」彼は首の後ろをさすった。「ウォシャウスキーが警部補に相談しているあいだに、こっちは検事を――寝ているところを起こしました」

「捜査班を結成しましょう」ウォシャウスキー刑事が全員に言った。「逮捕班と捜索班を編成します。バウアーとぼくがベネットに事情聴取を行います。あなたたちもぜひ立ち会ってください。彼女は財力があるので、優秀な弁護士を雇う余裕がある。たしかな証拠が必要だ。確固たる物的証拠が」

「その女がレイチェルを撃ったのだとしたら――」バウアーは先を続けた。「その容疑で即逮捕だ。約束します、巡査部長。捜索班には、その女とレイチェルの事件の犯行を直接結びつける証拠を見つけてもらう必要がある。レイチェルが疑っているように、その女がほかの女性たちを殺したことを直接結びつける証拠も」

「まだ手術は終わらないんですか？」ウォシャウスキーがきくと、ムーニーはうなずいた。「無事に終わって意識が回復したら、彼女が逮捕につながる証言をしてくれるでしょう」

「捜査を進めているところだったのに」バウアーは拳で自分の腿を叩いた。「まさに今日、ベネットに話を聞きに行くところでした。われわれがぐずぐずしていたせいで、まさかこんなダブルパンチを食らう羽目になるとは」

ムーニーは手を振って打ち消した。「おれもそんなに危ない状況だとは知らなかった。気づくべきだったのに、気づいてやれなくて――」

そのとき、手術着姿の医師の姿が見え、ムーニーは言葉を切って歩きだした。心臓が喉元と耳のなかで激しく脈打っている。「あなたがレイチェル・マクニーの手術をしてくださったんですね。おれは彼女の伯父で――」

「覚えていますよ」女性医師はうなずき、静かな声で言った。目に疲労の色が浮かんでいる。「ドクター・ストリンガーです。姪御さんの容態は安定しています。彼女は強靭(きょうじん)で、安定した状態を保っています。とはいえ重篤な状態なので、今後十二時間は注意深く観察する必要がありますが。ひとまず手術は無事に終わりましたよ」

「家族にも伝えていいですか？　面会したがるはずです。全員で押しかけるわけにはいかないことはわかっているが、せめて夫と子供たちと母親だけでも会わせてもらえませんか？」

「鎮静剤を投与しているので眠っていますが、いいでしょう、面会の手はずを整えますね」

「あの子が目を覚ますまで、みんなここで待つつもりです」

「カフェテリアは二十四時間年中無休です。術後室を出たら、ご主人のために簡易ベッドを病室に運びこむこともできます。肩と腕は軽傷ですが、すでにお話ししたとおり、胸の傷はもっと深刻です。後頭部の裂傷のほうは、おそらく地面に倒れたときに負ったものでしょう。彼女が意識を失わずに、自分で九一一に通報できたのは奇跡としか言いようがありません」

「あなたはレイチェルという人を知らないからですよ」

医師は微笑んだ。「今は知っているわ。彼女をこんな目に遭わせた人間が見つかることを願っています」

「まかせてください。家族がみんなそろいました。ほとんど全員が」

ムーニーはほかの警察官たちのほうを向いた。「五分だけ家族のところへ行かせてくれ。そうしたらおれも逮捕班に同行する」

「巡査部長……」

「ばかにするな。おれはおまえが生まれたころからずっと警察官をやってるんだぞ、バウアー。姪を病院送りにした人間をつかまえるのに、おれが足を引っ張るわけがないだろう。その女を逮捕する場に立ち会いたいんだ」

「それじゃあ、五分だけですよ。いったん署に戻って着替えと、事件の概略説明をしなければならないので」

「われわれも同行させてもらいます」モアステッドは不満げな顔をされることを覚悟した。「立ち会いと協力だけです。あくまでも、そちらの事件の手入れですから。ただし、うちの被害者に関することは事情聴取させてもらいますよ」

「いいでしょう。五分ですよ、ムーニー巡査部長。レイチェルが生きのびてくれて本当によかった」

すすり泣きが聞こえ、ディークスは待合室のほうに目をやった。「安堵の涙ね。悲しみの涙とは違って聞こえる。あの声が聞けてよかった」

29

痛みが一向におさまらないので、ニッキーはもっと薬をのんだ。うつらうつらしては目を覚まし、またのんだ。やがて耳鳴りがしてきて、ありえないことにますますひどい頭痛に襲われた。削岩機で脳みそを掘り返されているようだった。鎖の長さが足りないせいでしゃがむのが精一杯だったが、どうにか立ちあがろうとした瞬間に頭がくらくらして、また座りこむ羽目になった。

さもなければ、嘔吐を繰り返した。

だからもっと薬をのんだ。

ときどき誰かの声が聞こえたが、助けを求めて叫ぼうと一瞬息をとめた瞬間、それまで聞こえていたのが自分の声だったことに気づいた。家のなかに入れるのはＪＪだけなのに、彼は助けに戻るつもりはないようだ。

ふたたび意識を取り戻したとき、ニッキーは吐き気と震えに襲われた。涙があふれ、耳鳴りもする。

どんどん。これは頭の……ああ、やっぱり頭の痛みだ。でも何か違うような気もする。

ひょっとして、誰かがドアを叩いているの？　だけど、なかに入ることはできない。誰もなかに入ることはできないはずだ。でもわたしが大声で叫べば、もしかしたら外にいる人に聞こえるかもしれない。立ちあがることができれば、ちょっとでもいいから立ちあがって、肺いっぱいに空気を吸いこんで叫ぶことができれば。

もしかしたら。

ニッキーはすすり泣きながら、震える脚を必死に引きあげた。不快なかすれ声とともに空気を吸いこんだとたん、めまいの波に襲われた。彼女は前のめりに倒れ、便器の蓋に顔面をぶつけた。

骨折した鼻から鮮血が噴きだす。二本の前歯が唇に食いこみ、そのまま折れた。猛烈な痛みはほんの一瞬しか続かなかった。ニッキーはぐにゃりと床に崩れ落ちた。

家の外にいるバウアーは、もう一度拳でドアを叩いた。

「室内の明かりが消えてる」ディークスが小走りで私道のほうへ向かう。「車もないわ。彼女の名前で登録されている新型のメルセデスのセダンがない」

「逃亡したのかもしれないな」バウアーは後ろにさがると、背後に立っていた制服警官に向かってうなずいた。「打ち壊してくれ」

建造物突入用の金属棒（バタリング・ラム）が一度、二度と打ちつけられた。そして三度目でマホガニーの重いドアは打ち壊された。

「警察だ！」バウアーが大声で告げると同時に、警官たちが家のなかへと踏みこんだ。「われわれは敷地に立ち入る権限を正式に与えられている。両手をあげて出てきなさい」

ディークスは明かりをつけた。「ちょっと、床に血痕らしきものがあるわ」そう言って身をかがめる。「乾いてる。どうやら逃亡したわけではないようね」

「すべての部屋を確認しよう」

「この手の古い家は、迷路みたいに部屋がたくさんあるはずだ」ムーニーから指摘を受け、バウアーはひとつの班を二階と三階へ向かわせた。

武器をかまえ、ディークスはクローゼットのドアを引き開けた。モアステッドは警察だ、と声を張りあげながら家の裏手へとまわった。ウォシャウスキーはおもて側の居間と隣の応接間に異常がないか確認し、ムーニーは階段下のドアに近づいた。

ここもクローゼットだろうか。あるいは来客用のトイレかもしれない。

ドアハンドルに手をのばしたとき、ムーニーはあるにおいをかぎつけた。

血と嘔吐物だ。

「ここに何かあるぞ！」ムーニーは大声で告げ、力まかせにドアを引き開けた。「なんてこった。救急車を呼んでくれ！」武器をホルスターに戻し、足を踏み入れる。身をかがめ、ニッキーの首に手を当てた。「まだ息がある。意識を失っているだけだ。どうやら、しばらく前からここにいたようだな」

ディークスがそばに来て、ムーニーの肩越しにのぞきこんだ。「鮮血だわ。ボルトカッターをこっちへ！」

「前歯が二本なくなっている。しかもまだ新しい傷だ」ムーニーはニッキーが自身の血で窒息しないように横向きに寝かせた。「倒れたときに、運悪く便器に頭をぶつけてしまったってところか。飛び散った血痕を見てくれ。今も壁を伝い落ちているが、傷のほうは少し時間が経っているものもある。顔面を強打する前に、すでに鼻はつぶれていたに違いない」

「この箱に食べ物が入っているわ。シリアル、クラッカー、リンゴの芯とおぼしきもの、バナナの皮。ほとんど空っぽの鎮痛剤。彼女を鎖で壁につないだのが誰であれ、殺すつもりはなかったようね」

「彼女には弟がいたはずだよな」

バウアーがやってきた。「これはひどいありさまだな。救急車がこっちへ向かっています。車を広域指名手配しましょう」

「弟の捜索指令も出したほうがいい」ムーニーは言った。

バウアーは意識を失った女性と鎖と食糧の入っている箱に目をやり、うなずいた。

彼女は救急車のなかで少しだけ意識を取り戻した。ガラス玉のように光る目を開け、視線をあちこちにさまよわせる。

「もう大丈夫ですよ、ニッキー」救急救命士がバイタルサインのチェックをすませると、バウアーは彼女のほうへ身を乗りだした。

「あなたはもう安全です。ぼくは警察官で、今は病院に向かっているところです」

「なぜ？」ニッキーは舌足らずな口調で言い、うめき声を発した。「ああ、わたしの顔が。顔の感覚がないわ」

「痛みをやわらげる薬を少し使ったからですよ」救急救命士がニッキーに告げた。

「刑事さん、彼女はショック状態にあります」

「ああ、わかっている。もうすぐ着きますよ、ニッキー。あなたはこれから治療を受ける。その前に、何があったのか教えてもらえますか？　誰にこんなひどい目に遭わされたんですか？」

ニッキーは体がふわふわ浮かんでいるように感じた。軽く吐き気がして、頭もぼんやりするし、やけに寒い。

それでも彼女は自分の仕事をした。そうしなければいけないような気がしたのだ。

「わからない。ドアの前に男がいて、いきなり家に押し入ってきて殴られたの。しばらくして気づいたら、トイレにいたわ。そして鎖につながれてた」

ニッキーは泣き始めた。

「男に見覚えは？　知っている人間でしたか？」

「いいえ。急に殴られたの。なぜ？」ニッキーは目を閉じ、必死に考えをめぐらせようとした。「実験？」どうにか言葉をひねりだす。「そう言っていたかしら？　よく覚えてないけど。笑い声が聞こえた。痛かった。とにかく痛くてたまらなかった」

「どんな外見だったか、覚えてますか？」

彼女は、大学時代に好意を寄せていた青年の顔を思い浮かべた。ニッキーが気を引こうとしたら、彼は薄ら笑いを浮かべたのだ。自分が醜くて愚かな女になったような気がした。

ニッキーは彼の特徴を挙げた。

「背が高くて若かった。髪は茶色で、ウェーブがかかってて。目は青。真っ青よ。思いだしたわ。顔はハンサムで、笑うとえくぼができた。それと訛りがあった。少しだけ南部訛りが。彼はわたしを傷つけたの。もう疲れたわ」

ニッキーは目を閉じた。眠ってはいなかったが、ぼんやりと意識を漂わせた。

ここならＪＪが危害を加えることはできないだろう。これで、もとの生活に戻れる。近いうちに。彼がほかの誰かに危害を加えようとかまわない。もうすでに充分な代償を払っている。わたしは悪くない。

病院に到着すると、バウアーと彼の相棒とムーニーと、リッチモンド警察のふたりの刑事は集まって話しあいを始めた。

「ニッキーは知らない男に監禁されたと言っています。相当ひどい状態だし、薬で頭がぼうっとしているようですが、男の特徴についてはそれなりにちゃんとした供述を得ました。ただ、われわれが入手した弟の最近の写真とはまるで違っています。詳しい話を聞く前に眠ってしまいましたが、特徴は青い目、ウェーブがかかった茶色の髪、若くて長身。笑うとえくぼができ、南部訛りがあるそうです」

「見知らぬ男が彼女の家を訪ね、いきなり殴って監禁し、車を盗んだ。そのくせ食糧と鎮痛剤を置いていったのか？　しかも、おれの姪が撃たれる数日前に？」ムーニーは顔をしかめた。「そんな話、でたらめに決まってる」

「もう一度話して、次はもっと詳しく聞きだします。それででたらめだとわかったら、ニッキーを追いこみましょう。でも彼女は、男の特徴をすぐに答えたんです。それと〝実験〟がどうとか言っていました。いまいち確信が持てないのか、自問しているようでしたが」

「弟の捜索指令を出して、車も指名手配しました」ウォシャウスキーが言った。「ぼくも、でたらめだという見方に賛成ですね。でもわからないのは、ニッキー・ベネットが嘘をつく理由です。弟に叩きのめされて鎖につながれたっていうのに、なぜ作り話なんかするんですか?」

「家族全員、頭がどうかしているのかもしれない」モアステッドは肩をすくめた。

「たしかに彼女の犯罪記録を調べても特に怪しいところはない。実のところ、何も出てこなかった。だが、こうは考えられないか? 実は彼女も一枚嚙んでいて、ふたりは共犯関係にあった。ところが、何かの理由で仲違いしたのだとしたら?」

「なるほど」ディークスがうなずく。「その見方はありますね。でも、ニッキーがなぜすぐに弟を切り捨てようとしないのか、ちょっと理解できません。だってこういう主張もできるはずでしょう――〝信じられない、弟がこんなことをするなんて。わけのわからないことを言っていたから、正気を失ってしまったのかもしれない。わたしは何も知らなかったの!〟って。それに、実の弟に顔面を殴られて鎖につながれて、せいぜい二、三日分のシリアルだけを残して置き去りにされた女性に同情しない人はいないでしょう」

「ニッキーの手当てがすんだら、もう一度話を聞いてみる必要があるな」

バウアーは時間を確認した。「おっと、彼女の様子を確認してこないと。思うに、記憶が生々しいうちになんとか数時間は事情聴取をしたいところです。リッチモンドのおふたりも、ここに残りますか？」

「ニッキー・ベネットから話を聞くまで、ここに張りつくつもりだ」モアステッドがそう言ってディークスのほうを見ると、彼女もうなずいた。

「署に狭い仮眠室がありますが、あまりお勧めしません。宿泊費を経費で落とせるならモーテルに泊まったほうがいいですよ」

「おれはレイチェルのそばにいる。ニッキーの容態が安定するのを待って話を聞くなら、そのときは立ち会わせてくれ。それが終わったら家族と一緒にいる。でも、まさか同じ病院に入院するとはな」

ムーニーは救急処置室（ER）のドアを振り返った。「ひとつだけわかったことがある。おれの姪を撃ったのはニッキー・ベネットじゃないってことだ。だからといって、彼女が共犯者じゃないとは言いきれないが」

「今、捜索班が自宅を捜索しています。彼女が事件に関与している証拠があれば、必ず見つかるはずです。彼女の様子を見てきます」

バウアーは、患者には安静が必要だという医師の常套句（じょうとうく）を拝聴した。さらにニッキーの顔面の傷は受傷してから四十八時間以上経過しており、手首の裂傷と擦過傷も同様だという確認を得た。

つまり、リッチモンドで起きた殺人事件の容疑者からも外れたということだ。

鼻の骨折と頬骨の欠損、口と右手首の重傷、脳震盪にも苦しめられているせいで、混乱して取り乱したり、記憶が欠落したりする可能性があるらしい。

バウアーはしつこく医師に頼みこみ、なんとか五分間の面会許可を取りつけた——もちろん、時間は引きのばすつもりだったが。面会後は八時間の安静が必要だと医師から念を押された。

公平を期すため、ムーニーとディークスに——女性の観点を求めて——同席してもらうことにした。

バウアーはいかにも〝愛想のいい警察官〟らしい表情を浮かべ、ニッキーのベッドの脇に近づいた。

「調子はどうですか、ニッキー?」

「さあ、どうかしら。すごく疲れているわ。ここは病院ね」

「もう安全ですよ。誰もあなたに危害を加えたりしない。ぼくは救急車に同乗して、少しだけ話をした刑事のバウアーです」

「救急車? 思いだせないけど」

「無理もありません。あなたは危害を加えた犯人について話してくれました。眠る前にいくつかききたいことがあります。若い男だったとあなたは言いましたね。もう少し詳しく説明してもらえますか？」

「その人たちは誰？」ニッキーは腫れあがった目でムーニーとディークスを見た。

「その人たちは知らない！」

「ぼくと同じ警察官です。あなたの助けとなり、安全を守るためにここにいます。あなたに危害を加えた犯人は何歳くらいでしたか？」

「男よ」ニッキーはまた目を閉じた。危うく二十歳と言いそうになった。当時、彼は二十歳だったから。でも若すぎるのではないかと心配になった。「よくわからない。二十代後半か、三十代だったかも。ごめんなさい」

「大丈夫。それでかまいませんよ。白人の男でしたか？」

「ええ」

「どんな服装をしていましたか？」

「ええと……あれは制服？　いいえ、違うわ……たぶん。だめ、思いだせない。ごめんなさい」

「男の特徴をもう一度説明してもらえますか？　できるだけ詳しくお願いします」

「ええと……背が高かったわ」

「どのくらい？」

「たぶん、あなたより高かったと思う。ちょっとだけ。たくましかった。がっしりした体つきだったような気がするわ。ウェーブのかかった茶色の髪ときれいな青い目。すごくハンサムで魅力的だった。えくぼができて、訛りがあって。まるで映画スターのようだった」

「もう少し具合がよくなったら、似顔絵の作成に協力してもらえますか？」

「ええ、そうね。もうくたびれたわ」

「ところで、〝実験〟と口にしましたよね。その男がそう言ったんですか？」

「実験？　そんなこと言われたかしら？　涙がとまらなくて、泣きじゃくっているわたしを見て、彼はげらげら笑っていたわ。トイレは使えるし、水も飲めるだろう？　ほら、食糧もある。この薬をのめ。用がすんだら戻ってくるからって」

「男は戻ってくると言ったんですか？」

「ええ……たしか。彼が戻ってこなかったらどうしよう。彼が戻ってきたらどうしようって、とにかく心配でたまらなかった」

「結局戻ってきたんですか？」

「いいえ……さあ、わからない。ときどき声が聞こえた気がしたけど、誰の声かわからなかったわ」

「鍵はいつもどこに置いていますか？　家と車の鍵は？」

「ドアのそばにあるテーブルの上のお皿に。警察の人たちなら、見つけるのはお手のものでしょう。もう眠りたいわ。ちょっと眠らせて」

ムーニーがわずかにベッドのほうへ近づいた。「レイチェル・マクニーがあなたに会いに来たとき、その男も家にいたんですか？」

ニッキーは背筋が凍るような恐怖を覚えた。「誰ですって？」

「レイチェル・マクニー。彼女があなたに会いに来たはずです。私立探偵が」

「そういえばそうだった。誰かが訪ねてきたのを覚えているわ。あれは帰宅してすぐだったかしら？　たぶん、帰宅してすぐのはず。わたしは食料品を持っていたから。彼女はなぜ来たの？　なんの用で？　そうよ、わたしの父のことだった」ニッキーは目を閉じた。「父のことは話したくないわ。わたしのせいじゃないもの。わたしはまだ子供だったのよ。さっさと彼女に帰ってほしかった。わたしをひどく動揺させたから家には入れなかったはず。しばらくして彼女は帰ったわ。あの男は彼女と一緒だったのかしら？　たしか、そのすぐあとに来たのよ。直後に。彼女が戻ってきたんだと思って追い払おうとした。腹を立てながらドアを開けたら、彼女じゃなかった。男はにっこり笑ったかと思うと、わたしを殴ったの」

「玄関口でいきなり殴られたの？」今度はディークスが尋ねた。「ドアを開けたとたんに？」

「それは……」さっきはなんと言ったんだっけ？　どうしたら思いだせる？　「よく

わからないわ。記憶が曖昧で。彼はすごくハンサムだった。なぜわたしにあんな意地悪をしたのかわからない。もう寝かせて。眠らないと」

「わかりました」バウアーは彼女の手をぽんと叩いた。「少し休んでください、ニッキー」

ムーニーはしぶしぶといった様子で病室を出た。「ずいぶん都合がいいな。はっきり覚えていることもあれば、ひどく記憶が曖昧なこともある」

「否定するわけではありませんが、心的外傷を受けたせいじゃないでしょうか。どちらにせよ、ひどく恐ろしい目に遭ったのは事実なんですから」

「だからといって、ニッキーが嘘をついていないとは言いきれないわ」ディークスは指摘した。「実際、彼女は嘘をついていると思います」

「おれも同感だが、なぜそう思う？」

「彼女が男の特徴を話すとき、どこかうっとりしているように見えたんです。それに犯人が見ず知らずの男で、あの家に初めて来たのなら、どうやって窓のない部屋を選んだんでしょうか？　水を飲むために洗面台には近づくことができるけれど、ドアには手が届かない鎖の長さをどうやって知ったんですか？　わたしはニッキー・ベネットがでたらめを言っているという、ムーニー巡査部長の見方に賛成です。なぜあんな意地悪をしたのかって？　顔を殴って壁に鎖でつなぐ行為を〝意地悪〟と言いますか？　何かがおかしいわ」

「なるほど。でももしかしたら、ニッキーには恋人がいて、ふたりの関係が悪化してこんなことが起きたのかもしれない。どのみち今夜は、これ以上話を聞くのは無理だろう。夜が明けたら、近所を一軒一軒まわらせて、該当する男を目撃した人がいないか調べてみよう。彼女は〝制服〟と言いかけてやめたな。ひょっとすると、男は人目につかないように、配達員か修理屋か警察官の格好をしていたのかもしれない」

「とにかく明日、またニッキーに話を聞いてみましょう。今夜のうちに、運良く車の行方をたどれるかもしれないし。でもぼくはもう二十四時間近く勤務しているので、できるだけ早く彼女に事情聴取しましょう。朝八時に署に集合して、できるだけ早く彼女に事情聴取しましょう。もしその前に状況が急転したら、すぐに対処するということで。そのあいだ、病室の前に警護をつけます。入るべきではない人間が入れないように、あるいは彼女が外へ出られないように」

「おれはレイチェルの様子を見に行く」

「彼女が八時前に目を覚まして、何か思いだしたら知らせてください。われわれにまかせてください、巡査部長」

　JJはトラベラーズ・クリークから四キロほど離れた古い伐採道路にバンを停めた。

バンはあまり気に入っていなかったものの、どうせもうじき不要になる。少し眠っておきたいところだが、路肩に寄せて停めたバンをまぬけな警官や善良な市民に調べられたくなかった。

エイドリアンが寝ているあいだに家に押し入ろうかとも考えたが、あの女が犬を飼っていることをくだらないブログを読んで知っていた。大型犬だ。それに、おそらく家には警報装置が取りつけられているだろう。

警報装置のほうは対処できるが、犬は吠える。

しかも嚙む。

しばらく様子をうかがって、犬が外へ出てきたときに対処したほうがいいだろう。

すでに計画は立ててあるので、やはり少し眠ろうと思い、携帯電話の目覚まし時計を日の出の三十分前に鳴るようにセットした。目が覚めたら道具の入ったリュックサックを背負って森のなかを歩いていく。このあたりの地勢についてはすでに下調べしてある。あの女がフィットネスなんてばかばかしいことを外でやるのが好きだからだ。

あの女の家を見張るのにうってつけの場所が見つかるはずだ。

犬のほうをなんとかしたあとで、かわいい妹とじっくりと楽しく親睦を深めるとしよう。

何しろ、何年もかけて計画を立てたのだ。ＪＪは眠るために身を落ち着けた。

最後の詩は直接届けよう。

エイドリアンはよく眠れなかった。正直なところ、頭のなかはいろいろな考えでいっぱいだった。とうとう眠るのを諦め、夜明けと同時にベッドから起きだした。

恋に落ちたのに、どうすればいいかわからなかった。問題にどう対処すべきかわからないときは、解決策や回避策を見つけるまで試行錯誤を重ねるのが自分の性分だというのはよく理解している。

でも、これはプログラムやレシピや髪型ではない。

愛は特殊な事例だ。

しかも、まもなく母がここへ来ることになっている。母との関係が新たな局面を迎えた今、慎重にことを進めなければならないし、この特異な状況について話題にのぼる可能性もある。

この手の話を母にしたことは一度もないし、相談したいと思ったこともない。それなのに、どうやって対処すればいいだろう？

エイドリアンは携帯電話を使って警報装置のスイッチを切り、ポーチのドアを開けた。外へ出て、東の森で目を覚ましたまばゆい太陽の光を眺めた。セディーがそばにやってきたので、犬の頭に手を置いた。

「とても美しい朝ね、セディー。すごいわ」

青少年センターに関することで、エイドリアンは大小に関わらずさまざまな決断をくだした。それは正しい決断でなければならないし、祖父母が望んでいたものでなければならなかった。

屋外の遊び場に無地ではなく市松模様を選んだら、祖父母は気にしただろうか？いいえ、たぶん気にしなかっただろう。それなのに朝四時までじっくり考えこんでしまった。

植栽の土台選びやジュースバーの方式についても熟考した。心配だったというよりも、異母姉弟のどちらかが自分を殺そうとしているかもしれないということを考えないようにするためだった。

わたしの手には負えない、とエイドリアンは思った。なんであれ、自分の手に負えないのがいやでたまらなかった。レイチェルに頼らなければならないし、今日じゅうに彼女から連絡が来ることをひたすら願っていた。

「何かわかったら、レイチェルが連絡をくれるわよね？」エイドリアンは身をかがめ、セディーを撫でた。「とにかく待つしかないわ。太陽に挨拶をしに行くっていうのはどう？　あれこれ考えるのはもうやめよ」

エイドリアンはタンクトップとヨガパンツに着替え、髪を後ろでひとつに束ねた。

素足のままヨガマットを持ってキッチンへ向かう。眠れない夜を過ごしていようがいまいが、早朝は大好きだ。静けさと空気、自分とセディーと鳥たち以外のすべてがまだ眠っているという感覚。

セディーのボウルの水を替え、自分のためにボトルに水を満たすと、ドアを開け放したままにしてパティオにおりた。エイドリアンがヨガマットを広げたのを合図に、セディーは庭へ出ていった。

しばらくじっと立ち、すでに木々の真上までのぼってきたピンクと金色の光と向きあった。どこかでキツツキが朝食のためにせっせとリズムを刻み、鷹(たか)が獲物を探して頭上を旋回している。

エイドリアンが植えたトマトは熟し、祖父母が何年も前に植えたアジサイは豊かに生い茂り、もうじき真っ青な花が咲き乱れるだろう。

美しい朝だとエイドリアンは改めて思った。今日という新たな始まり。

エイドリアンは合掌して息を吸いこむと、両腕をのばして高くあげた。

森のなかの高い場所から、ＪＪは彼女を見張っていた。ぞくぞくした。

いたぞ！　画面のなかでも、人混みのなかでもない。彼は何年か前に、エイドリアンが朝の情報番組『トゥデイ』に出演すると知り、わざわざニューヨークへ行ったことがあった。

だが、あれは実物だ。しかもひとりだ。

なんてすばらしい一日の始まりだ！

まさかこんなに早く外へ出てくるとは思っていなかった。おまけにドアを開けっ放しにしている。エイドリアンが二階のポーチに出てきたとき、彼は歓声をあげそうになった。彼女はその場に突っ立ち、JJが隠れている場所を見渡している。

犬は予想以上に大きかったものの、なんとか対処できるだろう。たしか、セディーという名前だとブログで読んだ。雌犬が雌犬を飼っているというわけだ。

犬は好きだ。猫は嫌いで、昔は野良猫を撃ち殺したこともあるが犬は好きだ。近いうちに自分も犬を飼うかもしれないと考えながら、ライフルに弾を装塡した。

だが雌犬は飼わないし、犬のタマをちょん切るなんてまねも絶対にするもんか。男は男のままでいなくちゃだめだろう？

犬が森のほうに近づいてきたので、JJはライフルをかまえた。もう少しこっちへ来い、ビッグガール。

そのとき雌犬が頭をあげ、くんくんと空気のにおいをかいだ。おそらく彼のにおいをかぎつけたのだろう。次の瞬間、JJはライフルを発砲した。

くぐもった銃声は、ヨガマットの上でチャトランガのポーズをしていたエイドリアンの耳には届かなかった。JJがじっと見ていると、犬はよろめきながら一歩、二歩と進み、地面に倒れた。

おやすみ、眠れ。

エイドリアンは雑念を払い、呼吸を整え、ヨガのルーティーンを続けた。筋肉があたたまって、気分が落ち着いてくる。戦士のポーズ1を保ち、魔法のようなストレッチの効果を実感してから、流れるような動きで戦士のポーズ2へ移る。

体が深いため息をついているようだった。のばした右手に視線を集中させようとしたとき、森のなかから男が出てくるのが目に入った。

何もかもが動きをとめた。すべてが凍りついたその瞬間、エイドリアンは昔に——ジョージタウンに引き戻された。ありえない。そんなの絶対にありえない。だって、彼が階段の手すりを越えて転げ落ちていくのを見たんだから。

彼が死ぬのをこの目で見たんだから。

それなのに、あの男がこちらに向かって歩いてくる。ぞっとするような笑みを浮かべて。

逃げるのよ！　頭のなかで叫ぶ声が聞こえた。しかし、くるりと向きを変えて階段のほうへ走りだそうとした瞬間、男が銃を向けてきた。

「動いたら撃つぞ。殺しはしないが倒れるぞ」彼の背後の左手の地面に、セディーがぐったりと倒れているのが見えた。警告されようがされまいが、恐怖と悲しみがいっきに高まった。

「セディー！」

犬に駆け寄ろうとするエイドリアンの目の前に、彼が進みでた。「あと一歩でも歩いたら膝を撃つからな。めちゃくちゃ痛くて、二度と走れなくなるぞ。あの犬は眠ってるだけだ」

死んだはずの男の顔に、またしてもにこやかな笑みが浮かぶ。

その瞬間、恐ろしいことにエイドリアンは無力な七歳の少女に戻った。

「犬は殺さない。おれを誰だと思ってるんだ？　ただの麻酔銃さ。ワイオミングで手に入れたんだ。彼女のために、今日のためにな。さあ家のなかに入って、ちょっとふたりきりになろう」

男はまた例の笑みを浮かべた。「おれたちには積もる話があるだろう、妹よ」

あの男じゃない、彼の息子だと、エイドリアンは気づいた。鏡像のようによく似ているけれど、よく見ると、いくつか違うところがある。

息子のほうがいくぶん小柄だし、こめかみのあたりに銀色のものが交じっていない。髪も無造作に切られ、セットされていない。

でも目は……ああ、同じ目だ。笑顔を見せていても、目には激しい怒りと狂気を宿している。

わたしはもう七歳ではない。無力な少女でもない。

「あなたはジョナサン・ベネットね」

「JJと呼んでくれ」

「長いあいだ、わたしに詩を送っていたのはあなたなんでしょう」

「新しい詩を持ってきたが、それはあとだ。なかで話そうぜ」

このまま外にいれば、まだ逃げられる可能性があるかもしれない。あるいはセディーが――彼が本当のことを言っているとすれば――目を覚ますかもしれない。

「みんな子供だった。あなたも、あなたのお姉さんも、わたしも。わたしたちは何もしていないでしょう」

「子供は男になるか、ろくでもないあばずれ女になるのさ」

「お姉さんもここにいるの？　彼女もわたしと話したがっているの？」

「おれたちだけだ。ニッキー？　あいつは壁を作って見て見ぬふりを決めこむのが好きなんだ。薬と酒をやらないだけで、母さんのやり方と同じだよ。だから今も四方を壁に囲まれてる。ずっとあそこにいればいいんだ」

JJの声に喜びがにじんでいた。怒りや憤りはなく、恍惚（こうこつ）とした表情を浮かべている。ひょっとすると、彼を説得できるかもしれない。

「あなたのことは何も知らないの。お姉さんのことも。わたしはただ――」

「いくらでも教えてやるよ。ゆっくり階段をのぼるんだ。逃げようとしたら膝を吹っ飛ばすからな。行け！」

その瞬間、彼の目に怒りと憤りが燃えあがった。

「さっさと行かないと、黙らせて、血まみれにして引きずっていくぞ」

ＪＪが本気だとわかった。エイドリアンは階段のほうを向き、頭を働かせようとした。叫びだしてしまいそうな恐怖に襲われながら必死に考える。

こちらは家の隅々まで知り尽くしているが、向こうは知らない。一瞬でもいいから、彼の気をそらすことさえできればいいのだが。

隠れる場所はいくらでもあるし、反撃する方法もたくさんある。

でも気をそらすものが必要だ。背中に銃を突きつけられているこの状態で、危険を冒すわけにはいかない。

携帯電話だ。寝室の充電器に置いてある。携帯電話を手に入れることができれば、助けを呼べる。

キッチンに入ると、エイドリアンは包丁立てに目を走らせた。もしかしたら、もしかしたら、チャンスがめぐってきたら。

「ドアを閉めて鍵をかけろ」

エイドリアンは言われたとおりにしながら必死に考えた。

殺すのが目的なら、とっくに殺されているはずだ。JJは何よりもまず話をしたがっている。自分の話をしたいのだろうか、それとも怒りをぶつけたいのか、あるいはその両方なのかもしれない。

とにかく痛めつけてから殺すつもりなのだろう。

つまり時間の猶予はあるということだ。時間があれば、チャンスが訪れるか、気をそらすものが見つかるかもしれない。

「どこがいいだろうな」彼は言った。「ばかでかい家だ。おれも大きな家で育ったが、ここ最近は小さな小屋で間に合わせている。二階にしよう」

「二階？」

「二階のドアも開けっ放しにしてただろう。ここなら安全だと思ったのか？　このばかでかい家にいれば安心だって」

二階がいいわ。エイドリアンは胸のうちでつぶやいた。充電器に携帯電話を置いてある。

エイドリアンは考えながら歩いた——隠れられそうな場所や反撃できそうな場所はないか。使えそうな武器はないか——ランプ、重い花瓶、ペーパーウエイト、ペーパいた」

「詩を書くのが得意だからさ。子供のころに書いた詩でさえ、父さんは自慢げにして

「なぜ詩を？　なぜ詩を送ってきたの？」

ーナイフ。

「つらかったでしょうね、お父さんを失って」

「失ったんじゃない。おまえが殺したんだ」JJはエイドリアンの背中のくぼみに銃を突きつけた。「おまえが生まれてこなかったら、父さんはまだ生きてた」

エイドリアンはトレーニングの効果を発揮し、呼吸で気持ちを落ち着かせた。「わたしはあの日初めて、彼の存在を知ったのよ。母からは一度も聞いたことがなかった。母は誰にも話さなかったの」

「誰に話そうが話すまいが、おれの知ったこっちゃない。父さんが死んだのは、おまえが死ななかったからだ」

エイドリアンは二階の廊下のテーブルの上に置かれた銅像にちらりと目をやった。

重すぎるわね。

エイドリアンは銅像の横を通り過ぎ、寝室に足を踏み入れた。

「ドアを閉めて鍵をかけろ」

充電器に置かれた携帯電話が一メートルと離れていないところにある。なんとかし

て彼の気をそらさないと。

エイドリアンはJJのほうを向き、恐怖に声を震わせて言った。「なぜこんなことをするのかわからないわ。どうして――」

次の瞬間、彼に左の手の甲で殴りつけられ、エイドリアンは床に倒れこんだ。鋭い痛みが顔に走る。

「ドアを閉めて鍵をかけろ。今すぐ言われたとおりにしないと、今度は歯をへし折るぞ」

エイドリアンは床から立ちあがると、ドアを閉めて鍵をかけた。と同時に、JJが横へ一歩寄ってエイドリアンの携帯電話を手に取った瞬間、彼女の希望はついえた。

彼は携帯電話を床に投げ捨て、踏みつけると、にやりと笑った。

「おっと、危なかったな！」

彼はふたり掛けのソファと読書用の椅子を銃で示した。「座れ。早くしろ！　また殴られたいのか？」

次は準備ができているし、反撃の仕方もわかっている。

身長は自分よりせいぜい五センチほど高いだけだし、手脚はエイドリアンのほうが長い。まあ、JJはたしかに引きしまった筋肉をしているが、それでも戦えるだろう。

戦わなければならない。

けれど、彼はまだ銃を持っている。

エイドリアンはドアの近くに置かれたふたり掛けのソファの端に腰をおろした。

ＪＪもリュックサックをおろして椅子に座った。

「さあ、これでやっとくつろげる」

30

庭では、強まる日ざしの下でセディーがびくっと脚を震わせ、目を開けた。

立ちあがろうとしたが、脚に力が入らず、ぜいぜい息を切らしてふたたび横たわった。わけがわからなかった。

むかむかするので胃のなかのものを全部吐きだし、寝そべったままで哀れっぽく鼻を鳴らした。エイドリアンに会いたいし、冷たい水がほしい。

どうにか立ちあがり、よろよろと数歩進んだ。またもや吐き気に襲われる。セディーはよろけながらゆっくりと家に向かって歩きだした。もう一度眠りたい気分だったが、エイドリアンと水を求めていた。

ヨガマットのところで立ちどまり、くんくんとかぎ、エイドリアンのにおいに安心感を覚えた。でも、別のにおいもする。痛い目に遭わされる前、具合がおかしくなる前にかいだにおいだ。

人間のにおいだけれど、今までかいだことがない。気に入らない。セディーはうなった。

パティオのドアに近づいてみる。ドアが閉まっているし、室内にエイドリアンの姿が見当たらない。かなり手間取ったものの、ボウルの置かれている場所にたどり着き、セディーは水をがぶがぶ飲んだ。

餌入れは空っぽだったけれど、今は食べたい気分ではない。

エイドリアンが家のなかに入れてくれないので、セディーは教えられたとおりにじっと待った。期待しながら、また哀れっぽく鼻を鳴らし、二階を見あげた。

階段をのぼりたくない。でも、家のなかに入りたい。セディーは犬らしいため息をつくと、階段をのぼり始めた。

寝室では、JJが銃をかまえていた。「痩せぎすの女のひとり暮らしにしては、ばかでかい家だな」

「実家なの」

「じいさんとばあさんは、もうくたばったんだよな？　ばあさんは車でぐしゃぐしゃにつぶされて、じいさんは老衰で死んだばかりだ。ピザ屋をやってるんだっけ？　ここでの用事がすんだら、ちょっと食ってみるかな。おまえは自分が特別な人間だとでも思ってるんだろう。ＤＶＤだの動画だのブログだので、生き方やら食べ物やらについて講釈を垂れたり、人をぴょんぴょん飛び跳ねさせたり、ばか高いがらくたを買わせたりして、自分を偉いと思ってる。偉いのはおれの父さんだ。ジョナサン・ベネット博士。おれの父親。わかったか？」

「ええ。彼は教職に就いていたのよね。立派な仕事だわ」

「父さんは賢かった。おまえよりもずっと賢かった。誰よりも賢かった。父さんはおれのために、薬漬けの母さんと一緒に暮らしていただけだ。父さんはおれを愛してたんだ」

「そうだったんでしょうね」

「父さんはおれを守ってくれた」

「当然よ。あなたは彼の息子だもの」

「その父さんが死んだのは、おまえのせいだ。あばずれの母親が妊娠して、父さんを騙そうとしたからだ。おまえは父さんに似ていない。何ひとつ似ていない。どうせ嘘だったんだろうよ。だが、起きてしまったことはどうしようもない。ほかの女たちと同じように、おまえの母親が父さんを誘惑したんだ。女の誘いに乗らない男はばかだ。父さんはばかじゃなかった」

　JJに自分の話をさせよう。両手を膝の上に置いて静かに座ったままエイドリアンは思った。そして、この部屋に武器になりそうなものは何かないかと考えた。

祖母の燭台はずっしりと重く、つかんで振りおろしやすいだろう。マヤの店で買った銅製のボウルはそこそこの重さだから投げつけられそうだ。書き物机の上にはペーパーナイフが、真ん中の引き出しにはハサミがある。鋭利な武器だ。

もっと彼に話を続けさせよう。

「ほかの女性たちは誰も子供を産んでいない。少なくとも産んだ様子はなかったはずよ。それなのに、なぜ殺したの？」

「おまえが雇ったでしゃばり女が、くそったれ記者に接触したんだろう？　あいつはきっと後悔するだろうな。でしゃばり女のほうはとっくに後悔してるはずだが」

肌が凍りつくような寒気に襲われ、胃がねじれるように痛んだ。「いったいどういう意味？」

「あの女も自分は賢いと思っていた。だが、おれほどじゃなかった。何しろ、おれは父さんの息子だからな。昨夜あの女を殺して、血まみれのまま置き去りにしてやったよ」

「なんてことを」エイドリアンは自分の両肘を握りしめ、体を揺すった。

「当然の報いさ。あの女はのこのこうちへやってきて、おれのことを姉さんにべらべらしゃべらせようとしたんだから。もっとも、ニッキーはべらべらしゃべったりしないけどな」

ＪＪは笑みを浮かべた。満面の笑みを。

「まさか――お姉さんも殺したの？」

「まだだ」彼は鼻先で笑ったあと、またにっこりした。「でももしそうなったら、それもおまえのせいだからな。あのでしゃばり女を雇ったせいでニッキーまで巻きこむ羽目になったんだ。ふたりとも、おまえが殺したってことだ。父さんを殺したのと同じようにな。まったく、おれの人生を台無しにしやがって。この世でおれを愛してくれた唯一の人を奪いやがって。おまえなんか生まれるべきじゃなかったんだ」

「こんなことをしてもお父さんは戻ってこないわ」

「わかってる！」ＪＪは椅子の肘掛けに拳を叩きつけた。「おれがわかっていないと思ってるのか？　おれをそこまでばかだと思ってるのか？」

エイドリアンの心臓は今や、喉元で脈打っていた。彼の目に映る怒りのように激しく。「思ってないわ。でも、殺人なんか犯してどうするつもりなのか理解できないの。理解しようとはしているんだけど」

「おれは父さんの仇を討ってるんだよ、このまぬけが。それが息子の、本物の息子の務めってものだろうが。父親が殺されたんだから」

だめだ、彼を説得するのは無理だと、エイドリアンは悟った。だけどまだ時間を引きのばすことはできる。

「あなたがこんなことをするのをお父さんが望むと思う？　復讐に人生を費やすことを？　彼はあなたを守ってくれたと言ったわね。彼はあなたにできる限りのことをしてやりたいと思っていたんじゃないかしら。父親のように教師にだってなれたはずなのに。詩人にだって。あなたの詩には人の心に訴えるものがあるわ」

「自分のために戦うことを、おれは父さんから教わった」ＪＪは左手の親指を自分の胸のほうへ向けた。「だから、こうして戦ってるんだ。自分のため、父さんのために。おれの詩は父さんへの敬意だ。そして最高傑作を最後に残しておいた」

彼はリュックサックの一番上のファスナーを左手で開け、きちんと折りたたまれた紙を取りだした。「朗読してやろうか？」

エイドリアンは何も言わなかったが、覚悟を決めた。攻撃に出よう。彼がわたしを撃つつもりだとしても、こうして腰が抜けた弱虫のように座っているあいだは撃たないはずだ。

ＪＪは咳払いをした。

「ついに待ちに待った対面を果たすとき、真の正義とわたしの正義は完全なものとなる。苦しみながら息絶えるおまえに微笑みかけてやろう。わたしの両手からおまえの血が滴り落ちるとき、わたしは歌いまくり、叫びまくるだろう」

彼は甲高い笑い声をあげ、紙を脇に置いた。「まくるんだぜ！　ちょっとはしゃいだ感じで終わりにしたくてさ、最後の数行を書き足したんだ。おれにとっては最高に幸せなめでたい日だからな！　これからおまえを殴り殺すつもりだから、皮肉をこめてみたのさ」

JJが立ちあがったので、エイドリアンは彼に突進しようと息を吸いこんだ。そのとき、セディーが吠え声とうなり声をあげながら、ガラスのドアに体当たりしてきた。

これでJJの気をそらすことができる。犬と自分自身の身を案じながら、エイドリアンは彼の銃を蹴り飛ばした。さらに、なんとか繰りだしたパンチは彼の顔ではなく、肩に当たった。部屋の向こうで、銃が騒々しい音をたてて床に落下した。

エイドリアンは駆けだした。「逃げて」セディーに向かって叫んだ。「逃げるのよ、セディー。走れ！」

階段までたどり着きたかったが、JJがあとを追ってくるのが聞こえたので、別の寝室に駆けこんだ。

隠れ場所と反撃方法はある。エイドリアンは自分に言い聞かせた。

「もっとひどい目に遭わせてやる。これじゃあ、ひどくなる一方だぞ」

エイドリアンは来客用の寝室の机の引き出しからアンティークのペーパーナイフをつかむと、ふたつの寝室をつないでいる共有バスルームにこっそり忍びこんだ。

さあ、どうなることか。

レイランは早起きしたので、子供たちが起きだして彼の一日がタンポポの綿毛のように舞い散ってしまう前に、いくつか仕事を片づけておくことにした。

マライアが自転車の補助輪を外してほしがっている。レイランにしてみれば怖くてたまらないが、兄が補助なしの自転車に乗っているので、自分も同じことをしようと意気込んでいるのだ。

そういうわけで、レイランはマライアに自転車の乗り方を教えると約束した。仕事をするつもりでジーンズとシャツに着替え、キッチンに行って考えた。コーヒーか、コーラか。

たいていコーラが勝つ。今日も例外ではなかった。

ジャスパーを外に出し、一日の最初のカフェインと、家のなかの静けさを楽しんだ。いつもの手順にしたがってジャスパーの朝食を用意し、ベーグルを焼いてからジャスパーを家のなかに戻し、仲良く平和に朝食をとり始めた。

ようやくベーグルをひと口食べたところで、ジャスパーが餌入れからさっと頭をあげ、遠吠えを始めた。

「おい、静かにしろ。子供たちが起きてしまうだろう。あと一時間は必要なんだ！」

レイランはドアに駆け寄った。「さては彼女たちが早起きして走っているんだな。わかった、わかったから」

ジャスパーがまた遠吠えをすると、セディーが外で異様なほど激しく吠えたてた。ドアを開けたとたん、ジャスパーが弾丸のように飛びだしていく。「お互いに朝から恋人に会えるってわけか。でもおまえたち、静かにしてくれよな」

門のほうにまわると、普段は低い声でしか吠えないセディーが後ろ脚で立ちあがり、盛んに吠えたてていた。

「おいおい、落ち着いてくれよ、お嬢さん」レイランは片手で門を開け、反対の手でセディーの頭を撫でてやった。

「どうした、震えているじゃないか。エイドリアンはどこだ？」

今度は二匹とも遠吠えを始めると、セディーがリードをつけていないことにレイランは気づいた。エイドリアンがリードをつけずにセディーを走らせたことは今まで一度もない。

「くそっ、しまった」レイランは恐怖に襲われながら家のなかに駆け戻り、携帯電話と鍵を取ってきた。そのまま走りながらボタンを押し、モンローとティーシャの家に電話をかける。

「もしもし！」ティーシャが陽気な声で電話に出た。「あら、犬の鳴き声が聞こえるわね」

「やつにエイドリアンがつかまってるかもしれない。警察に通報してくれ。それと、うちの子たちを頼む。ちょっと行ってくる」

「え？　どういうこと？　モンロー、エイドリアンがクソ野郎につかまったかもしれないって。レイランが様子を見に行くそうよ。すぐに警察を呼ぶわ、レイラン。子供たちのこともまかせて。早く行って。モンローも一緒に行くって。九一一にはわたしから電話しておく」

レイランより先に二匹の犬が車に飛び乗った。モンローがTシャツとショートパンツ姿で玄関からあわてて飛びだしてきた。裸足のままで、手には野球のバットを持っている。

「いったいどういうことだ？」モンローは飛びこむような勢いで車に乗りこみ、レイランに尋ねた。

「セディーが震えているんだ。エイドリアンもいないし、リードもつけてない。わかっているのはそれだけだ」レイランは私道から車を出すと、思いきりハンドルを切った。「でも、なんだかいやな予感がするんだ」

「セディーは理由もなく逃げだしたりしないもんな」モンローが後ろを振り返ると、セディーははあはあ息を切らしながら低くうなり、体を震わせていた。モンローはエイドリアンに電話をかけた。「電話に出ないな。ぼくもいやな予感がしてきたよ。アクセル全開で行こう」

レイチェルは病室のベッドの上で、うめき声ともため息ともつかない声を発した。目をしばたたく。枕元に座っていた夫が、彼女の手をぎゅっと握った。

「頼むから、目を覚ましてくれ」

目を開け、彼をじっと見つめているうちにようやく目の焦点が合ってきた。「イーサン?」

「ああ、そのとおりだ」彼はレイチェルの両手に唇を押し当て、必死に涙をこらえた。

「よかった。もう大丈夫だ、ベイビー。これですべてうまくいく」

「こうしちゃいられない」伯父のムーニーがベッドの反対側にやってきて、レイチェルの額に軽くキスした。「看護師を呼んでくる」

「ちょっと待って」レイチェルは手探りで伯父の手を取った。「撃たれたの。彼に。ジョナサン・ベネットに。父親にそっくりだった。発砲する直前に顔を見たの。この目で彼を見たのよ」

「すでに捜索中だ。心配しなくていい」

「待って。あと、リッチモンド警察の刑事から電話がかかってきたの。アイスクリームを買いに行こうとしていたら電話がかかってきて。名前は覚えてないけど。リッチモンドでトレイシー・ポッターが殺されたって。そのあと、彼はわたしを殺すためにここへ来たんだわ」

「リッチモンド警察の連中はこっちに来ていて、ここから数ブロック先のホテルに泊まってる。おまえが目を覚ましたことを知らせてくるよ」

「彼は何か言ってたわ。なんだったたっけ」記憶を掘りさげなければならなかった。意識を取り戻すのと同時に、ひどい痛みも呼び起こしていた。「彼が何か言っていたの。わたしを殺すことについて。なぜ殺さなかったのかはわからないけど。それとも殺したつもりだったのかしら？　ええと、たしかこう言っていたわ……ふたり……〝よし、ふたり目も片づいたな〟って」レイチェルはまたぱっと目を開けた。「ポッター、そしてわたし。彼は次にエイドリアン・リッツォを狙っているんだわ。トラベラーズ・クリークよ。早く知らせないと――」

「すぐに知らせてくる」伯父はそう言って、病室を出ていった。

ドアが閉まると、レイチェルはイーサンのほうに顔を向けた。

「子供たちは？」

「さっきまでここにいたよ。みんなで。あの子たちは大丈夫だし、きみが目を覚ましたと知ったら、すごく安心するはずだ」

「ここに元気の素でもあればいいのに」レイチェルはやっとのことで笑顔を見せた。「結局、アイスクリームは買えなかったのよ。ごめんなさい」

彼女が夫の顔に手を当てると、イーサンはとうとう涙を流した。

どうやらJJは黙っていられないタイプらしい。おかげでエイドリアンには彼の居場所も、彼がどちらに向かっているのかもはっきりとわかった。彼が罵ったり挑発したりしているあいだ、エイドリアンは注意深く呼吸を整えながら、音をたてないように裸足で移動した。彼が銃を取りに戻ったことは知っていた。エイドリアンも同じように引き返したからだ。しかし、先を越されてしまった。

危険に身をさらすことなく階段までたどり着き、階下へおりる方法は見つからなかった。その代わりにポーチへ通じる両開きのドアに着くまでの時間を計算した。鍵を外し、ドアを引き開ける――まったく音を出さないのは無理だろう。外へ出て、銃弾から逃げきるのにどれくらいかかるだろう？

考えただけで、恐怖のあまり全身が汗びっしょりになった。エイドリアンは身のこなしは敏捷（びんしょう）だが、銃弾から逃げきれるほどすばやく動ける人はいないだろう。

それでも試してみるつもりだった。ほかに選択肢がないのだから、やってみるしかない。でも、もうひとつだけ考えがあった。

ペーパーナイフを握りしめたまま、小さなボウルをつかむと、廊下を隔てた向こう側の部屋に投げこんだ。

音のしたほうへ向かうJJの荒々しい足音が聞こえたとたん、エイドリアンは別の部屋に忍びこんだ。音をたてないように注意しながら引き返す。今度こそ先を越されないように。緊張の汗が背中を伝い落ちるのを感じながら、耳をそばだて、呼吸をし、彼が部屋から部屋へと移動するのを待たなければならなかった。

今度はもっと注意深く、もっと完璧にやらなければ。

よし、今だ。行こう。エイドリアンは足を踏ん張ると、隠れていた場所から駆けだし、数秒間だけ危険に身をさらして自分の寝室へ引き返した。

ポーチに通じるドアの鍵をまわし、扉を引き開ける。

蝶番のきしむ音が悲鳴のように聞こえた。

数秒後――そのくらいに感じた――JJが部屋に駆けこんできた。目を血走らせ、銃をかまえている。

彼は猛然とドアに駆け寄ってポーチへ飛びだし、エイドリアンの姿を探そうとした。

その瞬間、彼女は背後からJJに襲いかかった。

ペーパーナイフの切っ先を彼の肩甲骨のあいだに突き刺した。JJは苦痛の叫びをあげて腕を振りまわしたが、エイドリアンは攻撃のほとんどをかわした。しかし頬骨に一撃を受け、そこが早くもずきずき痛みだしていた。

エイドリアンは痛みを闘争心に変えて戦った。銃を持っている彼の手をつかんで押しあげ、皮膚に爪を食いこませた。JJは見た目より強かったが、取っ組みあっているうちに、彼が両足を取られて倒れそうになった。彼は左手でパンチを繰りだそうとしたものの、エイドリアンの肩をかすめただけだった。エイドリアンは何度も彼に膝蹴りを食らわせた。急所よりもむしろ大腿四頭筋に当たったけれど、彼の顔に生々しい痛みが走るのが見えた。

互いの顔が接近したまま、エイドリアンは銃のグリップに手をかけた。

天井に向けて二発、発砲された。

レイランは完全に停止する前に車から飛びだした。玄関のドアに体当たりしたあと、窓のほうへまわった。

肘でガラスを粉々に叩き割ると、破片が飛び散るのもかまわず、手をのばして鍵を押しあげ、室内に飛びこんだ。

大声でエイドリアンの名前を呼ぶ必要はなかった。二階から何かがぶつかりあうような鈍い音が聞こえてくる。

レイランが階段を駆けあがろうとしたとき、銃声が響いた。

その瞬間に感じたのは恐怖ではなく、われを忘れるほどの激しい怒りだった。

エイドリアンは危険を冒して銃から片手を離し、JJの喉元に短いパンチを叩きこんだ。彼は息を詰まらせてえずいたが、エイドリアンが二発目を繰りだす前に肘を突きあげた。エイドリアンは顎の下に肘鉄を食らい、頭をのけぞらせた。

星が——千の星が見えた。JJは息を切らしながらエイドリアンを放り投げた。何年も前に、彼の父親がそうしたように。エイドリアンは床に倒れこんだ。

本能と筋肉の記憶(マッスルメモリー)にしたがって、エイドリアンは床に両手をつき、両脚を蹴りあげた。彼は飛びのいて銃を向けようとした。

次の瞬間、レイランがJJに馬乗りになった。

エイドリアンは拳が骨にめりこむ耳ざわりな音を聞き、冷静さを取り戻すために頭を振りながら、銃を奪おうと取っ組みあっているふたりを見た。血が見える。レイランの血だ。彼女は身を起こして拳を握りしめ、加勢しようとした。

「逃げろ」

エイドリアンは歯をむきだしにした。「ばか言わないで」レイランを一喝し、JJの背中から抜け落ちた血まみれのペーパーナイフを拾った。

銃がふたたび発砲され、弾丸は木製の手すりを突き破った。銃声が鳴り響くと同時に、嚙みつく塊と化した犬たちがうなりながらドアから飛びこんできた。

　ふくらはぎとハムストリングと肩に歯が食いこむと、ＪＪは悲鳴をあげた。レイランが銃をもぎ取り、その勢いでＪＪの体が後ろへ飛ばされた。

　彼が手すりに激突した。ぼきっと木の折れる音が新たな銃声のように響いたかと思うと、ＪＪの体は宙を舞った――父親と同じように。

　モンローがホームランを狙う野球選手のようにかまえていたバットを放りだし、エイドリアンの体を引き戻した。

「警察がもうすぐ到着する。サイレンが聞こえてきたよ。救急車も来るはずだ。きみは見ないほうがいい」

「大丈夫。わたしなら大丈夫よ」

「たしかに、そのようだな」モンローはエイドリアンの体に手をまわし、レイランに渡した。「次からはドアの鍵を開けてくれよな」

「すまない」レイランはエイドリアンを抱きしめ、彼女の髪に顔を埋めた。

「まあ、気にしなくていい。あいつの様子を確認して、ティーシャに電話してくるよ。めちゃくちゃ心配しているだろうから」

　セディーとジャスパーがポーチのほうに目を向け、まだ歯をむきだしてうなっていたので、エイドリアンは犬たちに声をかけた。「落ち着いて、ふたりともいい子ね。

お座り。待て。待て」彼女はレイランを見あげて言った。「あなたも、待て」

「わかったよ」

「まだ脈があるぞ」モンローが階下から叫んだ。「自滅してくれて助かったが、息をしている。警察をこっちに連れてくるよ」

「よかった」エイドリアンはレイランの肩に頭を預けた。「死んでほしくなかったから。この家でこんなふうに死んでほしくなかった。あなたはどうして来てくれたの？わたしがあなたを必要としてるって、なぜわかったの？」

「セディーが教えてくれたんだ」

「セディーが」その瞬間、エイドリアンの自制心がぷつりと切れ、涙があふれだした。レイランは彼女を抱きあげた。エイドリアンがレイランの肩に頭をのせると、彼は髪にキスをして、そのまま階下へ運んだ。


それから二十四時間経たないうちに、家のなかは人でいっぱいになった。母、ミミ、ハリーに、ヘクターとローレンまで集まって、まさにトラベラーズ・クリークご一行さまという感じだった。

青少年センターと〈リッツォ〉のスタッフたちからは花が届いた。電話をかけてきたり、彼女の様子を見にわざわざ立ち寄ったりしてくれる人たちもいた。セディーとジャスパーも、おやつの骨やボール、箱入りのビスケットなどたくさんのプレゼントをもらった。

友人と家族。家族同然の友人たち。

わたしは幸運だ。本当に恵まれている。ようやく心から安心できた。

レイチェルとは電話で話し、エイドリアンは大泣きした。

ジョナサン・ベネット・ジュニアのけがは回復するそうだ。背中の刺し傷、目のまわりの黒いあざ、エイドリアンが負わせた喉の打撲。レイランのパンチを受けたことによる鼻の骨折、犬に嚙まれた多数の傷。さらに脳震盪、脚の骨折、肘の粉砕骨折。転落によって負った内臓損傷。

ＪＪが残りの人生を刑務所で過ごすことになるのは確実だそうだ。

彼の姉は取調べを受けて観念し、病院のベッドで詳しい供述をした。そのなかには、弟が母親を殺害したという告白も含まれていた。

状況から判断して、ニッキー・ベネットは罪に問われないらしい。

そして状況から判断して、自分は幸運で、本当に恵まれているとエイドリアンは思った。何しろ、打撲とたんこぶと擦り傷をいくらか負っただけで、危険な状況を切り抜けられたのだから。

警察とＦＢＩには何度も繰り返し状況を説明した。だが、メディアとの接触は今のところ拒否している。

すべてを脇に置いて、とにかく普通の生活を送りたかった。

二階には作業員たちが来ていて、ポーチの手すりを修理し、血に染まった床板を張り替えてくれている。警察が犯行現場の捜査を終えるとすぐに、頼まれもしないのに来てくれたことがありがたかった。

エイドリアンは、ふたりの古い友人とレモネードを飲みながら座っていた。ジャンとミミはキッチンを占領している。モンローが聞いたところによると、世界最強の野外料理とやらを作っているそうだ。

親友の夫のモンローは、歌うとき以外は一度も声を張りあげたことがないほど優しい人だ。それなのにあのときは、文字どおり、割れたガラスの破片の上を走って助けに来てくれた。

エイドリアンは芝生の斜面から山々へと視線を移し、トラベラーズ・クリークの名所として知られる屋根付き橋を見渡した。

「ここは世界で一番美しい場所だと思う」

「同感ね」ティーシャはうなずいた。「そうそう、ヘクターとローレンにはうちに泊まってもらうことにしたわ。今夜はのんびり静かに過ごしたいでしょう」

「ここに泊まってもらいたいわ。彼らが来てくれてうれしいの。わたしの様子を自分たちの目で確かめるために、わざわざ会いに来てくれたんだもの」マヤにちらりと目をやり、かぶりを振った。「それにしても、ジョーがあのふたりを説き伏せて釣りに連れていくなんて信じられない」

「彼らが今まで一度も釣り糸を垂れたことがないって聞いて、ジョーは心底びっくりしていたわ。今夜は新鮮なマスを網で焼くって自信たっぷりに言ってた」

「しかも、フィニアスとコリンとブラッドリーまで一緒に連れていってくれるなんて」ティーシャがつけ加えた。

「マライアも連れていこうとしたんだけど、あの子ったらこう言ったのよ」マヤは耳を疑うという顔をした。「〝どうしてそんなことをしなくちゃいけないの、ジョー？虫ってぬるぬるしてるじゃない〟って。やっぱりわたしはあの子が大好きだわ」

「わたしもよ」エイドリアンはため息をついた。「そしてこの世界が大好き」犬たちのほうに目をやると、セディーとジャスパーは心地よさそうに並んで横たわり、昼寝をしていた。「この世界のすべてが」

リナが氷の入ったグラスを手に外へ出てきた。テーブルに来ると、水差しからレモネードを注いだ。「キッチンから追いだされたわ」そう言って椅子に座った。「無能な役立たずだと思われたみたい。マライアは認められて、ハート型のクッキーを作るのを手伝っているのに。わたしは不合格ですって」

「よかったじゃない。料理は嫌いでしょう」

リナはエイドリアンに向かってうなずいた。「ええ、実はせいせいしてるの。モンローも認められて、真剣な討議の末、デビルドエッグを担当することになったわ」

「彼ならきっとデビルドエッグ史上最高のデビルドエッグを作るわね」

「彼とジャンとミミは、卵の茹で方についてあれこれ話しあっていたわ。殻がむきやすくなる方法とか」リナは声をあげて笑った。「追いだされてよかった」

マヤとティーシャが顔を見あわせた。

「赤ちゃんの様子を見てこようかな」マヤが言うと、ふたりは同時に立ちあがり、ティーシャはベビーモニターを手に取った。

リナは、ふたりが家のなかへ入っていくのを見送った。「彼女たちは親友なのね。親友を持つのがどんなことかは知っているわ。わたしは人生の大半をミミと過ごしてきた。ハリーとマーシャルもそうだけど、ミミは？ 一生の女友達よ」

リナはエイドリアンを見て、あざのできた頬に手を触れた。「話を蒸し返すつもりはないわ。何度も繰り返し考えずにはいられないのはわかっているから。ジョージタウンのあともそうだったもの。ただ、これだけは言わせて。あなたの強さと勇気と頭のよさに感謝しているわ」

「お母さんから受け継いだものばかりよ」

「あなたが自分で身につけたのよ。あの日、ジョージタウンで思ったの。こんなことで娘の人生を左右されたくないって。もちろん、わたしの人生も。でも娘の人生が左右されるようなことがあったら、絶対に許さないと思った。結局そうはならなかったけど、問題がなくなったわけじゃなかったのね。これでおしまいにできればいいんだけど」

「ええ、もうおしまいよ」

「エイドリアン、あの女性たちが――ほかの女性たちが――あんなにひどい目に遭って、そしてもう少しであなたも同じ目に遭っていたかもしれないと聞いてから、何度も自問自答しているわ。わたしがもっと違うやり方をしていたら、こんなことは起きなかったんじゃないかって」

「そんなことないわ、お母さん」エイドリアンは母の手に自分の手を重ねた。「絶対にそんなことはない。彼は見た目が父親と似ているだけじゃなかったの。同じものが欠如していて、同じように心がねじ曲がっていた。わたしにはわかるの、ふたりともそうだってことが。わたしの存在が彼らの激しい怒りを駆りたてたのは事実のようだけど。彼が――JJがわたしにこう言ったの。〝おまえは父さんに似ていない。何ひとつ似ていない〟って。わたしもそう思うわ。わたしはどこを取ってもリッツォ家の人間だもの」

「ええ、そうね」

セディーが頭をあげ、すぐにジャスパーも頭をあげた。

「レイランの車だわ。ちょっと用事があるって言っていたんだけど、もうすんだみたいね」

車が斜面をのぼり始めるとリナが立ちあがり、芝生を横切って歩いていった。彼女はレイランのところまで行き、彼の体に腕をまわすと、両頰にキスをしてから立ち去った。

レイランは感動と困惑の入りまじった表情でその場に立ち尽くしていたが、やがてポーチまで歩いてきた。

「普段はハグなんてしない人なのよ。ちょっと感動的な瞬間だったわ」エイドリアンは彼に言った。

「そんな気がしたよ」レイランは彼女の顎にそっと手をかけ、顔をまじまじと見た。

「コバルト・フレイム、ひどい目に遭ったな」

「あなたもね、ミッドウェイ・マン」

「だが、ぼくたちは悪者を打ちのめした。ちょっとばかり友人たちの力を借りてね。だから、これをあの子たちに」レイランは腰をおろし、自分のバッグから犬の首輪をふたつ取りだした。ひとつは真っ赤で、もうひとつは真っ青だ。彼はエイドリアンに首輪を手渡した。

エイドリアンは首輪に刻まれた名前を読みあげた。「ミズ・セディー・ウェルズ。ミスター・ジャスパー・リッツォ」

「入籍したみたいだろう。苗字を共有したんだ」

「すごくかわいい。よかったわね、セディー。新しいアクセサリーをつけてみましょうか」

「次は、ぼくときみの番だよ」エイドリアンが首輪をつけ替え始めたので、レイランは話を続けた。「ぼくたちこそ入籍するべきだと思うんだ」

「え?」エイドリアンは微笑みながら顔をあげ、目をぱちくりさせた。レイランが彼女の目をのぞきこむ。「え?」エイドリアンは繰り返した。

「もっと時間をかけるつもりだった。じっくりと。でも、無理だ。一瞬一瞬が大切で、刻一刻と状況は変わる。もうこれ以上時間を無駄にしたくないんだ。きみを愛してる。きみのすべてを愛してる。きみのすべてがほしい。きみのすべてが必要だ。だから結婚してくれ。結婚してほしい。家族になろう」

「まあ、レイラン、わたしたちはやっと慣れてきたところで……」

「愛することに慣れることは決してないよ。これは本当だ。ぼくは家族を大切にする男だ、エイドリアン。結婚に向いている」

「ええ、たしかにあなたはそうね。前もそうだったし、今もそう。でも、わたしはどうかわからない」

「きみはのみこみが早いから大丈夫だよ。ぼくは子供たちもみんなまとめて結婚することになる。もちろん、みんなまとめてきみに夢中だ。きみが望むなら、ぼくたちで追加することもできる」

「もっと子供を作るってこと？」

「もしきみが望むならね。お互いに子供が好きだし、きみはきっとほしくなるんじゃないかな」

「わたしが求めていたのは……」エイドリアンは立ちあがって手すりに近づき、外を見た。

にぎやかな家。家族のため、子供たちのために建てられた家、エイドリアンが譲り受けた家。受け継いだ遺産。

「ずっと子供がほしいと思っていたの」エイドリアンはつぶやいた。

「うちの子たちを一緒に育てよう。ぼくたちふたりの子供も作ろう。ミズ・エイドリアン・ウェルズになってくれ。ぼくはミスター・レイラン・リッツォになる」

「こんなときも、あなたはおかしなことばかり言うのね」エイドリアンは目を閉じた。

「セディーはわたしのところに来られないとき、どこへ行けばいいかわかっていた。

あなたとジャスパーのもとへ行った。助けを求めたいとき、行くべき場所がわかっていた。わたしも必要なときに、どこへ行けばいいかわかっている」

エイドリアンは彼のほうを向いた。「それがいつもあなたになるってことね」

レイランは立ちあがって歩み寄り、彼女の手を取った。「ぼくたちは明日にでも結婚できる。一年後の明日だっていい。きみが望む結婚式を計画すればいい」

彼はポケットから箱を取りだした。蓋を開け、指輪を手に取る。

派手な指輪ではなかった。派手なものは好みではないとわかってくれているのだ。ホワイトゴールドの指輪には、チャネルセッティングでシンプルなダイヤモンドが埋めこまれていた。

「でも、今この場でイエスと言ってほしい。細かいことはあとだ。ふたりとも綿密な計画を立てるのは得意なんだから」

「あなたは完璧な指輪を選ばなければならなかったのね、わたしみたいな職業で、わたしみたいな性格の人間のために」

「きみのことならよく知っている。ありのままのきみを愛しているんだ。だからイエスと言ってくれ」

「わたしもありのままのあなたを愛しているわ」エイドリアンは美しいグリーンの目を見つめ、彼の頬に手を当てた。彼女と同じようにあざのできた頬に。「またこんな気持ちになれると思ってなかったって前に言ったでしょう。わたしもこんな気持ちになるとは思わなかった」

「それはイエスってことかな？」

「その前にききたいことがあるの」

「言ってみて」

「あなたと子供たちとジャスパーは、いつこっちに引っ越してこられる？」

レイランは微笑み、彼女の顔を包みこんだ。「明日はどうだい？」

「その前にみんなにきいてみないと」

「もう聞いたよ。今朝、きみがトレーニングをしているあいだに」彼はエイドリアンの額に唇を押し当ててから、両手にキスをした。「みんなきみを愛しているよ。ぼくもきみを愛している。いいだろう、エイドリアン？　ただイエスと言ってくれるだけでいい」

エイドリアンはとても単純なことに気づいた。そういうことなのね。

レイランへのこの気持ちはずっと変わることはない。たぶん、昔からずっと変わっていない。

「わたしもみんなを愛してる。あなたを愛しているわ。答えはイエスよ、レイラン。ただイエスと言えばよかったのね」

ふたりはゆっくりと情熱的に唇を重ねた。彼がエイドリアンの指に指輪をはめた瞬間、自分の人生がおさまるべきところにぴたりとおさまったような気がした。

レイランを抱きしめ、改めて思った。

ここは世界で一番美しい場所。

そして今はわたしたちのものだ。

訳者あとがき

有名フィットネスインストラクターを母親に持つエイドリアン・リッツォは、幼いころからアメリカじゅうを旅して、親子でＤＶＤに出演することもあった。しかし七歳のとき、滞在先のジョージタウンで初めて実の父親と対面し、命の危険にさらされてしまう。

その直後、彼女はひと夏のあいだ、メリーランド州の祖父母の家に預けられた。最初はいきなり母親に置き去りにされたことにショックを受けたエイドリアンだが、トラベラーズ・クリークで愛する祖父母と過ごすうち、のどかな田舎町の暮らしを謳歌(おうか)するようになった。生まれて初めて親友もでき、その友情はニューヨークに戻ってからも変わらなかった。

十七歳の誕生日を間近に控えたある日、エイドリアンは将来のキャリアに向けた計画を実行に移すべく、母親の長期ツアーに同行することを拒む。母親に逆らって自宅にとどまり、同級生たちの協力を得て作りあげたのは、自らルーティーンを考案したフィットネス動画だった。高校生が手がけたとは思えないその質の高さに、母親の広報担当者が目をとめ、ＤＶＤの制作と販売が決定した。ところが、フィットネスインストラクターとして華々しくデビューした翌月、エイドリアンのもとに不気味な詩が届く。

ノーラ・ロバーツの最新作『リッツォ家の愛の遺産（Legacy）』をお届けいたします。主人公のエイドリアン・リッツォは、仕事で輝かしい成功をおさめた母親との親子関係が希薄な分、山間（やまあい）の町でイタリアンレストランを営む祖父母と深い絆でつながっています。本作ではそんな人間模様に加え、彼女のキャリアや恋愛が描かれます。初めてトラベラーズ・クリークで過ごした夏、親友の兄レイランと出会いますが、淡い恋心には気づかないまま彼女は町を離れてしまいました。十数年後、別々の道を歩いていたふたりが時を同じくして町へ戻り、再会を果たします。それまでまともに恋愛をしてこなかったエイドリアンは戸惑いながらも、徐々にレイランとの関係を深めていくのですが、それと平行して水面下で次々と不穏な事件が起き、最後まで目が離せない展開となっています。

そして、今回もノーラ・ロバーツ作品のトレードマークとも言うべきかわいい動物たちが登場します。主人公が飼うことにした大型犬のセディーと、セディーにベタ惚れのジャスパー。二匹の微笑ましいじゃれあいに、つい心が和むことでしょう。セディーはニューファンドランドという犬種なのですが、もともと重いものの運搬を担う作業犬で、穏やかで忍耐強い気質が特徴だそうです。

ノーラ・ロバーツの最新ロマンティック・サスペンスをお楽しみいただければ幸いです。

扶桑社ロマンスのノーラ・ロバーツ作品リスト

『モンタナ・スカイ』(上下) Montana Sky (井上梨花訳、新装改訂版)
『サンクチュアリ』(上下) Sanctuary (中原裕子訳、新装改訂版)
『愛ある裏切り』(上下) True Betrayals (中谷ハルナ訳)
『マーゴの新しい夢』Daring to Dream ※ (1)
『ケイトが見つけた真実』Holding the Dream ※ (2)
『ローラが選んだ生き方』Finding the Dream ※ (3)
『リバーズ・エンド』(上下) River's End (富永和子訳、新装改訂版)
『珊瑚礁の伝説』(上下) The Reef (中谷ハルナ訳)
『海辺の誓い』Sea Swept ☆ (1) (新装改訂版)
『愛きらめく渚』Rising Tides ☆ (2) (新装改訂版)
『明日への船出』Inner Harbor ☆ (3) (新装改訂版)
『恋人たちの航路』Chesapeake Blue ☆ (番外編)
『この夜を永遠に』Tonight and Always ★
『誘いかける瞳』A Matter of Choice ★

『情熱をもう一度』Endings and Beginnings ★
『心ひらく故郷』（上下）Carnal Innocence（小林令子訳）
『森のなかの儀式』（上下）Divine Evil（中原裕子訳）
『少女トリーの記憶』（上下）Carolina Moon（岡田葉子訳）
『ダイヤモンドは太陽の宝石』Jewels of the Sun ◎（1）
『真珠は月の涙』Tears of the Moon ◎（2）
『サファイアは海の心』Heart of the Sea ◎（3）
『新緑の風に誘われて』Dance upon the Air ＊（1）
『母なる大地に抱かれて』Heaven and Earth ＊（2）
『情熱の炎に包まれて』Face the Fire ＊（3）
『ぶどう畑の秘密』（上下）The Villa（中谷ハルナ訳）
『愛は時をこえて』（上下）Midnight Bayou（小林令子訳）
『愛と哀しみのメモワール』（上下）Genuine Lies（岡田葉子訳）
『盗まれた恋心』（上下）Homeport（芹澤恵訳）
『魔法のペンダント』Ever After ＃（1）
『神秘の森の恋人』In Dreams ＃（2）
『千年の愛の誓い』Spellbound ＃（3）

『運命の女神像』（上下）Three fates（清水寛子訳）
『情熱の赤いガラス』Born in Fire ◇（1）（新装改訂版）
『心やすらぐ緑の宿』Born in Ice ◇（2）（新装改訂版）
『夢描く青いキャンバス』Born in Shame ◇（3）（新装改訂版）
『優しい絆をもう一度』（上下）Birthright（岡田葉子訳）
『オーロラの奇跡』The Witching Hour ‡（1）
『春を呼ぶ魔法』Winter Rose ‡（2）
『二つの世界を結ぶ愛』A World Apart ‡（3）
『十七年後の真実』（上下）Northern Lights（清水寛子訳）
『光の鍵を探して』Key of Light †（1）
『真実の鍵をもとめて』Key of Knowlедge †（2）
『愛する人をまもる鍵』Key of Valor †（3）
『魔女と魔術師』Morrigan's Cross∞（1）
『女狩人と竜の戦士』Dance of the God∞（2）
『王女と闇の王子』Valley of Silence∞（3）
『炎の壁の彼方から』（上下）Blue Smoke（野川聡子訳）
『禁断のブルー・ダリア』Blue Dahlia ◆（1）

『ブラック・ローズの誇り』Black Rose◆（2）
『輝きのレッド・リリー』Red Lily◆（3）
『羽根をなくした天使』（上下）Angels Fall（佐藤知津子訳）
『愛と裏切りのスキャンダル』（上下）Private Scandals（加藤しをり訳）
『真昼の復讐者』（上下）High Noon（長嶋水際訳）
『遥か栄華をはなれて』（上下）Tribute（野川聡子訳）
『過去を呼ぶ愛の秘石』Blood Brothers▽（1）
『今甦る運命の熱い絆』The Hollow▽（2）
『未来に羽ばたく三つの愛』The Pagan Stone▽（3）
『聖夜の殺人者』（上下）Hidden Riches（中谷ハルナ訳）
『再会のブラックヒルズ』（上下）Black Hills（安藤由紀子訳）
『聖なる森の捜索者』（上下）The Search（野川聡子訳）
『まごころの魔法』（上下）Honest Illusions（加藤しをり訳）
『純白の誓い』Vision in White〇（1）（村上真帆訳）
『香しい薔薇のベッド』Bed of Roses〇（2）（野川聡子訳）
『ひとときの甘い想い』Savor the Moment〇（3）（村上真帆訳）
『幸せは永遠に』Happy Ever After〇（4）（野川聡子訳）

『迫る炎に挑んで』（上下）Chasing Fire（越本和花訳）
『恋めばえる忍冬（すいかずら）の宿』The Next Always ❖（1）（香山栞訳）
『最初で最後の恋人』The Last Boyfriend ❖（2）（木咲なな訳）
『恋人たちの輪舞（ロンド）』The Perfect Hope ❖（3）（香山栞訳）
『孤独な瞳の目撃者』（上下）The Witness（越本和花訳）
『愛と再生の浜辺』（上下）Whiskey Beach（香山栞訳）
『魔女の眠る森』Dark Wich ▲（1）（鮎川由美訳）
『心惑わせる影』Shadow Spell ▲（2）（鮎川由美訳）
『光と闇の魔法』Blood Magick ▲（3）（香山栞訳）
『姿なき蒐集家（しゅうしゅうか）』（上下）The Collector（香山栞訳）
『裏切りのダイヤモンド』（上下）The Liar（香山栞訳）
『幸運の星の守り人』Stars of Fortune ∮（香山栞訳）
『ささやく海に抱かれて』Bay of Sighs ∮（佐藤麗子訳）
『光の戦士にくちづけを』Island of Glass ∮（香山栞訳）
『ひそやかな悪夢』（上下）The Obsession（香山栞訳）
『夕陽に染まるキス』（上下）Come Sundown（鮎川由美訳）
『世界の果てに生まれる光』（上下）Year One ∞（香山栞訳）

『闇に香るキス』（上下）Of Blood And Bone ∞（香山栞訳）
『愛と魔法に導かれし世界』（上下）The Rise of Magicks ∞（香山栞訳）
『月明かりの海辺で』（上下）Shelter in Place（香山栞訳）
『愛の深層で抱きしめて』（上下）Under Currents（香山栞訳）
『永遠の住処（すみか）を求めて』（上下）Hideaway（香山栞訳）
『目覚めの朝に花束を』（上下）The Awakening（香山栞訳）
『リッツォ家の愛の遺産』（上下）Legacy（香山栞訳）

※印〈ドリーム・トリロジー〉、☆印〈シーサイド・トリロジー〉、◎印〈妖精の丘トリロジー〉はいずれも竹生淑子訳です。
＊印〈魔女の島トリロジー〉は、いずれも清水寛子訳です。
★印は、いずれも清水はるか訳により、著者自選傑作集 From the Heart 収録の三作品を一作品一冊に分冊して刊行したものです。
♯印も、清水はるか訳により、短編集 A Little Magic 収録の三作品を一作品一冊に分冊して刊行したものです。
◇印〈海辺の街トリロジー〉も、同じく清水はるか訳です。
‡印は、いずれも石原まどか訳により、短編集 A Little Fate 収録の三作品を一作品一冊に分冊して刊行したものです。